06
Management of Novice Alchemist Whoa, I Got an Apprentice?!
DATE: ○○ / △△
我敲了敲店面後頭通往工坊的門，
一走進去就看見原本坐在椅子上
處理工作的師父轉過頭來，
對我露出笑容。
師父的氣色看起來還不錯。

Kate Starven
凱特・史塔文
艾莉絲的搭檔。
跟艾莉絲一起償還
欠珊樂莎的治療費用。
Sarasa Feed
珊樂莎・菲德
菜鳥鍊金術師。畢業之後收到師
父送她一間位於約克村的店當作
禮物，並在那裡開鍊金術店。
Lorea
蘿蕾雅
約克村雜貨店老闆的女兒。
在珊樂莎的店裡打工。

Management of Novice Alchemist
Whoa, I Got an Apprentice?!
Iris Lotze
艾莉絲．洛采
採集家。被珊樂莎救回一命，
卻得扛下鉅額債務。
Misty Hudson
蜜絲緹．哈德森
珊樂莎在學時期的學妹兼朋友。
家裡是經營海運的大規模商會。
DATE: ○○ / △△
馬上就拿我在王都買的伴手禮給大家吧！
我在蜜絲緹的介紹之下挑了不少應該還不錯的禮物。
希望大家都會喜歡。

Management of Novice Alchemist
Whoa, I Got an Apprentice?!
DATE: ○○ / △△
我在換好泳衣後走向蔚藍大海，
在廣闊的沙灘上大口深呼吸。
夏天！海邊！海水浴！

06
菜鳥鍊金術師開店營業中
Management of Novice Alchemist Whoa, I Got an Apprentice?!
我突然
有了徒弟!?
いつきみずほ
Presented by itsuki mizuho
ふーみ
Illustration by fuumi
Kadokawa Fantastic Novels

插畫／ふーみ

Contents

Management of
Novice Alchemist Whoa, I Got an Apprentice?!

第六章

Whoa, I Got an Apprentice?!

我突然有了徒弟!?

06

Management of Novice Alchemist Whoa, I Got an Apprentice?!

Prologue

序幕

我搬來約克村已經一年了。

撐過寒冬跟麻煩事的我，終於迎來了春天——而且是雙重意義上的春天。

——嗯？問我這麼說是什麼意思嗎？

正值青春年華的少女眼中的「春天」，當然跟戀愛有關。

認識迷人的異性，跟對方談戀愛，再一起創造各種閃亮耀眼的回憶，最後跟彼此結婚。

這就是「春天」！

如果問青春期的女生同不同意我的看法，應該有八成的人都會認同！

所以，簡單來說就是我——跟艾莉絲結婚了。

——咦？說好的「迷人的異性」呢？閃亮耀眼的回憶呢？

應該說除了「結婚」以外都蒸發了。

……不過，我的確喜歡艾莉絲。這是真的。

她不是童話故事裡會出現的「迷人王子」，可是她的個性開朗又率直，還很上進。而且她明明年紀比我大，卻有點少根筋，也是滿可愛的。

只是要說這份感情是不是戀愛……嗯。

但說不定我們這種關係反而比較輕鬆？假如我發神經愛上菲力克殿下那種「貴公子」，未來一定會被迫吃上不少苦頭。

而且這次結婚還讓我多了兩個很仰慕我的可愛妹妹。

尤其我的岳母迪亞娜女士也是很溫柔的好人，可說是好處多多。

這也不能怪我會不小心在結婚申請書上面簽名吧？

……嗯，沒有半點壞處。這場婚姻是正確的選擇！

至於我們結婚帶來了什麼變化……頂多就是我們變成對彼此直呼其名吧？

日常生活完～全跟以前一模一樣！

當然也沒打算生小孩！

畢竟我跟艾莉絲也才認識一年，還是有點不太能想像自己跟她有小孩。

雖然未來或許會跟她生小孩，但是現在的我沒有足夠技術製作需要的鍊藥，再加上我也還很享受經營鍊金術店的生活，慢慢來就好！

因此，我在約克村的生活出現了少許變化，卻也沒什麼太大的改變。而約克村今年的春天，則跟去年有小小的不同。

差最多的就是採集家的人數。採集家們在白雪融化之後接連上工，等到完全進入春天，開始工作的人數就一口氣暴增了好幾倍。有一段時間甚至沒辦法提供床位給所有採集家。

村子裡也因為這樣決定建造新房子供更多採集家租借，而同時也有採集家花大錢買下屬於自己的房子，導致村民們一度忙到要出動全村來協助建築工程。

狄拉露女士的旅店跟餐廳都經過大幅擴建，還僱了新店員，也跟我訂了新的魔導爐——總之，整個約克村都在趕工解決採集家會遇到的各種供不應求的情形。

而我的店當然也沒有置身事外——不對，反倒該說是造成這種現象的根本原因，也是最主要的原因。

我跟蘿蕾雅、艾莉絲跟凱特就這麼為幫忙處理採集家暴增產生的供需問題忙得不可開交，等回過神來，時間也已經快到了夏天。

鍊金術師可以享有很多福利。

像是免學費、王都市民權、購買店面的補助金等，種類相當繁多，其中對經營鍊金術店影響較大的有「不需要向領主繳稅」跟「不受領法約束」。

這兩點同時也是讓我一個平民能夠勉強對抗吾豔從男爵的關鍵。

相對的，我們必須履行每年到王都報稅的義務。

也因為國家給鍊金術師很多福利，如果沒有履行義務，就會遭受相當嚴厲的懲罰。

要是沒有定期回王都報稅，不只會吊銷鍊金執照，還會立刻被關進牢房。太不留情了！

只是有些鍊金術師會像我一樣在偏遠地區開店，所以國家規定的報稅時間是「離上一次報稅超過一年，不可超過兩年」，讓住得較遠的鍊金術師也有足夠時間報稅——但一般最晚都會在一年半的時候處理好。

因為要是快到期才去報稅，卻發現報稅文件有缺漏……可以當場處理的情況倒還好，如果必須回店裡確認，就不一定來得及報完稅了。

住處離王都很遠的鍊金術師遇到這種情況，幾乎是必死無疑了吧？

尤其去程回程各需要一個月時間，報稅期限又不會等人——

出發當天，整裝完畢的我站在店門口，說：

「那麼，我要出一趟遠門了。就麻煩大家幫我看店了。」

出來為我送行的有四個人。蘿蕾雅、艾莉絲、凱特，還有來幫忙的瑪里絲小姐。

之前去洛采家的時候也有請她來幫忙，而這次出遠門的時間會比上次更久。

現在剛好是會有很多採集家上門的時期，沒有鍊金術師在店裡會很麻煩，所以我決定再一次請她來幫忙看店。

「妳就放心交給我吧！我瑪里絲這次一定不會辜負妳的期待！」

最先回答我的瑪里絲小姐挺起胸膛，一臉自信。

妳上次幫我顧店的確是沒有闖禍……可是，那應該是因為有蘿蕾雅在吧？

「妳這是毀謗！」

「哎呀。我不小心說溜嘴了嗎？」

「是啊！我那時候可是很認真幫妳顧店耶。蘿蕾雅小姐，妳說對不對？」

「對。畢竟我能幫的忙還是很有限……」

瑪里絲小姐帶著滿面笑容向蘿蕾雅徵求同意，蘿蕾雅也微笑著附和她。

沒錯，蘿蕾雅講到重點了。蘿蕾雅給人的印象比瑪里絲小姐可靠，然而，論鍊金術的技術跟知識，都還是遠遠不及瑪里絲小姐。

就算她現在很努力在學鍊金術，鍊金術也沒有簡單到只花短短一年就可以學到能夠處理鍊金術店的所有事務。

不過，蘿蕾雅最主要的工作其實是幫我顧店。平常我都在家，她只要幫我做好接待客人的工作就好。

只是像這次一樣必須離開店裡一陣子的時候，就有點麻煩了。尤其像約克村這種只有一間鍊金術店的地方，會不太方便長期不營業。

可是報稅又是鍊金術師的義務。

而且雖然不一定要本人親自去報稅，卻也最好自己去一趟。

我猜鍊金術師會收徒弟，應該有很大一部分是要方便離開店裡報稅。
「……說的也是。有蘿蕾雅在旁邊看著的話，我就信任妳。」
「妳根本就不打算信任我吧！」
「瑪里絲小姐，妳不用太沮喪。畢竟珊樂莎小姐好像也很信任妳在鍊金術方面上的實力。」
瑪里絲小姐氣得揮舞雙拳表達不滿，蘿蕾雅則是輕拍她的背，安撫她的情緒——嗯？蘿蕾雅的年紀應該比她小很多吧？
「我真希望妳也可以信任我的人格……」
「我很相信妳的人格啊，只是不相信妳的金錢觀念而已。」
所以只要有補強（蘿蕾雅）金錢觀念，就可以放心請她幫忙顧店了。
「而且這次艾莉絲跟凱特也會留在店裡。」
「嗯。有我跟凱特在，就不用擔心有人在店裡鬧事了！」
艾莉絲非常有幹勁地說完，換凱特小姐稍稍苦笑著說：
「艾莉絲妳只保證不會有人鬧事，也是滿老實的。我看妳好像也有多少在學著認識鍊金材料，要不要乾脆跟蘿蕾雅一樣，學學看鍊金術？畢竟妳現在是珊樂莎的伴侶了。」
「……我認為人生伴侶就是要互相補強彼此的弱項。」
「哦～那艾莉絲妳能補強珊樂莎的什麼弱項？妳連最有自信的武力都輸給她了。」

凱特語氣平淡的這句話，讓原本視線游移的艾莉絲很不甘心地說：
「唔！難道我就只能乖乖獻上珊樂莎沒有的豐滿身材來輔助她了嗎？」
「慢著，艾莉絲。妳是打算體驗第一次夫妻吵架嗎？我很樂意奉陪喔。」
我雙手握拳，作勢攻擊艾莉絲。
「而且妳的身材有豐滿到可以炫耀嗎？但要說比珊樂莎的身材好一點，也是沒錯啦。」
我突然慘遭以為是同一陣線的人偷襲。
「怎麼連凱特都這麼說！太過分了！我過一陣子還會繼續成長好不好！」
我認為有些話是連夫妻之間都不應該亂說的！
在我的強烈抗議之下，艾莉絲跟凱特面面相覷地笑說：
「我開玩笑的。反正我的身體用不著特地獻給妳，也早就已經是妳的了。」
「是啊。而且論身材的話，應該是我比較豐滿吧？」
「哇！原來兩位進展得這麼快啊？我真的好佩服妳啊，珊樂莎小姐！」
瑪里絲小姐不知道為什麼用非常敬佩的眼神深究這個話題。
連蘿蕾雅都羞紅著臉偷瞄著我！
「不要佩服我啦！我才沒有那麼不檢點！妳們很愛開玩笑耶！」
「哎呀？原來只是開玩笑啊？我還以為這在貴族之間算很常見……」

「才沒有！真是的，從小就習慣一般貴族風氣的人就是這樣！」

我是很慶幸瑪里絲小姐沒有對我抱持奇怪的偏見，可是我還是覺得她在我的強烈否認下才免於產生偏見好像哪裡怪怪的……

我嘆了一口氣，試圖找回因為剛才這段對話散掉的緊張感，並重新揹好師父送我的背包，鼓起幹勁。

「——好！不小心聊到離題了，我差不多該出發了！」

「好的！珊樂莎小姐，路上小心！」

「小心慢走，珊樂莎。我們會幫妳顧好店。」

「嗯。我們會保護好妳的店。妳不需要拚命趕路，先把店的事情拋在腦後吧。」

「妳就走得悠哉點吧。等妳回來，就會發現這裡早就變成我的店了。」

最先回應我的是蘿蕾雅。凱特跟艾莉絲也各自表示我不需要太擔心——只是有一個人的回答聽起來不太對勁。

「這怎麼行！珊樂莎小姐，我一定會保護好妳的店不被她搶走，妳就放心去王都吧！」

蘿蕾雅推開回答不太對勁的某人，堅定地握著雙拳發誓不會讓她得逞。

我露出微笑，輕拍她的肩膀。

「呵呵！那就交給妳了，蘿蕾雅。不對，是代理店長！」

Episode 1

At the Capital

來到王都

很久沒體驗到王都的喧囂，讓我莫名靜不下心來。

約克村就不用提了，這裡的人口之多甚至連南斯托拉格都望塵莫及。

我已經在鄉下地方居住一年以上，早就徹底習慣了約克村的悠哉氛圍，導致大都市的氣氛對現在的我來說，其實有點太過刺激。

王都沒有什麼太大的變化，但路上有幾間我不曾看過的新商店，激起了我的好奇心。

「等事情都處理完，再到處逛逛吧。而且我也想買些伴手禮給大家……要買給瑪里絲小姐嗎？畢竟她願意去顧店，的確是幫了我大忙。」

雷奧諾拉小姐之前曾說：「在她還完欠款前都可以隨意使喚她。」可是只有她沒有伴手禮也怪可憐的。唯獨自己被排擠絕對會很心酸。

我還有其他想順便買一買的東西，晚點一定要花點時間逛幾間店——不過……

我已經想好第一個要去的地方是哪裡了。

隨著距離愈來愈近，我的腳步也隨之加快。

最後我無法克制自己想早點抵達那裡的心，決定用跑的在人群之中穿梭。

「這裡一點都沒變……」

眼前景象跟以前分毫不差，使我得以安心地推開門。

「妳好！」

「——哎呀！是珊樂莎小姐啊，歡迎光臨。妳這麼快就到了啊。」

迎接我到來的這道嗓音，也跟我記憶中一樣溫柔。

「是啊！我剛到王都不久。瑪莉亞小姐，好久不見了。」

沒錯，我會擺在第一順位的，當然是師父的店。

要說我現在還能繼續經營自己的店面完全是多虧師父好幾次慷慨幫忙，也不為過。

不先來這裡跟師父打聲招呼未免太忘恩負義了吧？

但當初她突然逼我收下地點超級偏鄉的店面當禮物，也真的是害我一時反應不過來啦！

「師父在嗎？」

「嗯，她在。她人在工坊，妳去找她聊聊吧。」

「好。那打擾了～」

我對師父的家早已熟門熟路了。敲了敲店面後頭通往工坊的門，一走進去就看見原本坐在椅子上處理工作的師父轉過頭來，對我露出笑容。

「喔，珊樂莎，妳到了啊。」

「對。師父，好久不見。師父氣色看起來不錯耶。」

「嗯。那，妳這一趟花了多少時間？」

「才剛見面就問這個會不會太快了！師父就不能再多享受一下我們師徒終於又見到面的喜悅嗎？」

我對毫不囉嗦直接進入正題的師父表達不滿，師父聳了聳肩笑道：

「我們常常寫信聯絡，還需要特地做這種禮貌性的問候嗎？」

「是沒錯啦……」

可是我們已經一年沒有直接見到面了。再表現得稍微高興一點也不會少塊肉啊？

我記得師父很疼我這個徒弟吧？

「怎麼？妳想來演一段很感動的重逢戲碼嗎？」

「怎麼可能啊！真是的！」

我鼓起臉頰對攤開雙手調侃我的師父抱怨，師父就開心地笑了出來。

「呵呵。所以，妳花了多少時間過來？我不會要求妳三天就到這裡，但應該有辦法只花一星期了吧？」

「我哪可能跟師父一樣厲害！我花了超過兩星期的時間……」

「嗯……不過還是比一年前快。妳已經有進步了。」

「這次的確比那次花了一個月的時間還快，可是這兩次不能單純用時間來比較。」

我一年前因為是要去沒去過的地方，路上轉乘了好幾次馬車。

這次全程都是靠我自己的雙腳跑，所以沒辦法直接說：「這次速度比當時快了一倍！」

「也對，畢竟公共馬車速度不快。那再來就該看看妳的劍術進步多少了。」

「妳真的很急耶！而且妳為什麼都是先關心我的能力有沒有進步啊！」

我是不需要師父陪我一起上演感動的重逢戲碼，但我這個年紀的少女還是會希望至少可以聽到一句「辛苦了」啊！

「我當初送妳那把劍的時候不是就說『會看看妳劍術磨練得怎麼樣了』嗎？」

師父笑著指向我腰上的劍。

沒錯，這次跟上次不一樣，整趟路程都只有我自己一個人。

我帶著這把劍是用來防身的，幸好一路上都沒有機會用到這把劍。

可惡，早知道就應該先把劍收起來才對。

——不對，跟這些沒關係，她可是師父啊。

「嗯，是沒錯。但記得妳那時是說『下次來的時候』。可是師父根本沒再來找我啊！反而是我先來找師父！」

「這只是一點小誤差罷了。還是說，妳那把劍都是放著沾灰塵而已？」

「不，我偶爾會練一下劍術。而且這把劍沾的都是血，不是灰塵。」

這把劍救了我很多次，但我有點懷疑一個鍊金術師是不是真的應該這麼常用到劍。

——我的鍊金生活好像有點太刺激了？

「可是我找不到其他可以教我劍術的人，應該沒怎麼進步。」

「所以我才會自願教妳啊。」

「呃……真要教的話，也應該是教我鍊金術的技巧吧？我記得我之前也講過類似的話。」

「我那時候說等妳遇到瓶頸再來考慮，妳有遇到瓶頸嗎？現在反而是靠自己摸索方向會比較有成就感的時期吧？」

這麼說來，師父當初的確有說「等妳遇到瓶頸再來考慮看看」。

「唔～我不否認師父的說法。雖然也想多做一些嘗試，只是常感覺時間跟錢不夠用。」

「對吧？我當年也是這樣。」

師父在聽到我的回答以後笑了笑，接著用透露出些許懷念的眼神環望工坊，再看向我說：

「總之，先不說這個了，珊樂莎，妳找好在王都的這段期間要在哪裡過夜了嗎？」

「還沒。因為我一到王都，就直接過來這裡了。」

「那就住我這裡吧。妳現在應該不會覺得旅店住宿費是大錢，但是瑪莉亞會比較希望妳留下來過夜。尤其她自從知道妳要來王都，就期待到一直靜不下心來。」

「這樣啊……謝謝師父。那我就接受師父的好意了。」

我在稍做思考過後低頭向師父道謝，師父似乎也鬆了口氣，輕輕點了點頭。

「嗯，妳不趕時間的話，想待多久都沒關係——妳現在心情沒有以前那麼緊繃了吧？」

「是啊。至少是比一年前好一點了。」

如果是一年前的我，就不會坦率接受師父的好意，而是自己去外面找旅店住了。

因為我當時才剛畢業，腦袋裡都在想著以後的生活只能靠我自己。

不過，現在的我擁有足以讓我產生歸屬感的鍊金術店，還認識了艾莉絲她們，也多少有點自信憑著一己之力過活了。要說我是因為這樣才有辦法甘願接受別人的好意也是有點奇怪，但我不再認為自己需要做那種無謂的堅持，也的確是很明顯的改變。

「這是好事。妳還年輕，有必要的時候還是該依賴別人。而且年長者也不希望晚輩過分拒絕自己的好意。」

「師父也會這麼想嗎？」

「是啊。徒弟不願意依靠自己，做師父的也是會意外寂寞。」

師父面帶微笑輕拍我的頭，指向旁邊的椅子。

「那，現在離打烊還有點時間。妳也來幫忙吧。我正在鍊製有點麻煩的東西。」

師父都是用實踐的方式來指導我。她從來不會像學校老師那樣用講課的方式指導人。

我立刻回答：「知道了！」並迅速坐到師父身旁。

◇◇◇

「這……太豐盛了！」

我在打烊之後到浴室裡洗去旅途的塵埃，一出來就看見桌上擺滿瑪莉亞小姐親手煮的大餐，甚至多到快要擺不下了。這一桌豐盛到實在不像只有三個人要吃的眾多餐點當中，也有很多我不曾看過的料理——嗯，我用不著吃進嘴裡，就知道……

桌上的每一道料理一定都很好吃！絕對不會錯！

雖然蘿蕾雅的廚藝是真的很好，可是瑪莉亞小姐的廚藝更勝一籌——不對，其實不只一籌，再加上王都弄得到的食材一定比較高級，種類也比約克村多得多。

「瑪莉亞從好幾天以前就在替妳抵達王都的這一天做準備了。」

「呵呵呵，我比平常多花了點心思。要多吃一點喔。」

「好！我也很高興可以再度吃到瑪莉亞小姐親手做的料理，好久沒吃了。」

我對微笑著替我夾菜的瑪莉亞小姐大力點頭。

「呵呵呵，我也特地買了比較高級的酒來喝。珊樂莎，妳要不要也喝個幾杯？」

「不了！我就不喝酒了。畢竟我的酒量好像不是很好。」

師父用明顯想整我的笑容舉起酒瓶，我語氣堅定地拒絕。

我怎能重蹈一年前的覆轍！

——雖然我也不記得自己當初喝醉之後做了什麼！

「是嗎？我很想讓我的徒弟也一起來品嚐美酒——不喝一點嗎？」

「我．不．喝！師父，妳是明知道我不想喝酒，還故意要我喝的吧！」

「妳居然無法理解師父對妳的愛，太可惜了——我本來還期待又有機會看點餘興表演呢。」

「我不想要這種愛啦！我想要一般師父寵愛徒弟那樣的愛就好！」

師父看我堅持不喝，也沒有繼續說服我，就這麼把酒倒進自己跟瑪莉亞小姐的杯子，再拿另一瓶——像是果汁的飲料，倒進我的杯子裡。

「我聞聞看……這應該……不是酒？」

「妳疑心病真重。我再怎麼樣都不會當著瑪莉亞小姐的面騙妳。」

「這樣啊。那以後一起吃飯我一定要請瑪莉亞小姐在場！」

「妳放心吧。瑪莉亞不在的話，餐桌上絕對是空的！哈哈哈。」

師父，這不是什麼值得自豪的事情吧？

實際上，在我的印象中，師父也不曾煮過飯給我吃啦！

在一旁開心看著我們對話的瑪莉亞小姐拿起杯子，開口說：

「那麼，接下來就來祝福我們一年不見的心愛徒弟——」

「嗯。也慶祝珊樂莎平安度過了在外生活的第一年。」

說完，師父跟瑪莉亞小姐就一同看向我。

「咦？呃，我想想……也祝福師父跟瑪莉亞小姐相親相愛至死不渝？」

突然被要求講點什麼的我，在一時不知所措之下講出莫名其妙的話，被逗笑的兩人緊接著舉起杯子。

「「「乾杯！」」」

「——嗯……啊～好冰好好喝喔～！」

我喝不出這是什麼果汁，它有柑橘類的清爽香氣，味道也很甜。

在一般店面喝到冰冰涼涼的飲料可能還會很驚訝，但這在師父家老早就見怪不怪了。

「呼……真虧我能平安度過這一年。尤其過程實在是不怎麼平靜。」

我知道在鄉下地方經營鍊金術店不會太輕鬆，早就做好了第一年一定會遇到不少狀況的心理準備，但還真沒想到會出現那麼多我沒料到的意外狀況！

像是艾莉絲小姐受傷被送到我店裡，還有地獄焰灰熊狂襲、麻煩的商人跟各種麻煩事。

每個鍊金術師剛開店都會遇到這麼多事情嗎？

還是我的情況比較特殊……？

我想起這一年來的種種，忍不住嘆氣。師父看我這樣，便笑說：

「這麼說來，妳的確是滿容易吸引到麻煩事的。」

「唉，一般果然不會像我這樣吧……只是有一部分麻煩事是師父帶來的。」

至少論菲力克殿下會來找我這件事，就是跟師父有關。

不過，我當初能救活艾莉絲，也是幸虧師父送了很多餞別禮給我。

師父帶給我的幫助整體上來說比麻煩事還要多，所以我也不太好意思對她抗議。

——但多少讓我抱怨幾句吧。

「我也沒有特地做什麼……不過，那些麻煩事應該也成了幫助妳成長的經驗了吧？」

「是啊。這我不否認。而且師父反倒幫了我很多忙。」

像大樹海的鍊金材料跟好不容易才打倒的火蜥蜴都是有師父幫忙，才不用煩惱該怎麼找到買家，也才能成功替洛采家解危。

「妳不用放在心上。畢竟妳送來的材料也幫我賺了點錢。」

「……該不會就是因為有幫師父賺到錢，才會有這一桌大餐吧？當作給我的回饋之類的？」

單以很久沒有直接見面來說，耗在這桌大餐上的成本還是稍嫌太高了。我這麼一問，師父就用眼神跟瑪莉亞小姐相互示意，然後露出奸笑。

——呃，我有不好的預感。

「雖然不是這樣，但的確是花了不少錢在這一餐上——因為還得慶祝妳結婚了。」

「噗——！咳咳！咳咳！師父，妳怎麼會知道這件事？」

她無預警說出的這句話，害我被嗆得咳了幾聲。

我明明有先感覺到氣氛不太對勁，卻還是承受不住這份衝擊。

我們在處理吾豔從男爵的問題時，是有先計劃好萬一情況危急，可以立刻透過傳送陣申請結婚——可是我們後來沒有實際執行這份計畫，而且我也從來沒跟師父提過這回事！

難不成大師級鍊金術師連那種偏遠鄉下地方的消息都打聽得到嗎？

「因為艾莉絲有寫信過來。她在信上寫說，『我要跟珊樂莎結婚了。特此知會您一聲。』」

原來洩漏消息的人就在我身邊！

「艾……艾莉絲……也對，我記得她曾拜託我幫忙傳一封信……」

「她真的很有禮貌呢。她說珊樂莎小姐沒有父母，才會寫了一封很正式的信問候奧菲莉亞跟我。還說希望有機會可以親自跟我們見上一面。」

「唔唔唔，太有禮貌了。想抱怨都沒道理抱怨……」

師父一看到我顯得很不甘心，就輕笑著說：

「反正就算艾莉絲沒寫信通知，我也早就知道了。」

「……為什麼？難不成內鬼其實是蘿蕾雅嗎？」

不要以為我不知道蘿蕾雅偶爾會跟瑪莉亞小姐寫信往來喔。

所以艾莉絲要我幫忙傳信的時候，我也沒有覺得哪裡不對勁。

「妳怎麼說人家是內鬼……其實就只是菲力克殿下在四處宣傳妳跟貴族結婚了。」

「──唔！唔！」

我忍住差點脫口而出的話，避免冒犯皇族。

呃，我是不介意菲力克殿下知道這件事啦。畢竟皇族本來就應該知道哪個貴族跟誰結婚。

可是他為什麼要到處散播消息？他心裡住著喜歡到處聊八卦的婦女嗎？

難不成夠勤勞的皇族會勤勞到連街頭巷尾的小聚會都不缺席嗎？

我握緊拳頭，用力到不斷顫抖。師父跟瑪莉亞小姐露出了苦笑。

「鍊金術師培育學校本來就是皇族為了增強國力，才用心打造的。原本是孤兒的妳不只以優異的成績畢業，還從平民晉升成貴族──這個事實會帶給有才能的平民希望，也會讓享有地位又不做事的貴族感受到威脅。他沒道理不好好利用這件事來影響國民吧？」

「唔……師父說的對。而且我也是因為有鍊金術師培育學校，才有機會找到出路。」

不知道要是我沒有去讀鍊金術師培育學校就離開孤兒院，會走上什麼樣的人生。

我猜應該也找不到什麼好工作，只能繼續被貧窮壓得喘不過氣。

一想到這裡，就覺得我或許真的不應該對這點小事有怨言。

「不過，我還真沒想到徒弟會比我先結婚啊……剛認識的時候還那麼嬌小的妳，現在居然已經不是處女了。妳的小孩什麼時候出生？」

「我不會生小孩！至少有好一段時間還不會想生！我現在還是個純潔的少女！」

為什麼要把話題帶到那方面上啊！

雖然我也知道貴族有傳宗接代的義務，不是不能理解師父問這個問題的用意啦！

「是嗎？喔，也對，妳還沒辦法做那個鍊藥。不然我幫妳做一瓶，當作結婚賀禮怎麼樣？我可以保證絕對有效。妳們兩個哪一個要當男的？」

「不．需．要！真正需要那種鍊藥的反而是師父吧？妳乍看很年輕，可是應該也有一定年紀了吧？再拖下去就生不了小孩了喔。」

我故意挑有點危險的話題來反攻帶著奸笑調侃我的師父。

然而師父還是笑得一派輕鬆，接著用力揉起我的頭。

「哦，妳很敢說嘛。我什麼時候說過我沒有小孩了？」

「咦？師父有小孩嗎？是……是跟誰生的小孩？我還以為——」

我連忙觀察起瑪莉亞小姐的表情，她的表情還是一如往常地充滿溫柔。

該不會就是瑪莉亞小姐……？不對，還是另有其人？又或者是師父自己——

「但沒說過也不能證明我有小孩。」
「到底是有還是沒有啦！討厭～！」
「這是祕密。保持一點神祕感，也比較符合大師級鍊金術師的形象吧？」
「是沒錯啦！而且師父乍看真的看不出來是大師級鍊金術師……」
像我當初也是聽別人說，才知道師父原來是那麼厲害的人！
「隨便妳去說吧。我跟那些故意裝模作樣的老頭子和老太婆不一樣。」
「哎呀？我記得大師級鍊金術師也不全是老人家吧？」
瑪莉亞小姐插嘴說道，師父則是嗤之以鼻，說：
「哼。外表年不年輕是一回事，至少單就實際年齡來說，大多都是老頭子跟老太婆吧。」
看來要鑽研到大師級鍊金術師的境界，果然需要耗費好幾十年的時間——啊。
「這麼說來，我都不知道還有哪些大師級鍊金術師。他們是什麼樣的人？」
我忽然發現自己對其他大師級鍊金術師一無所知，使得師父有點傻眼地看著我。
「我記得妳當初也不知道我很有名吧？妳現在已經是鍊金術師了，應該要再多關心一下這個業界——啊，不對，妳不用知道那些人是誰也無所謂。跟那些傢伙扯上關係鐵定沒好事。」
「呵呵，奧菲莉亞……妳這是在自嘲嗎？」
「我是指除了我以外的大師級鍊金術師。」

「我倒認為其他大師鍊金術師也會對妳有一樣的評語……」
畢竟薑是老的辣，有一定年紀的鍊金術師絕對不是簡單人物。
「啊，對了，我還不知道師父實際的年齡──」
「嗯？珊樂莎，妳剛剛說了什麼？嗯？」
師父打斷我的話，用明顯是裝出來的笑容逼近我。
唔哇！原來師父也會介意被人問年齡嗎？
我想想，呃，有沒有……別的話題……對了！
「之……之前請師父傳送藥草種子過來的時候，裡面混了一顆我沒看過的種類，那是什麼種子？妳當初完全沒解釋那是什麼，害我被搞得一頭霧水！」
我的確是想轉移話題才會問這個問題，但也真的是打算等有機會見到師父，就問清楚那顆種子是怎麼一回事。
我不只當時看不出它是什麼種子，連現在已經養大了，都還是不知道它到底是什麼植物。
而且我手邊的書也查不到資料，所以我一直很想知道答案。
不過，或許是因為話題轉得太快，導致師父沒辦法馬上想起我指的是什麼事情，陷入一陣沉思。不久，她輕輕敲打手掌，一臉覺得很有趣似的笑著看向我。
「…………喔，那個喔。妳拿去種了嗎？」

「對。它長出了一棵樹。而且還是會吸收大量魔力的怪樹。」

這種奇怪的樹會迅速消耗育苗輔助器的魔力，而且改種到後院之後，不知道為什麼只要供應魔力給它，就會全部被它吸收掉。相對的，它成長的速度也比一般植物快，應該不是普通的樹。

「哦，妳把它養到長成樹了啊。真厲害。」

「所以它能長成一棵樹，連師父都覺得很厲害是嗎？它的確不太像一般的樹。」

正常遇到這種事情應該會更驚訝，可是那顆種子是師父傳送過來的。

就算一些讓人匪夷所思的現象，也只會覺得「畢竟是師父給的東西，沒什麼好奇怪的」。

然而，師父接下來說出口的話，卻是直接顛覆了我這份想法。

「那是索拉烏姆的種子。」

「——！師父是說那個吃一口就會彷彿身處天堂，還被稱做天堂果實的那個索拉烏姆嗎？」

我訝異喊道，相對的，師父則是非常平靜地表達疑惑。

「吃了也沒有覺得置身天堂啊。它好吃是好吃，但那樣說有點太浮誇了。」

「原來師父吃過了嗎？那個果實聽說一顆就貴到可以蓋一間房子耶。」

「不，是不至於貴到可以蓋一間房子——頂多買得起妳的店。」

「意思就是至少要一萬雷亞以上吧？已經夠貴了！」

而且索拉烏姆的大小只有直徑大約三公分。

那小到連身材嬌小的我都可以一兩口就吃光耶！

師父似乎覺得我瞠目結舌的樣子很有趣，露出很滿足的笑容。

「真要說的話，索拉烏姆會這麼值錢，最主要是因為它很難弄到手。所以我才會想順便分一點給妳。」

「分一點給我……我反倒比較希望能分點果肉給我，不要只分種子啦～」

我很高興師父有這個心意。可是只拿到種子根本享受不到它的美味。

我忍不住這麼抱怨之後，瑪莉亞小姐就垂下眉角，很過意不去地說：

「對不起，珊樂莎小姐。果肉的部分都被奧菲莉亞拿去做實驗了……」

「啊，不！我沒有要怪罪瑪莉亞小姐的意思！而且，其實我也沒道理抱怨。我只是有點想吃吃看而已。」

「妳好像有點嫌棄索拉烏姆的種子，但它的種子珍貴得很呢。聽說一百顆果實裡面——其實我也不太清楚正確的數字，總之，就算有那麼多顆果實，也不一定會有一顆種子。」

原來它比我想像的還要珍貴這麼多！那拿來送人的確是滿大方的！可是……

「既然它這麼珍貴，為什麼當初卻只是隨便把它丟在袋子裡面？」

「嗯……珊樂莎，妳對索拉烏姆的了解到什麼程度？」

或許是因為我的眼神中透露出懷疑，師父在短暫思考過後對我提出了這個問題。

「我只知道它很珍貴，價格也很昂貴，還有很好吃跟不好栽培。」
「妳說的差不多都對，可是它不是不好栽培，是沒辦法栽培。我剛才也說過，它光是要找到種子就很困難，甚至種下去以後也不容易發芽。我之前嘗試種過但沒有種成功。」
「……真的嗎？我種下去也沒有特別難發芽啊？」
「所以我才會很驚訝啊。」
聽說索拉烏姆被發現是很珍貴的材料以後，不少鍊金術師就開始無數次嘗試人工栽培。然而野生的索拉烏姆數量非常稀少，再加上好不容易弄到種子，也沒辦法種到它發芽。如果把它移植到不是原本生長的地方，又只會導致附近的植物全部枯萎。
「所以現在只會讓極少數採集家知道野生索拉烏姆的生長地點，避免被濫採到全部枯死。這也是為什麼它會這麼昂貴。」
「咦？可是摘果實不會害樹枯掉吧？除非摘得太過頭。」
「因為索拉烏姆的葉子也可以當鍊金材料。樹被摘掉太多葉子會沒辦法健康生長吧？」
「喔，那我懂了——嗯？可是我從來沒聽說過葉子也是鍊金材料耶……？」
師父的語氣太過稀鬆平常，害我差點沒注意到這件很值得訝異的事情。我看過很多鍊金術相關的書。
要是索拉烏姆這種知名的植物連葉子都可以當鍊金材料，我不可能會不記得。

「因為這是機密。葉子跟果實不一樣，隨時都可以摘。假如碰巧找到索拉烏姆的採集家一口氣把它的葉子全部摘掉，不就會妨礙它生長嗎？」

「不知道葉子也有用途，就只會注意它有沒有長出果實——等等，師父，妳把這種應該保密的事情告訴我，不會怎麼樣嗎？」

「這個嘛……珊樂莎，妳可別說出去喔。」

「師父～！那我把這麼珍貴的樹種在自家後院，萬一被發現不就完蛋了嗎？」

「所以我才會很驚訝妳真的種得起來啊。」

「那反應也太淡了吧！妳反應真的太淡了啦，師父！妳的驚訝就只有一聲『哦』而已耶！」

雖然師父講得好像不是什麼大不了的事情，但這絕對是件麻煩事！

可是，我又不忍心把好不容易種起來的索拉烏姆砍掉……

「師父為什麼要把這麼珍貴的種子隨便丟在袋子裡面……」

「我剛才也說過了，一般把索拉烏姆拿去種，也幾乎不可能發芽。所以能把它種到發芽的人一定是跟它有某種緣分，讓那個人自然有機會拿它的種子來種。算是一種命中註定吧。」

意思是它註定會被我養到發芽的話，師父隨便丟在袋子裡也一定會被我注意到，再被我拿去種出一棵樹嗎？

正常會覺得這種說法不合理，但是索拉烏姆的果實本來就有些不符常理。

說不定真的是緣分使然——就在我這麼想的時候。
「別聽奧菲莉亞講得好像真的有那麼一回事，其實都是她自己亂編的理由。」
瑪莉亞小姐用一句話推翻了一切。
「啊！喂，瑪莉亞！」
「呵呵呵！其實真相是她把要傳送給珊樂莎小姐的種子跟索拉烏姆的種子放在同一張桌子上，就不小心掉進袋子裡了。」
師父雙手環胸，一臉不滿地看著用笑容打發掉她這聲抗議的瑪莉亞小姐。
「唉，瑪莉亞……妳這樣會害我顯得很沒威嚴耶。」
「師父……請把我剛剛對妳那份解釋的佩服還給我。」
不對，其實我在別的方面上是真的滿佩服師父的。
我很佩服她居然有辦法把這麼貴重的東西隨便扔在桌上！
不曉得師父是不是承受不住我這道透露出傻眼的視線，有點倉促地輕拍了我的肩膀。
「總……總之，妳有把它種起來不是很好嗎？如果順利結出果實，妳就可以吃索拉烏姆的果實吃到飽了。而且它是真的好吃，頂多稱它天堂果實是過譽了而已。」
「連麻煩事也會吃到飽啦！我是很期待吃吃看高級水果有多好吃……可是，它要多久才會結果？我看它長得很快，是不是等幾年就好了？」

「不知道。我曾聽過要二十年跟四十年的說法——」
「咦！我到時候都變成老奶奶了！」
「最多人支持的說法是一百年以上。」
「…………」
到時候我都已經不是老奶奶，是一堆骨頭了。
「不過，那是野生的才會那麼久。說不定妳多花點工夫養它，就會早點結果。」
「真的嗎～～？我現在已經有點不相信師父說的話了喔。」
「妳這麼說還真過分啊，珊樂莎。可是也不能怪我給不出肯定的答案吧？現在根本沒有半個人寫出索拉烏姆的栽培紀錄。妳努力研究看看，搞不好還可以成為這個領域的先驅。」
「咦……？可是我是鍊金術師，不是植物學家耶。」
「妳覺得麻煩的話，就去拜託諾多拉德吧。他搞不好還會很樂意幫忙研究。」
「也對，他應該很有興趣——等等，連師父也認識他嗎？」
「是啊。他寫的書還滿有趣的。」
請諾多拉德先生幫忙的話，他大概會樂不可支地馬上跑來約克村，可是他是個會故意復活火蜥蜴來做研究的人。感覺他很可能會再留下各種誇張事蹟，要是他定居在約克村就有點……
「——我還是別告訴他好了。要是他做個研究把索拉烏姆或附近的樹弄死，也是很麻煩。」

「的確。我先給妳個忠告，妳不要隨便把自家後院有索拉烏姆這件事說出去比較好。」

「明明是師父自己不小心害種子跑到我這裡來的耶！我知道要保密啦，真是的……」

就算大多人不知道索拉烏姆的葉子也很值錢，也還是不改一般無法栽培的索拉烏姆正常不應該出現在人類聚落的事實。我不悅地鼓起臉頰抗議，師父接著笑說：

「我等等再告訴妳索拉烏姆的葉子有什麼用途，當作補償。反正妳自己調查，應該也查不到索拉烏姆的資料。」

「那……真是太好了。反正種都種了，我也希望它能帶給我一點好處。」

既然葉子可以當鍊金材料這件事是機密，就不可能在公開的資料裡找到它的用途。

種一株可能帶來麻煩的植物只能換來不知道會不會結出來的果實，真的太划不來了……

「話說回來，師父把索拉烏姆的果實拿去做什麼了？瑪莉亞小姐剛剛說是做實驗……」

「嗯？也沒什麼特別的，只是拿來消遣一下。」

師父畢竟是大師級鍊金術師，搞不好拿去做什麼很不得了的東西了——我懷著這種想法看著師父，師父卻不知道為什麼撇過了頭，也只給我一個很敷衍的答案。瑪莉亞小姐笑了笑，說：

「呵呵呵，是啊。她只是拿來做普通的果汁而已。」

「咦？果汁？普通的果汁？沒有什麼特別功用的普通果汁嗎？」

「瑪莉亞……我是因為有人拿來給我收購才會買下來，不然我也不知道要拿來做什麼。其實直接吃掉也無妨，只是剛好心血來潮，想試試看有沒有其他用途。」

也對。師父這種等級的鍊金術師也不方便拒絕收購。

畢竟連大師級鍊金術師都沒辦法收購的話，還有哪裡會願意收購？

而且如果剛才師父說的話都是真的，那索拉烏姆的果實應該就是用來掩飾葉子真正的價值。

說不定果實在鍊金術方面上的用途其實不多……

「用那種果實做果汁應該一杯就很貴了吧。」

「後來還有加其他果汁進去……不過，也的確只要一小杯的錢，就夠買下珊樂莎小姐的店了。」

「哇……這種飲料絕對賣不出去吧。感覺我一輩子都不會想買來喝。」

貴族喝的高級酒應該會有差不多價格的，可是單純的果汁賣這麼貴，實在很難買下手。

我一邊這麼心想，一邊喝起手上的果汁。

——嗯，像這杯果汁就夠好喝了。沒必要再想方設法喝到更好喝的果汁了吧？

我一想到這裡，瑪莉亞小姐就輕輕指向我的杯子。

「順帶一提，妳手上那一杯果汁就是用那個果實做的。」

「——唔唔！」

她這句話害我震撼到被果汁嗆到——但是這種果汁很貴，我怎麼敢吐出來！

不對，是我說什麼都不能把它吐出來！

「咕唔——咳咳！咳咳！咳咳！」

「瑪莉亞，妳看，告訴她就會變成這樣啊。」

「可是都特地做給她喝了，還是別瞞著她比較好吧？總比在喝完之後才知道來得好。」

「是嗎？可是知不知道這種果汁的價格，也不影響它的味道吧？」

我在硬逼自己把果汁吞下肚，咳了好幾聲的同時聽到頭上傳來師父跟瑪莉亞小姐的對話。

妳們兩個——根本半斤八兩啦！

◇　◇　◇

隔天，我獨自造訪了皇宮。

但我當然不可能見到國王，也沒有事情需要去找王子。

我來這裡的目的是報稅。我需要把報稅資料交給皇宮裡的納稅部門，請他們確認。

「我是鍊金術師，今天是來報稅的。」

「辛苦您了。您知道在哪裡嗎？左邊那棟建築物走進去可以看到皇宮地圖——」

我懷著少許緊張出示鍊金執照，門口的男職員不知道是不是已經很習慣面對不熟悉報稅的鍊金術師，用非常簡單明瞭的方式細心引導我該怎麼走。

我照著他的指示走到納稅部門提交報稅資料，負責的女職員在接過資料以後一張張翻閱，仔細確認。經過一段令人緊張的等待時間，她才露出了微笑，說：

「好的，資料都沒有問題。很難得看到第一次報稅的人能把資料填得這麼正確。」

「謝謝。因為我有先請師父幫忙看過……」

沒錯，其實我趁著昨天晚上請師父檢查過我準備的資料了。

所以我知道這份報稅資料不可能有問題——只是實際幫我確認的其實是瑪莉亞小姐。

「這樣啊。您願意仰賴師父是好事。因為我們也遇過不少剛畢業的鍊金術師拉不下臉拜託別人，結果必須一直不斷修正報稅資料，弄得最後還是得求師父幫忙……您這樣的鍊金術師可以避免替我們增添額外的工作。」

「哈哈哈……辛苦了。這個時期來報稅的人很多嗎？」

一般鍊金術師會隔一年半才報稅。

我以為大家應該都會集中在同個時期來報稅，但女職員毫不猶豫地搖頭否定我的疑問。

「不，其實不算多。因為每個鍊金術師獨立開店的時期都不一樣。會一畢業就經營自己店面的鍊金術師，應該除了您以外就找不到第二個人了，珊樂莎．菲德小姐。」

「……原來妳知道我是誰嗎？」

資料上面有寫我的名字，論名字她不可能不知道。
不過，會知道我一畢業就開店的人並不多。
我懷著些許戒心提問，換來她一陣像是在表達「妳在說什麼傻話呢」的苦笑。
「因為待在這個部署的人，不可能會不知道您是米里斯大人的徒弟啊。」
「這……這樣啊。」
唔唔唔，這倒也是。畢竟師父那麼有名，身為徒弟的我當然也會跟著受到矚目……
「師父的名聲愈高，徒弟也愈容易為周遭的期待感受到壓力，但是您已經不辜負米里斯大人的名聲了。畢竟連我這樣的一般職員，都曾經聽說過您的各種事蹟。」
「我還真不敢聽大家都是傳我的哪些事蹟。」
「有些傳聞聽得出某些人很嫉妒您，但以公正的角度來看，目前並沒有任何跟您有關的不好傳言。」
真……真的嗎？冷靜想想，我好像做過了不少可能會有不好傳言的事情耶……？
像是殺死盜賊跟商人、搞垮貴族、害火蜥蜴出來作亂之類的。
但是只有盜賊真的是我殺的，其他幾件事的凶手都不是我！
只是就結果來看會很像是我做的啦！
而且火蜥蜴那次完全不是我的責任！

我想著這些事情的時候，一定把複雜的心情都寫在臉上了。

她似乎是覺得我這樣很好笑，「呵呵」地笑了一聲，然後在資料上蓋好章後交還給我。

「這樣就確定納稅金額了，辛苦了。請您到那邊的窗口繳稅，領取繳稅證明書。之後要再麻煩您到第八談話室，從這裡出去之後左轉走到底就能看見了。」

「咦？呃……談話室？難道有什麼其他的問題嗎……？」

「不不不，只是要問問您在當地的生活情況而已，因為您住在偏鄉地區。您應該在學校有學過吧？」

——啊，這麼說來，我記得曾在學校聽過這件事。

報稅等於是居住在王國各地的知識階級會暫時回來王都。

這對皇宮來說是很適合收集其他地區情報的大好機會，不可能不會善加利用。

因為不是所有人都會被叫去，我一時忘了，但聽說像我這種住在離王都很遠的人比較容易被叫去分享當地的情況。

我對負責處理報稅資料的女職員道謝，並在繳完稅金過後走出門，前往她剛才指定的談話室。我經過第一扇、第二扇門，最後敲了敲最裡面的第八談話室的門。

「好的，請進。」

「…………」

——我有非常不好的預感。總覺得這聲音好耳熟。

可是我也不能馬上往右轉，直接走人，只好先做好心理準備再走進去。

「打擾了——呃！」

我的預感是對的。在談話室裡的正是那個應對起來最麻煩的人——菲力克殿下。

「哎呀，妳一看到我就露出那種表情，也是會讓我有點受傷的。」

——少騙人了。菲力克殿下才沒有脆弱到會因為這點小事就覺得受傷吧！

但是他是這個國家的王子。我只好重新裝出笑容，禮貌性地問候他。

「好久不見了，殿下。您後來過得還安好嗎？」

「當然、當然，託妳的福，我的頭髮都長出來了。」

菲力克殿下不斷撥起他茂盛不少的頭髮，讓他的髮絲隨之飄逸。

他這種舉動很符合他散發出的貴公子氛圍，可是他撥頭髮的動作跟之前還是禿頭的時候一模一樣……我……我的腹肌，你要撐住啊！現在是你最需要展現毅力撐下去的時候啊！

「這……這樣啊。看到生髮藥……這麼……有效，我也……放心了。」

很好！我的腹肌贏了！

然而菲力克殿下卻不知道為什麼顯得有點不滿，並接著要我坐到椅子上，說：

「我是想要跟妳打聽前吾豔從男爵領地，也就是現在的國王直轄領地『羅赫哈特』相關的消息——妳應該以為我是因為這樣，才會請妳過來吧？」

「……原來不是嗎？」

「不是，畢竟國王直轄領地的消息都會回報給王都。我會藉這個機會找妳來談談，是要避免顯得太過刻意。而且皇族本來就不會親自過來向鍊金術師打聽偏遠地區的事情。」

「說的也是。尤其皇族應該很容易忙得抽不開身。」

我點點頭表示同意，然而，菲力克殿下卻是露出了苦笑，輕輕搖搖頭。

「其實也不一定……不對，這不是重點。我要找妳談兩件事。第一件事是這個。」

菲力克殿下說完便指向放在桌上的兩本厚重書籍。

書名是——《火蜥蜴！基於生態與實驗結果進行深入考察》。

「這是諾多要我轉交給妳跟艾莉絲的書，說要免費送給兩位。因為若沒有兩位的大力協助，這本書也無法順利問世。妳不妨翻閱看看吧。」

書這種東西並不便宜。不過，我認為我可以大方收下諾多先生送我們的書。

因為他之前給我們添的麻煩真的大到應該送點東西補償我們嘛！

我照著菲力克殿下說的拿起眼前的書，迅速翻閱，發現這明明是專業領域的書籍，裡頭的文章卻意外容易閱讀，還有加上精緻的插畫，整體品質非常出眾。

最後幾頁還寫著他過去出過的大量書籍跟每本書的簡介。

「原來他寫過這麼多本書。除了魔物以外，還有關於植物的書……」

「妳有興趣嗎？不然，我送一整套他寫過的書給妳吧。」

「不……不用了！我怎麼好意思要您送這麼多本書給我呢！」

我連忙搖頭拒絕，菲力克殿下則是輕輕笑了一下，聳聳肩說：

「妳不用在意，反正我這裡有很多本一樣的。諾多應該也會比較高興這些書可以轉交到能夠好好利用它的人手上。」

諾多先生之前說過，他會藉著提交研究報告領獎金。

那些拿來提交的書似乎都會收藏在皇宮裡，菲力克殿下可以隨時翻閱，再加上他有以個人名義資助研究經費給諾多先生，所以他手邊有很多本諾多先生免費送他的書。

「那麼，我近期會再把他寫的書送給妳。妳不妨藉這個機會看看他的研究成果吧。」

「好……諾多先生該不會其實是個很厲害的人吧？連師父都聽過他。」

「他就是天才跟笨蛋只有一線之隔的最佳範例。我也是看在他的研究成果帶來的好處都比壞處大，才會一直資助他……只是對妳們來說，可能就不是天才，是天災了。」

「那我下次遇到他會把頭壓低，靜靜等他這陣暴風雨過去。」

我在話中暗藏「以後不會再幫他」的意思，但菲力克殿下卻露出了莫測高深的笑容。

「我認為天災最可怕的地方，就是我們完全無法預測它的一舉一動。」

——咦……？可以不要說這麼不吉利的話嗎？

不過，菲力克殿下接著提起的話題，更是麻煩到我突然都不覺得這句話有多不吉利了。

「先不提這個了，接下來這件事才是重點。珊樂莎小姐有聽說現在南斯托拉格——應該說整個羅赫哈特的治安漸趨惡化，盜賊也日益增多嗎？」

「不，我沒聽說。我在約克村沒有感覺到治安有變差……」

「在約克村當然不可能感覺到。畢竟那裡除了有可怕到能獨自殺死一群盜賊的珊樂莎小姐外，還有許多實力堅強到足以應付地獄焰灰熊狂襲的採集家，哪有盜賊敢對你們輕舉妄動呢？」

原來如此。先不追究他說我可怕，在約克村待了很長一段時間的採集家不只基本上都很善良，也擁有一定程度的實力。就算有盜賊來犯，也絕對會被他們打退。

「不過，約克村其實算是例外。在其他村莊跟城鎮活動的商人都深受盜賊侵擾之苦。所以我想請珊樂莎小姐協助整頓治安。」

「……這應該是治理羅赫哈特的官員的工作吧？」

我不懂他為什麼要來找我處理這種事情，不禁提出疑問。隨後，菲力克殿下就一臉傷腦筋地露出苦笑。

「掌管羅赫哈特的官員治理能力相當優秀，只可惜他那裡沒有足夠人手。前從男爵遭到判刑以後，接管的官員就迅速在領地內做了不少改革，但是他做事似乎有點太心急了。」

那位官員好像解僱了所有參與犯罪行為的軍人跟公務員，還特地掃蕩犯罪組織，嘗試去除南斯托拉格內的惡勢力，結果雖然改善了城鎮的治安，卻使得能夠利用的人才銳減，而且被驅逐的那些壞人轉職當起盜賊，反倒讓羅赫哈特整體的治安隨之惡化。

單看這一點會認為是那位官員的施政方針有誤，不過，前任從男爵遭到判刑的事由是「意圖反叛國王」。

似乎是不狠下心剔除問題人員，會害剩下的人也可能被懷疑意圖謀反，才不得已這麼做。

「總之，大規模整治反而導致維持治安的人手銳減。而且可以保證非常清廉潔白的第六警備小隊也不知道為什麼全都離職了，真不可思議啊。」

——他說的是我們在雪山上遇到的那群人吧？居然還說「不知道為什麼」，他一定連那些人搬離南斯托拉格的來龍去脈都知道得一清二楚吧？

不過，故意講明這件事搞不好會招惹不必要的麻煩。我決定從其他角度展開反擊。

「我能理解現在這種情況一定讓他們忙不過來，可是，您為什麼會想請我幫忙？我只不過是個小小的鍊金術師——」

「現在的妳已經無法自稱小人物了吧？說說妳叫什麼名字。」

我還沒說完，菲力克殿下就否定我的回答，並提出一個莫名其妙的疑問。

「咦？我叫珊樂莎・菲德啊……」

「現在不是了吧？」

「……啊。是珊樂莎．菲德．洛采。」

一直到菲力克殿下面帶微笑提醒我，我才終於想起這件事。

其實我本來要改名成「珊樂莎．洛采」才對。

可是我想保留「菲德」這個姓氏，就請厄德巴特先生他們允許我改成這個名字，但現在的重點是「洛采」的部分。

菲力克殿下聽到我訂正說法，就滿意地點了點頭。

「沒錯。前陣子送交的結婚申請書已經通過了，妳現在是洛采家的一份子。而且國王也認可洛采家同時提出的繼承人轉讓申請了。」

——咦？我沒聽說這回事。我是同意跟艾莉絲結婚了，可是怎麼會連繼承人的位子都轉讓給我？還已經經過國王認可了。

我知道他們曾考慮把繼承人的位子轉讓給我，所以他們真的這麼做了嗎？

「呃～您這麼說的意思是……？」

「現在的妳是洛采爵士。妳知道貴族需要肩負什麼樣的義務吧？」

「唔……」

由國王授予領地的貴族需要額外背負幾種義務。

其中當然包含「不可違逆國王要求提供兵力」的義務。

也就是說，如果國王要求領主派兵整頓國王直轄領地的治安，領主也無權拒絕。

——可惡，我都還沒享受到變成貴族的好處，就得先面對義務了！

「所以，洛采爵士。我要任命妳全權代理羅赫哈特的領主職責。」

「…………什麼？咦？全權代理領主職責？不是單純討伐盜賊而已嗎？」

菲力克殿下看到我為意料外的命令愣住了一瞬間，也沒有改變他臉上的笑容。

「對。因為命令領主在官員底下做事會衍生出一些問題，然而只命令妳自行斬殺分散在領地各處的盜賊，也顯得太過草率。羅赫哈特這片土地存在許多麻煩，我需要有一個想法夠全面，而且有一定權限的人來幫忙。」

唔唔唔……這我可以理解。四處驅趕盜賊萬一不小心把他們逼去附近其他領地裡面，會衍生成不同領地之間的糾紛。也不能完全忽略城鎮之間的通路跟貿易通道，直接清理掉那些盜賊。

可是……這責任太大了！大過頭了！我怎麼承受得起全權代理！

「您……您可以請羅赫哈特附近的貴族幫忙，不一定要找我這種新手吧……」

「說來可惜，我國非常欠缺優秀人才。這也是我們為什麼會特地設立鍊金術師培育學校……請妳仔細想想看，羅赫哈特周遭盡是些小貴族。厄德巴特．洛采也是其中之一。妳認為他足以肩負這份重責大任嗎？」

「這……」

我的確認為他是個善良的領主，但僅限於他治理的只是座小村莊的情況。

他是我岳父，我是很想替他說好話，可是他曾經受騙上當的經驗讓人很難袒護他。

「其他小貴族也與他大同小異——不對，應該說大多不及厄德巴特。然而，我眼前正好有一位熟知政治學與經濟學的優秀人才。真是太幸運了。」

有可以利用的人才，也有正當理由命令該名人才。那當然沒道理不借助對方的力量。

我明白這個道理。今天換作是我，我一樣會這麼做，也認為這是正確的判斷。

——前提是那個被利用的人不是我！

「我已經是很顧慮到妳的感受，才會私下跟妳談這件事了。不然其實也可以請妳到謁見室接受國王親自任命，只是妳是米里斯大師的徒弟，我們必須盡可能尊重妳。」

他這麼說，等於是不允許我回答其他答案。這讓我只能回答「遵命」。

而且他解釋得這麼詳細，應該是真的有顧慮到我的感受。

「還有，我聽說珊樂莎小姐似乎對盜賊恨之入骨，對吧？妳接下這份工作的話，就有正當理由殺死每一個被妳找出來的盜賊。殺的是約克村附近的盜賊也無妨。」

事到如今，我也不會想特地問笑容燦爛的菲力克殿下為什麼知道這件事了。

但是可以不要講得好像我是嗜血殺人魔嗎？我不否定自己對盜賊恨之入骨，而且一想到那些盜賊可能威脅到我認識的人，我也的確不想放任他們繼續撒野，可是把我說成這樣太誇張了啦！

我有義務跟理由接下這份工作，甚至這份工作還很符合我的信念。

既然我已經無路可退，那我也只剩下「遵命」這個答案——於是，我又變得更不喜歡跟菲力克殿下面對面交談了。

◇◇◇

我摀著被菲力克殿下無理取鬧的要求壓得疼痛不已的頭，走出皇宮大門。

然後立刻撞見一個簡單來說，就是個變態的怪人。

「我叫做布支修侈．吾……布支修侈。平民，妳很幸運，我大方賜予妳跟我結婚的榮譽。」

他的打扮……很普通。身材臃腫，身上衣服的品質還算不錯。穿衣品味就不多做評論了。我沒有心胸狹窄到會因為一個人的穿衣品味很差，就罵對方變態。

可是他的言行完全就是變態。光是對第一次見面的人求婚就很不正常了，更何況他還說什麼跟自己結婚是種「榮譽」。這個世界會同意我直接認定他是變態的。

「…………我聽不太懂你在說什麼。」

——不要再害我的頭更痛了。

然而很可惜的是，變態似乎無法理解我暗藏這份心聲的回答是什麼意思。

眼前的變態嘆了口氣，用覺得很受不了的眼神看向我。

「你們平民就是這麼傻。擁有高貴血統的我願意大發慈悲幫妳說明，妳可要聽好了。妳就算透過骯髒的手段得到貴族的身分，也不改妳骨子裡就是流著下賤的血。妳嫁去的洛采家也跟妳差不了多少吧？我是血統純正的貴族，跟我生下的後代會比較沒有那麼下賤。喔，對，妳不用擔心。妳雖然發育得不太好，臉蛋倒是不算差，而且聽說跟妳結婚的那女人長得滿不錯的，妳們就一起來當我老婆吧。再說，兩個女人結婚根本沒什麼屁用——」

哇！這傢伙變態到超乎我的想像耶！

我刻意不去細聽他接下來說的話，因為我認為再聽下去也沒意義。

他不只講的話很莫名其妙，還不知道為什麼很清楚一些沒有外傳的事情，又更噁心了。

——不對，我記得菲力克殿下曾經四處宣傳我結婚這件事吧？

咦？所以我會遇到變態也是菲力克殿下害的嗎？他真的是瘟神耶！

他帶給我的麻煩已經快多到我可以當著他的面破口大罵，還不會有任何人斥責我了吧？

……我猜應該還是不可能。畢竟他再怎麼樣也不改他是皇族的事實，尤其他長相又很英俊。

我回頭望向守著皇宮門口的士兵，希望有人可以來幫我解危，但很可惜，那些士兵只是把視線撇向一旁，裝作沒看見——嗯，我其實懂他們為什麼會這樣。

一般人都不會想主動跟這種怪人扯上關係吧？而且他目前也沒有真的對我動手動腳。

可是你們會不會有點太無情了啊？看到一個弱女子被變態纏上，你們怎麼忍心視若無睹！

總覺得我用視線對他們表達「你們這樣會沒人愛喔」之後，他們眼中好像就透露出了「妳一個鍊金術師怎麼可能會柔弱？」的意思。應該只是我想太多了。

「──我會讓妳知道我有多厲害──」

變態仍然不停自言自語，我沒道理繼續站在這裡等他說完。

我消耗自己多到用不完的魔力，使盡全力施展體能強化。

「──妳就乖乖聽我的話──啊，喂，妳要去哪裡──」

他還講了些要不是這附近有其他人在，我其實很想狠狠揍他一頓的鬼話，可惜這裡是皇宮前面，沒辦法真的揍下去。我懷著這份惱火，大力朝著地面一蹬。

我就這麼拋下胡言亂語的變態，奔往某個地方──

「師父！妳聽我說啦～！」

我想找個地方一吐剛才的不快，用最快速度衝回師父的店裡找她訴苦。

不過，師父看到我用力推開門衝進來，卻還是一副不慌不忙的模樣。

「喔，珊樂莎，妳回來啦。妳已經報完稅了嗎？」

「啊，對，幸好有師父幫忙——不對啦！有變態！我遇到變態了！」

她的態度害我一時不小心受到影響，但我很快就重回正題，向師父詳細敘述剛才遇到了什麼樣的變態。還順便抱怨了菲力克殿下幾句。不過，師父對我的訴苦並沒有太大的反應，僅僅是很平淡地說了聲：「是喔～」

「……師父，妳會不會對自己的徒弟太冷淡了？妳再多關心我一點又不會怎麼樣。」

我不會奢求她陪我一起忿忿不平。不過，我還是希望師父可以多少安慰一下徒弟。

可是師父只是輕輕笑了幾聲，聳了聳肩。

「因為我早就料到可能會有怪人去騷擾妳了。如果妳沒有先考慮過成為貴族的好處跟壞處就呆呆地跟貴族結婚，那就是妳的問題了。自己想辦法解決吧。」

「唔……師父這麼說是很有道理。是很有道理啦，可是～～」

「妳以後還會再遇到更多這種人。雖然應該很少人會傻到像妳剛才遇到的那個一樣，但一定會有人要妳收他當家臣，或是要妳資助他。因為妳看起來很好欺負。」

「好啦好啦，我知道自己外表看起來一點威嚴都沒有。師父，妳既然都知道自己的徒弟以後會吃不少苦了，應該也可以慷慨幫一下自己的徒弟吧？」

其實光是師父的名聲，就已經是我這個徒弟的強大後盾了。

可是，我要求師父再多幫幫可憐的徒弟也不至於太過分吧？我用懇求的眼神凝視著師父，師父就扶著額頭沉思了一段時間，接著開始翻找附近的櫃子。

「我想想，我記得有個東西就放在這附近……喔，找到了。那我就送妳這個鍊藥吧。」

師父從櫃子裡拿出積了灰塵的鍊藥瓶。

那比一般的鍊藥瓶大，還被層層密封起來。看起來很可疑，超可疑的。

「……那是什麼？應該是我不知道的鍊藥吧？」

「萬一妳遇到麻煩事，還不小心下手過重，就用這個鍊藥來清理吧。只要滴個幾滴就可以清得一乾二淨——我就不明說是清理什麼東西了。」

「這個鍊藥的效果也強過頭了吧！師……師父，妳怎麼挑這麼危險的東西送我啊！」

「別擔心，這種鍊藥滴在活的生物身上不會發揮效用——」

「師父這樣等於已經明說了吧！——不過，既然師父要送我，我就收下它吧。」

我畢恭畢敬地收下師父本來看我反應很大，已經準備收起來的鍊藥，放進自己懷裡。

先不論我會不會真的用到它，至少鍊金術師本來就不會想放過任何能拿到稀有鍊藥的機會！

——啊，但是我不知道這種鍊藥的效果喔。嗯，我不知道。

就算以後有人突然行蹤不明，也跟我沒關係。我絕對是無辜的。知道了嗎？

「話說回來，雖然我早就知道當貴族會很麻煩，但這下是真的實際體會到會怎麼樣麻煩了。還會突然被菲力克殿下委託一份重責大任……師父，妳看啦。」

我拿出菲力克殿下在離開之前交給我的委任狀，向師父抱怨他有多過分。師父一看完委任狀，就有些訝異地睜大了雙眼。

「看來菲力克那傢伙比我預料中的還要更顧慮妳的感受。」

「——咦？師父妳這個反應……該不會早就知道他要指派這個工作給我了吧？」

「是啊。別看他那樣，他做事其實滿講規矩的。像這件事他也有事前告知我。」

「那師父怎麼不幫我制止他……也對，貴族的義務本來就沒得制止。」

我嘆著氣，沮喪地垂下肩膀。師父微微笑出聲，把委任狀遞還給我。

「貴族總不能只顧著享受權利吧？而且菲力克已經給妳夠多好處了。一般貴族收到國王指派的命令是再怎麼無利可圖，都只能乖乖吞下去。」

「是啊。小小的爵士根本無權向皇室抗議，也沒辦法奢望會拿到什麼好處。頂多需要派兵支援的時候可以領到經費。我本來以為這份工作也會是這樣……可是師父說的好處是什麼？該不會連師父都認為『可以盡情殺死盜賊』就是我可以得到的好處吧？」

消滅盜賊的確是菲德家的家訓，但是我也不會殺得樂在其中啊。

「傻瓜，我哪可能那麼想。妳仔細看看那張委任狀。上面很明確地寫到『領主全權代理人權限高於地方治理人』。所以，妳現在在羅赫哈特會擁有跟領主同等的權限。」

「是沒錯。這有什麼問題嗎……？」

我無法理解師傅想要表達什麼，內心充滿了疑惑。師父看我這樣，就露出微笑，說：

「看來妳意外善良嘛。簡單來說，妳在解決盜賊肆虐的問題之前，都可以隨意使用羅赫哈特的資金。當然，也可以用在妳的私事上。」

「……咦？意思是我也可以把羅赫哈特的稅金拿來當鍊金術實驗的經費嗎？」

「可以。妳想這麼做嗎？」

「當……當——當然不會！」

我忍痛決定不擅自動用羅赫哈特的資金，否認師父笑著說出口的試探話語。

雖然我真的很心動，可是那麼做不只會替我自己招惹麻煩，也絕對會帶給師父困擾！

「我想也是。菲力克大概也是知道妳不會那麼做，才會放心讓妳擔任全權代理領主。不過，他應該也把妳可以自行分配一些預算去處理『對羅赫哈特跟自己都有好處』的事情算在酬勞裡面了。比如——多分配一些補助經費給某個村莊。」

哦……哦哦……所以，我可以用那些稅金擴建約克村、修繕約克村通往南斯托拉格的路，或是鋪設從約克村直通洛采家領地的道路……？

——菲力克殿下在我心裡的印象好像加了一點點分！

「那他剛才直接跟我說就好了啊——也對，他不能這樣說。」

「他總不能直說『妳可以自由挪用領地的預算』吧。我猜他應該也認為不能讓妳做白工，說不定妳不小心出了一些差錯，他還會幫妳扛責任。不過，也別因為這樣就不動腦筋做決策。」

「討厭啦～師父，我是覺得菲力克殿下很煩沒錯，但我不會亂來啦——而且給他添麻煩的後果一定很可怕。」

我急忙對露出苦笑的師父揮揮手，強調自己還是會小心注意。

就算真的要亂來，我也不打算做得太誇張，事後被追究責任時才能正當化自己的行為。

「不過，這下我也比較有幹勁了。反正也就待在王都的這幾天比較容易遇到怪人，忍一忍就好了！」

那些麻煩鬼應該不至於有毅力到不惜跑來偏遠地區糾纏我。

而且他們就算知道我的名字，也不一定認得我的長相。

再加上王都很大，就算我在路上物色要帶回去的伴手禮，應該也很難找到我。

不曉得剛才那個變態是不是認識皇宮裡面的人，才有辦法事前知道我要來，在外面埋伏我。

這幾乎是唯一一種外人可以偷偷接近我的方法。假如被發現我暫時借住師父家，也很少人有勇氣試圖強行闖過師父這一關。

畢竟師父是個只要看對方不順眼，連貴族都敢踹出門的人啊！哼哼！

「嗯。看來妳肚子裡的怨氣都消了。順帶一提，有一個人說想要見妳。」

師父這句話讓我本來消掉的怨氣又突然冒了出來。

「……師父，妳是不是覺得要趕走對方很麻煩，就想丟給我自己應付？」

我言下之意是：「妳為什麼要在這時候說這種話？」師父在短暫思考之後點點頭，說：

「差不多就是那樣。」

「師父～妳怎麼這樣……妳就直接把對方嚇跑就好了啊～」

「但是那傢伙必須由妳來決定怎麼處理。看妳要拒絕她、拋棄她還是帶走她都好，至少跟她見一次面吧。我也一樣覺得很困擾。」

師父嘴上說很困擾，眼神卻好像在等著看好戲，讓我感到一頭霧水。

◇◇◇

「珊樂莎學姊～好久不見～！」

「我還以為是誰想見我，原來是蜜絲緹啊～妳看起來過得還不錯嘛。」

我來到師父店裡的會客室。我一進門，就有人衝過來抱住了我。她是我在校時期為數不多的朋友之一兼後輩——蜜絲緹·哈德森。

我也緊緊抱住蜜絲緹，並親身體會到她成長了很多。

一年半前我還可以看到她的頭頂，現在她已經長得比我還要高了……可惡。

「珊樂莎學姊……好像也沒什麼變。」

「等一下。妳給我等一下。妳剛剛是看著哪裡說這句話的！——啊，妳不用回答沒關係。」

因為我發現她的視線直盯著我的上半身！

我現在的身材是幾乎跟剛畢業那時候一模一樣沒錯啦！

「唔唔唔……蜜絲緹妳倒是成長了……不少嘛。」

我的身高好像比她矮一點點，而胸部發育就不只差一點點了。

可惡，這就是殘忍的階級分化嗎？

我畢業那時候還有小贏——還沒有輸給她耶！

「都過一年半了，我當然會長大啊。沒有哪一個在發育的人過了這麼長一段時間還會完全沒變——啊。」

「『啊』什麼『啊』！好啦、好啦，反正我就是快要停止發育了啦！」

我推開雙手依然抱著我，卻開始毛手毛腳地檢查我發育情況的蜜絲緹。

「所以，妳是知道我會來王都，才特地來找我的嗎？妳的消息這麼靈通？」

「我來找學姊的原因之一的確是因為很想念妳。因為妳之前沒來參加我的畢業典禮，害我好寂寞。」

「王都離我現在住的地方太遠了。而且蜜絲緹有後輩們陪妳開歡送會吧？」

「咦？那當然啊，那時候大家一起辦了一場畢業歡送派對……可是學姊沒有來參加，就覺得很可惜。」

喔，原來對妳來說是「那當然」啊。而且還跟大家一起開畢業派對。

明明我那時候都沒有人要邀請我！

但我也不覺得寂寞啦！

「……算了，這不是重點。謝謝妳特地來見我。等等有時間要一起去哪裡吃點好吃的嗎？我可以請客。因為我現在有賺錢了！」

我洋洋得意地表示：「現在的我已經不像以前那樣省吃儉用了！」接著蜜絲緹便微微低下頭，只有眼睛往上看著我。她語氣委婉地說：

「那個，雖然我是真的很想來見珊樂莎學姊一面，可是我來這裡最主要的目的是想拜託學姊一件事情……」

「——咦？拜託我？妳怎麼會有事情想拜託我？」

如果說這句話的是別人，我可能還會懷疑是想來找我借錢，可是蜜絲緹是知名海運商會——哈德森商會的千金。我不認為她會像以前的我那麼窮。也就是說——

「學姊，求求妳讓我在妳的店裡工作吧！」

看到蜜絲緹一說完就低頭懇求我答應，我不禁悲從中來。

「唉……蜜絲緹也是因為我變成貴族，才——」

「才不是！我想拜學姊為師。我希望學姊可以指導我成為獨當一面的鍊金術師！」

蜜絲緹急忙打斷我的猜測，讓我一時搞不懂是怎麼回事。

「咦？鍊金術師？——啊，這麼說來，蜜絲緹妳現在在哪裡工作？妳已經畢業了，應該是在哪間店修練鍊金術吧？」

我是特殊案例。一般會先找間店修練幾年，再獨自開店。

我以為蜜絲緹應該也是這樣，然而，她卻是壓低了視線，搖頭否認我的提問。

「我沒有去其他鍊金術店拜師學藝。我現在只有偶爾來這間店打工，勉強賺點錢過生活而已……」

「喔，難怪師父會知情。可是妳家不就在王都嗎？直接回家就好了吧——」

「我不想回家！——呃，學姊對我家的情況了解多少？」

「我只知道哈德森商會是海運巨頭，在海上呼風喚雨。」

「學姊，妳怎麼這樣形容……我們家的商會事業是做得還算成功沒錯啦。」

蜜絲緹有點傻眼地看著我。咦？我這樣形容很奇怪嗎？

我眨了眨眼，訝異地看著蜜絲緹。她微微露出苦笑，接著說：

「其實我有個同父異母的哥哥。大家都認為哈德森商會的繼承人應該會是我哥哥，可是我父

親名義上的正室是我母親。」

「也……也就是說，你們兩兄妹要為了繼承人的寶座互相殘殺嗎……？」

我曾聽說過類似的事情。聽說大規模商會有時候會有這種情況！

我緊張地嚥下了一口口水。

「不，事情還沒有演變得那麼嚴重。但我們感情的確不太好。我小時候哥哥還很疼我，準備進學校念書的那時候也曾祝福我可以順利畢業……」

然而開始上學以後，不只是在忙學校課業的蜜絲緹，連正式開始接觸商會工作的哥哥都忙得抽不出時間，使得兩人沒什麼機會見面，也就這麼漸行漸遠。而且蜜絲緹順利畢業之後，商會裡甚至有人試圖把蜜絲緹拱成下一任繼承人，讓她很傷腦筋。

「原來如此。是因為能順利畢業的人一定很優秀，他們才會希望妳當繼承人吧。我也不是不懂你們商會的人的想法……」

隸屬商會的人一定比較看重商會的拓展跟延續。

若以這樣的想法為前提，最適合的人選當然會是蜜絲緹。她不只血脈純正，還優秀到可以念完鍊金術師培育學校，甚至透過校園生活建立起不少人脈。即使她的商業能力還是未知數，哈德森商會這樣的大型商會內部應該也有足夠人才可以輔佐她。

「可是我就是想當鍊金術師，才會去考鍊金術師培育學校啊！我沒有想當商會長的意思！」

「那妳直接去找工作就好了吧？反正妳也已經成年了。」

「因為……我本來不太想在學姊面前提到這麼丟臉的事情，其實是我的家人不願意資助我找工作。我父親希望我直接回家。而且王都附近的人似乎都認得出我是哈德森商會的千金，會很委婉地拒絕錄取我……」

「啊，也對，找工作很花錢。」

找工作需要支出旅費跟住宿費。我當初還因為買了整套的《鍊金術大全》，身上根本擠不出多少閒錢。

結果最後是師父買了一間店送我。雖然後來經營得還算順利，但追根究柢也是因為有師父在背後撐腰。所以我絕對不會嘲笑蜜絲緹必須仰賴家人。

「所以妳是覺得偏遠地區不容易受到哈德森商會的影響，才會來找我嗎？」

「不，這只是其中一個原因，我會來找學姊，最主要還是想跟學姊在同一間店工作。」

蜜絲緹用非常真摯的眼光看著我，她應該不是在說謊。

畢竟她如果真的是盡全力在找工作，應該還是能克服家人帶來的一點小障礙，而且鍊金術師的地位沒有低到會被一個普通的商會影響就職。

然而她到現在都還沒有找到一份可以定下來的工作，就表示——

「嗯，我也認為能跟妳共事應該會很開心，而且妳是我能夠信任的人。畢竟我自己也是鍊金術師，我當然會更支持妳想當鍊金術師的夢想。」

再加上蜜絲緹來當我的徒弟，剛好能解決我遇到的困擾。

我現在是洛采家的當家，不能完全不出面處理貴族的工作。

如果每一次需要外出辦事就得暫停營業，經營上一定會出問題，更何況我也不能每次都請瑪里絲小姐來幫忙。所以蜜絲緹願意來我店裡工作，對我來說的確是好事一樁。

問題在於我得收她當徒弟。

我在鍊金術這個領域的經驗是比蜜絲緹豐富一點，但也真的就只是「一點」。

要說我有沒有足夠實力擔任別人的師父，就很難說了……

——唔～我是不是該跟師父商量看看？

我煩惱到一半，蜜絲緹就有點難以啟齒地說：

「……那個，學姊。我擔心妳會誤會，我先說清楚好了。其實希望我回家的只有父親，我哥哥是叫我拉攏珊樂莎學姊。說這樣可以多出奧菲莉亞大人這份人脈，學姊又剛好是同性戀，應該會比較願意接受我的請求。」

「——什麼————！呃，那個，蜜絲緹，我先說我可不是同性戀喔。我的確是跟艾莉絲結婚了，可是——」

蜜絲緹輕拍我的雙肩，要連忙解釋的我先冷靜下來。

「我知道。學姊在校的時候就不像有那種傾向，我也只是單純想跟學姊一起工作而已，沒有別的意思。只是這樣有可能會給學姊添麻煩……」

「唔～原來如此……」

她哥哥會這麼吩咐她，應該是想透過蜜絲緹確保我跟師父這兩條人脈。畢竟我現在是貴族，師父又是大師級鍊金術師，跟我們打好關係的好處很大。以一個商會繼承人的角度來說，她哥哥的判斷非常正確。

而且還可以順便把蜜絲緹趕出繼承人爭奪戰，等於是一石二鳥。

不曉得蜜絲緹的父親會希望她回家，是認為商會裡有鍊金術師比較能帶來利益，還是單純不想要女兒離家的父母心作祟。

至於我會受到的影響，就是假如我真的帶蜜絲緹回去，一定會被當成是「那麼回事」。

那樣會害我未來…………等等，好像也不會有什麼壞處？

我在決定跟艾莉絲結婚的時候，就放棄談場平凡的戀愛了。

尤其洛采家已經把當家的地位轉讓給我，我不能說離婚就離婚，也完全不打算離婚。

再加上我已經結婚了，不需要擔心會有其他女生來向我求婚——除非是像剛才遇到的那種變態。那種人大概打一開始就只考慮到他自己，想再多也只是浪費時間。

「——蜜絲緹真的不介意當我的徒弟嗎？除非其他人只認為妳是我的徒弟，不然妳以後應該會很難找到人結婚喔。說不定還會變得沒有男人緣……」

「那樣正好——不對。因為我本來就想像奧菲莉亞大人那樣，沒關係！」

蜜絲緹很有自信地挺起胸膛，回應我這道出於擔憂的疑問。

「也對，師父的確沒有結婚。」

——應該沒有吧？我最近在這方面的話題上變得有點不太相信師父說的是實話。

「這樣啊，原來蜜絲緹也是夢想當上大師級鍊金術師啊～好，我知道了！蜜絲緹，妳就來我店裡吧！我是不至於全方面照顧妳，但我們就一起努力看看吧！」

「珊樂莎學姊……好！那就請妳多多指教了，師父！」

「啊，妳就不用叫我師父了。我還沒辦法自戀到可以心平氣和地聽別人叫我師父。」

蜜絲緹很感動地說出這句話，並用雙手緊緊握住我的手，而我則是輕輕推開她的手。

「咦～可是我要在學姊的店裡工作，叫妳師父很合理啊。」

「不行不行。我才剛從學校畢業一年而已，要是連我這種菜鳥都能被叫師父，一定會被我師父笑死。」

把手放開的蜜絲緹一臉可惜，而我還是很明確地搖頭拒絕她。

我只是個《鍊金術大全》的進度還在第五集途中的初級鍊金術師。

至少也要進度已經在第七集以後的中級鍊金術師，才有資格被稱做師父。

「我認為學姊開店有賺錢，就已經有資格當別人的師父了……應該有賺錢吧？」

「當然有。我會答應僱用妳來當店員，就表示我至少付得起妳的薪水。而且我今天繳稅繳了不少錢呢。啊，但是我付不了太多薪水喔，只能給妳一般價位的薪水。」

對於我表示即使認識很久的學妹也無法給予好待遇，蜜絲緹微笑著點頭表示同意。

「那樣已經夠多了。學姊果然很厲害——不過，這下我也終於可以鬆口氣了。以後就不需要跟哥哥爭繼承人的位子了。」

「如果我拒絕僱用妳，妳該不會就要回去搶哈德森商會長的繼承權了吧？」

「我不打算繼承商會長的位子，可是我不用行動清楚表明自己的立場，就會有人想拱我當商會長。我去學姊的店裡工作，就不用擔心會發生那種事情了。所以，學姊妳應該要感到高興才對！妳成功守護了一個家庭的和平！」

「哦～原來我的一個決定可以守護一個家庭啊～等一下！這是妳家的事情耶！妳會不會講得太不在乎了？」

「不會，畢竟要先確保不會發生小紛爭，才能保住整個家庭的和平。就好比不理會正在燃燒的小火，它之後就會蔓延成一片火海。」

她一本正經地說著這番話。我知道她說的很有道理，可是……呃～

「算了，我就不追究了。那，蜜絲緹，我們去吃午餐吧。這頓我請妳。我吃完午餐想去買伴手禮，妳有時間的話，可以幫我介紹有哪些好地方嗎？因為我對這方面不是很熟。」

「當然沒問題！呵呵呵，這還是學姊第一次約我去逛街呢。」

蜜絲緹馬上接受了我的邀約，開心地挽著我的手。

「啊～因為我還沒畢業之前都很省吃儉用嘛。」

「是啊。當初普莉希亞學姊跟萊絲學姊還硬拖著除了打工以外都窩在學校裡的珊樂莎學姊出門……好懷念喔。」

「因為宿舍裡面可以吃不用錢的飯。而且學校會免費發制服，沒必要特地買別的衣服。」

所以不出校門就是最好的省錢方式——只是光靠省錢也賺不了錢，還是得靠打工賺錢，或是努力拿好成績來換獎勵金。

我心有戚戚焉地說完，蜜絲緹就深深點頭，似乎很贊同我的說法。

「幸好普莉希亞學姊她們那麼積極，才能讓珊樂莎學姊的生活多少有點人味。」

「真的……等等，咦？有那麼誇張嗎？我的生活應該不至於被說沒有人味吧？」

原來蜜絲緹一直都是這樣看待我的嗎……？

「那，學姊妳曾經一個人去買過衣服嗎？」

「是……沒有……可……可是，我只是因為學姊她們在我的衣服真的沒辦法繼續穿之前就帶我去買衣服，才會沒機會自己去買……」

「不可能。珊樂莎學姊是連一般人認為早就不能穿的衣服都會硬是繼續穿下去的人。而且就算是已經穿不下的衣服，也會特地留起來不丟掉。」

「妳……妳講得還真肯定耶，蜜絲緹。」

「我們認識這麼久，應該都知道彼此的優點跟缺點了，不是嗎？」

我無法反駁。尤其我真的把剛進學校那時候買的衣服帶去約克村了！

「學姊應該也不曾自己一個人去美髮院剪頭髮吧？」

「因……因為還沒長到非剪不可的長度，普莉希亞學姊就請她家的女僕幫我剪了……」

「我想也是。記得學姊她們畢業之後的那一年，珊樂莎學姊的頭髮真的是亂得難以置信。」

「沒那麼誇張吧！我偶爾還是會剪啊！——只是都是我自己剪而已。」

「就是有那麼誇張！要是學姊她們不插手，珊樂莎學姊一定到畢業之前都是一頭亂髮跟一身破衣服，弄得自己根本不像在人類聚落裡過生活！而且一定不會只因為學業成績很好而出名，還會因為打扮異常邋遢出名。」

「哇！那樣我就是超級有名的人了——有名個頭啊！蜜絲緹妳自己不也……不也——」

仔細一看，才注意到她的頭髮打理得非常整潔跟漂亮。

衣服也很時髦，看起來應該不便宜。

她這種打扮該說是輕柔可愛的風格嗎？她很適合這樣穿，穿起來特別可愛。

蘿蕾雅想像中的「都市人」，一定就是像蜜絲緹這樣的女生。

蜜絲緹來我店裡的話，蘿蕾雅絕對會沒有現在這麼尊敬我。

「——是我輸了！蜜絲緹，我可以稱呼妳師父嗎？」

「為什麼是我被稱呼師父啊！可是珊樂莎學姊已經比以前……我們等等順便去買衣服吧。我覺得妳這件衣服很眼熟喔。」

嗯，因為這套是我以前在王都跟學姊她們一起去買的衣服啊！

所以，我希望妳可以不要露出那種好像在說「我真的沒辦法說客套話……」的表情。

「那，等等吃完午餐就先請妳幫我挑衣服，再一起去找伴手禮吧。」

「好。請放心交給我吧。我一定會幫學姊打扮得漂漂亮亮的！」

「啊～真的好久沒買衣服了。謝謝妳，蜜絲緹。」

吃完午餐後，我在蜜絲緹的帶領下逛了好幾間服飾店，買了幾件衣服。

這幾件衣服一點都不便宜，但蜜絲緹說我總有一天會需要買新衣服，約克村又買不到這種時髦的衣服，強烈建議我趁這個機會先買好。所以我才會決定狠下心花這筆錢。

「不客氣，我挑衣服也挑得很開心。不過，學姊上一次買衣服是什麼時候？」

「我想想，上次是跟普莉希亞學姊她們一起來買的……應該快三年了？」

「珊樂莎學姊，妳一個女生這樣不好吧……」

看到她用極度傻眼的眼神看著我，我急忙接著解釋：

「呃，因為衣服都還可以穿啊！而且妳看這套衣服，看起來還可以再穿一段時間吧？」

不曉得是不是學姊她們幫我挑的衣服特別高級，這套衣服不只非常堅韌，還很不容易脫線，再加上單論衣服這方面真的得慶幸我身材都沒什麼變化，不會有小到穿不下的問題。

既然還能穿，我當然是繼續穿啊。不然很浪費耶。

「是說，蜜絲緹，應該只有很有錢的人會覺得衣服要常常汰換吧？」

「才不只有錢人會這樣想。至少王都裡面是連庶民都會汰換掉舊衣服。妳看看周遭的人。這裡沒有人穿破破爛爛的衣服吧？」

一聽她這麼說，我才仔細注意周遭人的穿著，發現每一個路人的打扮都乾乾淨淨的。

——不對，還是有人穿著破舊的衣服，但那是少數例外。

「……的確。明明約克村的人都不怎麼買新衣服——咦？該不會我所認為的常識根本不是常識吧？」

我只有小時候父母還在世的那段時間體驗過一般的庶民生活。後來一直待在孤兒院，進鍊金術師培育學校之後的生活也跟平常人不太一樣，畢業後又馬上搬去偏遠地區。

仔細想想，這個國家裡最偏遠的小村子跟最繁華的王都——

常識本來就有可能會多少不一樣？

「一般人都會把破舊的衣服賣給二手服飾店，二手服飾店再把縫補過的衣物放在店裡賣，如果修不好，就會當成破布賣掉。會自己縫的人不多。」

「這……這樣啊。畢竟交給專業的人來處理，還是會比較放心。」

只是我也認為這是因為王都人口夠多，才能有這樣的商業形式。

像約克村連衣服都是附近的阿姨們親手縫製的。

「可是，妳來我店裡——應該說來約克村之後，就沒有服飾店可以買衣服了。到時候就會變成妳不懂村子裡的常識了喔。哼哼哼♪」

我比她更熟悉約克村，到時候就換我來教她常識了。

「我想也是——那我乾脆請商會的人帶衣服過去好了。」

「這就真的是有錢人才會有的想法了！絕對不會錯！」

我很肯定這次是我比較有常識，隨後蜜絲緹就呵呵笑說：

「我只是開個玩笑。我們商會是做海運的，沒有定期的貨運團隊會到約克村。」

「咦……？所以，如果約克村是靠海的小鎮，妳就會請他們帶過來了嗎？」

「不會，因為規模大到有定期貨運的靠海小鎮應該都有服飾店，沒理由麻煩他們。」

只是換個理由不麻煩他們而已。不過，再繼續被有錢人的價值觀嚇得一愣一愣的也不是辦法。

我用稍微尷尬的笑容帶過這個話題，回到找伴手禮這個主軸上。

「我想想……挑食物是不是比較簡單？」

「是啊。如果只是要送給交情不會太深的人，消耗品的確是不錯的選擇，但是要送給熟人的話，還是挑些適合對方的東西會比較好吧？畢竟大家都會很高興有人了解自己的喜好。只是禮物也會比較難挑。」

「原來如此，妳這麼說還滿有道理的。那，就買飾品給對打扮很有興趣的蘿蕾雅——應該買緞帶或髮夾之類的就夠了吧？感覺買太貴的會害她很過意不去。」

「或許也可以考慮買漂亮的布料或可以用來刺繡的線。那些材料應該很難在鄉下地方弄到，而且也可以分享給其他親朋好友。」

嗯，送布跟線也不錯。我暗自記下這個選項，開始思考下一個人的禮物。

「艾莉絲可能會喜歡的東西……品質精良的劍？」

她原本的劍在地獄焰灰熊狂襲時斷掉了，現在那把是後來買來代用的便宜貨。偏遠地區很難找到品質好的劍，買一把給她，她應該會很高興——

「請等一下。她應該就是跟學姊結婚的那個人吧？」

我正開心自己想到一個好主意，蜜絲緹卻不知道為什麼試圖制止我。

「我記得她是跟我們差沒幾歲的女性吧？」
「對啊。虧妳居然知道她的年紀。妳的消息真靈通。」
我明明是在誇獎她，她卻用像在表達「這個人是認真的嗎？」的眼神看著我。
「學姊，妳是認真的嗎？妳怎麼會想送武器給女生？」
她不只是露出那種眼神，還講出口了。
「一般不是都會送戒指或耳環嗎？妳們才剛結婚而已吧？」
「唔～可是我覺得艾莉絲應該不會想要戒指跟耳環耶。」
我成為洛采家的當家以後，洛采家等於是「整個家族」欠「當家」的錢，而「家裡的錢」跟「店裡的錢」是兩回事，所以他們一樣要還錢。
不過，也因為替「家族」還債的義務是落在當家身上，我也只要從洛采家的稅收裡扣掉不會影響他們生活起居的金額，算進「店裡的錢」就好。
可是艾莉絲還是很希望自己可以做些什麼，還說：「至少鍊藥錢我一定要自己賺！」所以洛采家的債務還沒還清之前，她一定會比較喜歡收到在採集的時候也能派上用場的武器。
「——不對，說不定不管有沒有還完債，她都會比較喜歡收到武器？」
「喔，原來她是這種類型的人啊，就某方面來說，她跟學姊還滿配的。」
「是嗎？但是我不至於喜歡武器勝過飾品——」

「可是，學姊，如果有人送妳珍貴的鍊金材料，妳應該也會比收到禮服跟寶石還要高興吧？」

「是沒錯啦！可惡，原來是物以類聚啊……」

因為就算有人送我禮服，我也沒機會穿。

本來還覺得是她誤會了，結果她才是對的。完全沒辦法反駁。

「再來換挑凱特的，可能不太好挑。她是艾莉絲的隨從，也比較像是要照顧她的姊姊，平時給人的感覺很可靠，都不怎麼提到自己喜歡什麼……啊，她說不定喜歡可愛的東西。」

自從跟艾莉絲結婚之後，凱特的房間裡就出現了一些布偶。

這麼說來，艾莉絲之前好像提過她老家的房間裡擺了很多布偶？

「哦～那我搞不好跟她很合得來。我知道一些不錯的店，等等再帶學姊去看看。」

「謝謝妳。最後是瑪里絲小姐。應該送她好吃的食物就好了。」

「……總覺得突然變得好隨便。她是誰？」

「一個我請來幫忙在我外出的這段時間顧店的鍊金術師。她是貴族，之前被黑心商人騙錢騙到把自己的店搞垮，現在是其他鍊金術師的徒弟，還有欠我一些錢……算是一個明明有點實力，卻很冒失的人吧？」

「資訊量也太大了吧！可是……嗯，我覺得送吃的是好主意。因為送不夠高級的東西給貴族，他們也只會覺得很礙事。像飾品就會基於身分問題，沒辦法配戴太便宜的東西出外見人。」

我認為瑪里絲小姐應該意外不在乎這種事情，只是考慮到跟艾莉絲她們之間的交情差異，的確是送食物之類的比較不會有問題。我默默同意蜜絲緹的說法。

「好！那我要努力做好成為徒弟以後的第一份工作了。這樣才能讓學姊懷著暢快的心情收我當徒弟！」

我熟悉的商店只有自己打工過的地方，而蜜絲緹跟我不同，她知道非常多值得一看的商店。要是第一間挑不到想買的禮物，她就會帶我去其他幾間相同類型的店。在她的協助之下，我們還不到傍晚就挑好了所有伴手禮，現在正悠悠哉哉地走在王都的鬧區路上。

「蜜絲緹，謝謝妳。如果只有我自己一個人來找，我一定在第一間就直接妥協買下去了。」

「有幫到學姊就好。我也覺得跟學姊一起逛街很開心。」

「我也是。而且在這種大都市逛街也滿有趣的。」

雖然我很喜歡約克村悠閒的氛圍，但是我也算是從小就在熱鬧的地方長大，當然也不討厭大都市，尤其路上有些稀奇的東西光用看的都很過癮。

不過，我在途中意外瞥見了一座建築物，讓我不禁停下腳步。

「學姊，妳怎麼了？——菲德商會？這間店該不會……」

蜜絲緹循著我的視線看去，最後回頭看向我，等待我的回答。

「嗯，這裡以前是我家。可是……」

我進孤兒院以後，曾經回來這裡一次。因為我很好奇自己家後來變成什麼樣子。

當時我發現這裡早就已經不是菲德商會，而是一間陌生的商店。

不過，這倒也沒什麼好大驚小怪的。

商會裡有不少人員慘遭殺害，連貨物都被劫走，當然不可能不拋售用來開店的土地跟建築物換錢。然而就算知道這個道理，我還是很難過自己的家變成別人的，後來就刻意不接近這一帶。

值得慶幸的是，我聽說菲德商會似乎有勉強撐過這場劫難，沒有倒閉——

「可是，為什麼這裡會變成菲德商會？」

「……要找個商會裡的員工問問看嗎？」

仔細一看，才發現菲德商會的生意非常好。

可以看到裡面有來談生意的商人、來購物的客人，還有接待客人的員工。每個人的表情都很有活力。不像我上一次看到商會的人時，他們臉上都是充滿絕望的神情。

我對眼前這幅景象感到高興，也感覺到些許失落……

接著，我對視線中透露出擔憂的蜜絲緹搖了搖頭。

「……不用了，我們走吧。這裡已經不是我家了——」

「珊樂莎！」

我準備離開時，身後傳來一道試圖挽留我的聲音。

一回過頭，就看見有個很眼熟的老爺爺正氣喘吁吁地從道路另一頭跑過來。

「咦……你該不會是……掌櫃先生吧？」

「呼、呼……太好了，這次終於攔到妳了。我聽說妳人在王都，就跑去米里斯大人的店裡找妳，可是她說妳出門了……」

他在跑到我面前以後用手撐著大腿，不斷藉著大口喘氣調整呼吸。

「掌櫃先生——啊，你現在該不會是商會長了吧？你特地找我有什麼事嗎？」

我盡可能保持鎮定地提出疑問，他在幾次深呼吸之後搖搖頭，說：

「沒……沒有，我現在還是掌櫃。還有，珊樂莎，我有事情想跟妳談談——」

呼吸不再那麼急促的掌櫃先生沒有直接講明用意，而是朝著我踏出一步。然而，蜜絲緹卻站到我跟掌櫃先生之間，狠狠瞪著掌櫃先生。

「慢著！你想跟珊樂莎學姊談什麼？該不會是因為學姊事業有成還當上貴族，就想請她看在你們是舊識的份上給點好處之類的吧？你們拋棄她這麼久，怎麼好意思提出這種要求？學姊人很好，說不定會願意原諒你們，但是我這輩子絕對——」

「等……等一下，蜜絲緹，妳冷靜點！這樣會吸引別人注意……」

我環望周遭，連忙勸阻態度凶狠的蜜絲緹。

這裡是店門口。附近也有些似乎認識掌櫃先生的人一邊看著我們，一邊竊竊私語。蜜絲緹在發現到這件事之後才驚覺自己太過激動，立刻閉上了嘴巴。

「唔……珊樂莎學姊，對不起……」

「沒關係，我很高興妳有這份心意。」

我對瞬間沮喪起來的蜜絲緹露出微笑。

她是擔心我，才會對掌櫃先生這麼凶，再加上有些人看到熟人變得有錢有勢就會跑來攀關係，何況還有些商人會像窩德商會的人一樣惡劣。

所以我完全沒有要責備她的意思。不過，就算現在的菲德商會跟我無關，我也還是不太希望聽到冠著「菲德」名號的商會傳出不好的謠言。

「我才應該道歉，是我有點太著急了。那，我可以耽擱妳一點時間，跟妳聊一些事情嗎？而且妳們現在離開的話……」

「啊，說的也是。畢竟現在周遭的人只會覺得我們在吵架。」

「好吧。但是我會全程陪著學姊！」

「妳當然可以陪著她，沒關係。來，請往這邊走。」

我跟蜜絲緹在掌櫃先生的指示之下，刻意掛著和善的笑容走進店裡。

有些人用很狐疑的眼光看著我們，也有人發出驚呼，還有人眼眶泛淚。

店裡沒幾個我有印象的人，不曉得是他們僱了新人，還是單純是我不記得。

——唔～我那時候才八歲，搞不好真的只是我忘記了？

我們走過這些人身邊，來到以前我跟父母居住的地方兼員工們的餐廳。這個房間跟我記憶中的不太一樣，卻也明顯看得出它以前的樣子，讓我感覺當時的回憶都歷歷在目。

牆壁上的修補痕跡、只有自己一個人的時候會覺得很可怕的天花板花紋、我的塗鴉——啊，塗鴉果然不會留著，嗯。太好了。要是那個塗鴉還留著，我一定會很想挖個洞躲起來。

「珊樂莎，妳有覺得很懷念嗎？」

「有。畢竟……我已經離開這裡超過八年了。這裡之前不是已經轉賣給別人了嗎？」

「是啊。我們曾經賣掉這裡，一直到幾年前才終於勉強湊到錢把它買回來。」

掌櫃先生說著要我們先坐一坐，自己也坐在我們對面的位子上。他先是看著我，隨後瞇細雙眼，說：

「珊樂莎，妳真的長大了呢。」

「掌櫃先生也……變老了不少。」

「哈哈哈，是啊。因為這八年真的……一直很忙碌。」

忍著淚水的掌櫃先生臉上明顯多出很多皺紋，看得出他這幾年來的辛勞。想必他實際上一定辛苦到沒辦法只用「忙碌」來形容。

一般遇到菲德商會當時那樣的慘況，一定會倒閉。因為菲德商會受到的損害的確非常嚴重。然而掌櫃先生他們成功重振了菲德商會，甚至能夠像我們剛才看到的那樣生意興隆。雖然我在做生意這方面上的資歷還很淺，但我可以想像這中間的過程有多麼艱難，也非常敬佩掌櫃先生跟其他商會成員這些年來的努力。

「我們總算讓商會重振旗鼓了。可是妳一定很恨我們——」

「我不恨你們。但我也不否認自己曾經恨過你們。只是我在學校裡增廣見聞之後，才知道你們當時送我去孤兒院，其實是想要保護我。」

我打斷語氣聽起來很難受的掌櫃先生，否認他的猜測。

菲德商會慘遭盜賊攻擊跟劫走貨物以後，整個商會就只剩下高額的負債。

而那筆負債當然不可能會因為商會破產，就不用償還。

只是商會長過世，使得債務都落在商會的幹部跟菲德家的倖存者——也就是我身上。我當時還只是個小孩，不可能還得起高額債款，尤其把平凡少女拿去換錢的方法也很有限。所以掌櫃先生他們才會把我送去孤兒院，藉此斷絕我跟菲德商會之間的關係。

「而且也多虧你們當初送我去孤兒院，我才能當上鍊金術師，所以我其實很感謝你們。」

「聽到妳這麼說，我心情也比較好過了……謝謝妳。」

掌櫃先生在雙眉之間擠出的皺紋稍稍鬆開了一些之後露出笑容，他的笑聲聽起來虛弱無力，彷彿隨時會哭出來。

而在一旁聆聽的蜜絲緹雖然沒有一開始那麼激憤，卻好像還是有點忿忿不平地鼓起臉頰，噘著嘴說：

「唔～我現在知道是出於無奈了，可是我還是覺得你們不應該對學姊不聞不問這麼久！」

「這我也覺得很過意不去，可是，這是因為——」

掌櫃先生還沒說完，就立刻遭到蜜絲緹打斷。

「你不用再解釋了！學姊五年來無依無靠的，還不惜犧牲睡眠時間努力打工賺錢……甚至還因為這樣交不到同個年級的朋友！連一個都沒有！」

——嗯。雖然她說的是事實，可是有必要這樣強調嗎？

「即使算上前輩跟後輩，包含我在內也只有少少的三個人！就只有三個人而已！你們要是願意多少資助學姊，她就可以……應該可以……交到更多朋友……」

——妳為什麼講得這麼不肯定？我先說，我可不是因為有社交障礙才沒朋友。

蜜絲緹瞥了我一眼，再用聽起來像硬擠出來的聲音接著說：

「應該……不是不可能交到更多朋友……大概吧……我猜啦……」

「呃，妳應該要講得肯定點才對吧！」

「對不起，珊樂莎！原來妳在學校裡面過得這麼辛苦⋯⋯」

「妳看啦，妳害掌櫃先生誤會了！快點道歉！」

我指著迅速低頭把額頭抵在桌面上的掌櫃先生，向蜜絲緹抗議，但她卻把頭撇向一邊，抬起下巴。

「我沒想到珊樂莎會這麼缺錢。我以為只要能考進學校，就不用擔心生活過不下去了。」

「不，基本上是不用擔心沒錯，我是基於其他理由才會拚命打工賺錢。」

如果我沒有打算一口氣買下一整套《鍊金術大全》，當初的生活就不會那麼忙碌，放學後應該也可以跟同學一起去喝幾杯茶。

我只是單純選擇把時間用來加強自己的鍊金術實力罷了。

「而且在學校裡有學姊們跟蜜絲緹會關心我，也算是過了一段很不錯的校園生活了。」

「我是很高興聽到學姊這麼說⋯⋯可是，掌櫃先生，你們應該有餘力提供一點生活費給學姊吧？畢竟剛才看你們店裡生意好像還滿不錯的。」

蜜絲緹聽來像是在刻意調侃的這番話，讓掌櫃先生一臉苦澀地點了點頭。

「是啊，要是知道她過得這麼辛苦，我們的確應該多少提供一些生活費給她。只是⋯⋯其實還有很多人需要我們資助，所以以前是真的沒有多少盈餘。」

當初並不是只有我的父母被盜賊殺死。

那時候還有不少擔任隨行護衛的商會員工遭到殺害，導致很多人的妻子跟小孩因此頓失經濟支柱。掌櫃先生似乎在還清債款的同時，也一直在提供生活費給他們。

「事情已經過去八年了。現在是當時失去父親的小孩子都已經長大，可以來菲德商會工作了，我們商會才終於有點閒錢可以用。真的很抱歉。」

「你不用放在心上。畢竟商會的人對我來說也是形同家人。」

這種情況下，他們本來就應該選擇把賺到的錢用來償還債款，跟協助商會員工家屬。勉強不愁生活過不下去的我，自然不會是他們最優先資助的對象。

「可是，掌櫃先生，為什麼這裡現在還是叫菲德商會？現任的商會長又是誰？」

「因為我們那時候雖然是情非得已，也等於是把妳趕出商會，所以我很希望至少可以留下商會原本的名字。後來我們一起討論過後，也決定把商會長的位子空下來。這樣以後有機會帶妳回來，就能直接讓妳接下商會長的位子。」

「掌櫃先生……原來你這麼在乎我……」

先不論我願不願意接商會長，但我很高興他這麼為我著想，眼角忍不住泛出淚水。然而，蜜絲緹聽完卻非常冷靜。

「唔～你們做的事情是很值得讚賞，可是，又為什麼要在她當上貴族的時候才來找她？正常應該要一年半前就去找學姊了吧？」

她這麼說還滿有道理的。這讓掌櫃先生露出苦笑，顯得很傷腦筋。

「我那時候當然有去找她，只是我作夢也沒想到她會在畢業的第二天就離開王都……而且還在很偏遠的鄉下開店。」

「啊，我也是。我本來打算等病好了就去跟學姊打招呼，結果她早早就離開了！學姊，妳為什麼走得那麼急！」

——哎呀，本來跟我同一陣線的突然倒戈了。

「蜜絲緹，妳要知道——人類光是生活費，就要花上不少錢了。」

「……所以？」

「沒宿舍可以住的話，我根本沒有足夠的錢在王都待上好幾天！」

「說的也是。珊樂莎學姊會這麼趕，也只可能是錢的問題。」

正確來說是我捨不得花掉剩下不多的錢，避免在約克村的生活過得太吃緊。

但掌櫃先生的反應跟立刻表示理解的蜜絲緹不一樣。他似乎是因為上了年紀，淚腺也變脆弱了，在聽到我這番話之後又再次泛起淚光。

「沒想到妳會過得這麼困苦……嗚嗚，如果我可以早點去找妳，就能讓妳少吃點苦了！我當時聽說鍊金術師學校的畢業生在畢業當天都會跟朋友開派對，才想避免打擾到妳……」

——別再說了，掌櫃先生。你不要下意識挖起我的舊傷。

「珊樂莎，妳要不要考慮回來商會……」

「我目前沒這個打算。畢竟我的店面經營已經開始上軌道了，也才剛當上貴族。」

「我現在再怎麼解釋，妳應該也很難相信我沒有別的意圖，只是單純希望妳回來……不過，妳想回來的話，隨時都可以回來。畢竟這裡是妳的家。」

我笑著搖頭回應看起來有點寂寞的掌櫃先生。

「我並沒有認為你是看中我的地位，才會想找我回商會。我只是不想背叛信任我的約克村村民而已。你應該也知道商人不應該背叛顧客吧？」

掌櫃先生為我這番話瞠目結舌，並露出像是看到很懷念的事物的笑容。

「哈哈，的確。沒想到會由珊樂莎來教我做生意的基礎……妳真的長大了。不過，有沒有什麼事情可以讓我們至少幫妳出一份心力呢？」

「讓你們幫我出一份心力……現在菲德商會的經營模式還是跟以前一樣嗎？」

「不，跟以前不太一樣。現在縮減了零售占整體的比例，改以跟商人之間的陸運交易為主。而且我們有記取以前的教訓，找了更多實力堅強的護衛來協助運輸，所以現在就算有在路上遇到盜賊，還是可以把貨物安全送到客戶手上。這也讓更多客戶願意委託我們運輸貨物。」

商會普遍會自己負責進貨、運輸跟販賣業務。

其中運輸這個部分的風險最高，有些商會似乎會委託菲德商會運輸，讓菲德商會藉此賺取了不少利潤。這其實就是請其他商會代為承擔運輸風險，但有能力保證貨物一定會送到客戶手上，就表示可以避免面對沒有成功進貨或庫存短缺的風險，等於是穩賺不賠。

「哦～聽起來就是我家商會的陸運版嘛。」

「啊，的確。只是妳家商會經營起來的難度應該比較高。」

海運比陸運更困難，是因為需要支付龐大的船隻成本，跟一般人不會的操船術。

很少商會願意消耗大量成本加入經營海運的行列，使得海運光是運輸業務就能夠賺取驚人利益，相對的，運輸失敗時的損失也會巨大到難以估計，所以也不是一種可以輕鬆賺錢的工作。

我能夠理解蜜絲緹的意思，然而掌櫃先生聽完，則是狐疑地問：

「我家商會……？話說回來，這位小姐是誰？她應該是珊樂莎的後輩吧？」

「啊，對不起，我還沒自我介紹。我叫做蜜絲緹．哈德森，是珊樂莎學姊的後輩，同時是今年剛畢業的鍊金術師，也是哈德森商會長的女兒。」

蜜絲緹語氣一如往常的自我介紹，讓掌櫃先生瞬間愣了一下。

「……咦？是那個很知名的海運商會，哈德森商會嗎？原來這位小姐來頭不小啊！」

「不不不，其實我也沒多了不起。畢竟我只是商會長的女兒。不像學姊是大師級鍊金術師奧菲莉亞大人的徒弟，相較之下，我真的就跟一顆小石頭沒兩樣。」

「妳怎麼說自己是小石頭——等等，師父沒有收妳當徒弟嗎？妳不是在她那裡打工嗎？」

「我的確有在奧菲莉亞大人那裡打工，可是真的就只是打工而已。而且她也有明說『我不是她的徒弟』。」

「咦……？原來師父對妳說過這種話嗎？太狠了吧。」

我很意外只是乍看很冷淡，實際上很溫柔的師父會說這種話……

「因為我本來就只打算待到可以當學姊徒弟的這一天。我認為她是因為沒有時間把我當成徒弟鍛鍊，才會刻意那麼說。畢竟『奧菲莉亞大人的徒弟』這稱號不是隨隨便便就承擔得起的。」

「咦？妳這樣說讓真的是她徒弟的我備感壓力耶。」

「我覺得珊樂莎學姊已經能穩穩扛起這個稱號了——妳可能只是不知道能當奧菲莉亞大人的徒弟是多困難的一件事而已。我當初真的很意外學姊居然沒聽過奧菲莉亞大人的名號。」

「那是我過去孤陋寡聞。現在我已經知道師父有多厲害了。」

我洋洋得意地挺胸表示自己已經不像以前那麼無知。然而蜜絲緹卻用懷疑的眼光看著我。

「真的嗎？我總覺得學姊還是有點太小看奧菲莉亞大人了。」

「應該……沒有吧？」

「不，一定有。奧菲莉亞大人送一些很不得了的東西給妳的時候，妳是不是只覺得『師父那麼厲害的人拿得出這種東西也沒什麼好奇怪的』，沒有仔細想過她可以隨隨便便就把那些東西送給妳是多麼誇張的一件事？」

——唔。我的確有好幾次都是這樣。

像是用來治療艾莉絲的鍊藥。那種鍊藥不只貴到很難買得起，更麻煩的是它的材料本身就不好弄到手，所以也不是有錢就買得到。

師父當初不只免費把那種鍊藥送給我當餞別禮，還把更高級的鍊金材料也一起送給我……

「看吧，學姊妳一定曾經這麼想過。妳拿幾樣出來借我看看嘛～別這麼小氣～」

蜜絲緹笑著戳了戳我的側腹，於是我把掛在腰上的這把特別堅韌的劍遞給她，順便架開她的手。她眨了眨眼，接過這把劍。

「看到這把劍才想到，學姊今天很難得帶劍在身上呢。明明以前都是用學校提供的劍。」

「畢竟出外旅行還是得帶把武器在身上——不過，那把劍其實是師父在我到了約克村以後才送我的。」

「那……學姊第一次去村子的路上是帶什麼武器？該不會是赤手空拳過去的吧？」

「不是。我有帶小刀——」

我對訝異到睜大了眼睛的蜜絲緹表示還是有帶武器防身，但我還沒說完，掌櫃先生就大聲驚呼，露出非常懊悔的神情。

「咦！珊樂莎，這麼長的一段路程妳只帶一把小刀嗎？唔唔，都是我沒有及早——」

「啊，掌櫃先生。其實你不需要擔心珊樂莎學姊在路上遇到危險。因為她可以赤手空拳打死盜賊，又會用魔法，反而還怕她下手太重呢。」

「……真的嗎？珊樂莎現在已經這麼厲害了？」

說不定掌櫃先生對我的印象還是比較接近小時候的我。

我微微點頭，回應他這道摻雜擔心與驚訝的視線。

「啊，嗯，畢竟我是鍊金術師……」

「學姊也算是戰鬥能力特別強的鍊金術師了。明明外表看起來這麼柔弱。」

「可是，沒帶個像樣的武器就上路……應該很危險吧？」

我不知道像我這樣的女生帶著武器可以達到多大的嚇阻作用，不過，應該還是比赤手空拳來得安全一點。

可是當時的我沒有閒錢買不是那麼必要的武器——

「奧菲莉亞大人應該也是很擔心學姊，才會送妳一把劍。不過……我覺得送這種等級的劍太誇張了。」

蜜絲緹在拔出我的劍之後嘆了口氣，把劍傳給掌櫃先生仔細觀察。掌櫃先生也不禁發出一聲驚嘆。

「會嗎？我對武器這方面不熟，不太清楚它有多誇張。我只知道它異常堅韌而已。」

我對自己辨識鍊金材料的眼光很有自信，但武器是另一回事。

頂多因為也存在可以強化武器的鍊金術，知道武器大致上的品質好壞。品質好到超過一定程度，我就看不出它多有價值了。藝術品也是同樣的情況。

「我對武器的知識也不到專業的程度，可是這把劍的價值高到可以蓋一間房子了。只可惜上面沒有刻製造者的名字，如果這把劍是米里斯大人打造的，還有刻她的名字，大概還會再貴上好幾倍。」

「哦～是喔。原來它這麼值錢。」

「學姊，妳看妳反應有多淡！妳看妳反應有多淡！」

呃，可是我昨天在派對上才喝了好幾杯「一杯就值一間房子的果汁」。而且如果沒辦法忽略師父的驚人行徑到一定程度，會很難跟師父正常交流。

「我們回到剛才的話題吧。既然菲德商會現在經營得還算不錯，那我想拜託你們一些事情。你們願意答應的話，我也保證會提供不錯的酬勞跟好處。」

「只要能幫上妳的忙，我們是不介意扛一點損失——」

「不，我怎麼好意思害商會吃虧。反正我現在有足夠權限安排一些好處給你們。」

這可是我藉著接下麻煩工作換來的權利。當然沒理由不拿來利用。

「其實，我因為現在是貴族身分，被迫接了一份很麻煩的工作。」

「麻煩的工作？學姊，連我都沒聽妳提過這件事情耶。」

「嗯，我還沒跟妳說。畢竟我也是今天早上才突然接到這道命令。」

兩人聽我詳細說明來龍去脈，表情漸顯驚訝。

「居……居然是皇族親自找妳談這件事……珊樂莎，妳什麼時候跟皇室這麼熟了……？」

「我本來還很想找理由拒絕接下這份工作——」

「真不敢相信學姊竟然想拒絕！學姊，國王直轄領地的全權代理權在商人眼中可是求之不得——甚至是不惜傾家蕩產，也想得到的權利耶！」

「是沒錯啦，可是掃蕩完盜賊就要把權限繳回去了，我也不能太為所欲為。」

我打算最多把權限用來安排道路整修跟擴建約克村，還有增加掃蕩盜賊的經費跟酬勞。

畢竟我只是暫時擁有比原本指派的代理官員還要大的權力，還是不要太妨礙對方比較好。

「不過，允許外來商會在領地內經營生意應該不至於太過火。反正菲德商會在離我比較近的地方設立據點對我也有好處，你們要不要趁這個機會進駐南斯托拉格呢？」

我一直以來都會把在店裡收購的罕見材料拿給師父，不算罕見的則是拿去給雷奧諾拉小姐。但最近採集家人數變多，收購到的材料比以往多了至少一倍。我正好在煩惱該開拓其他的銷售管道了。

「假如你們願意買賣鍊金材料，應該也可以賺取不少利潤。而且這部分是我的專業，我可以提供一些協助。」

我這麼一說，掌櫃先生的態度就從「親戚家的叔叔」變成了「經驗老道的商人」。

「原來如此。這的確是個好機會。我們沒有買賣鍊金材料是因為沒有鍊金術方面的管道，既然妳願意協助我們，倒也不是不能考慮……而且保證可以拿到在當地的經營權，也是個很棒的誘因。再加上掃蕩盜賊其實是我們商會的強項。我們在那次事件發生之後，已經殲滅了好幾個盜賊團。現在盜賊一看到我們商會的旗幟，都會夾著尾巴逃跑呢，哈哈哈。」

「你們居然眼睜睜看著盜賊逃跑？掌櫃先生，這怎麼行呢？菲德家的家訓是『一旦發現盜賊，就要徹底殲滅他們』，要殺光他們才行啊。」

我希望他們既然要沿用「菲德」這個名字，就應該要遵守我們家的家訓。

「真的遇到的時候，當然還是不會放過他們任何一個人。只是盜賊現在都不會出現在我們商會的運輸路線上了。」

「那就沒辦法了。又不能把生意放在一邊，特地去把他們找出來殺光。」

我跟掌櫃先生笑著聊起盜賊，讓一旁的蜜絲緹用有點難以置信的表情看著我們。

「學姊，你們這樣也太誇張了吧……原來菲德商會是這麼暴力的商會嗎？」

「別擔心，我們家還有一條家訓是『要懷著誠懇的心做生意』。」

他們一定是因為我的父母跟很多商會成員都命喪盜賊手下，才會變得有點偏激。

而不是他們本來就血氣方剛，喜歡用暴力解決事情……應該吧。最近的菲德商會是不是這樣，我就不知道了。

「可是，哈德森商會的作風不是也滿類似的嗎？」

掌櫃先生這句話使得蜜絲緹一時語塞，傷腦筋地笑說：

「唔！這我的確沒辦法反駁。他們這幫海上男兒本來就比較壯……連外表看起來都比一般盜賊還像凶神惡煞……但他們都不是壞人。」

「畢竟做這行的沒有一點實力，就保護不了自己跟貨物了。」

「是啊。尤其在海上出事沒有人會來幫忙，只能靠自己。」

菲德商會在深刻體會過無力反擊的悲劇之後，加強了自保能力。而海運也是時時刻刻都得面對風險。

說來哀傷，到頭來我們還是得擁有足以對抗厄運的強大力量，才能保住自己的性命。

「那，珊樂莎，我就代表我們商會接受妳的請託了。妳什麼時候會回去？我到時候想請一些人跟著妳去做事前勘察。」

「這個嘛，其實也要看蜜絲緹什麼時候準備好出發，我個人希望最快後天離開。因為我不想離開店裡太久，尤其回約克村也很花時間。」

如果只有我一個人，我可以跟來王都的時候一樣，只花兩星期時間就回到約克村。可是要跟蜜絲緹和菲德商會的人一起回去，就必須多花不少時間。當然是愈快出發愈好。

「這樣啊，那我動作得快一點了。我馬上就開始找適合的人選。」

「那就麻煩你了。那蜜絲緹呢？後天就離開或許有點趕，我可以多等妳幾天——」

我對真的已經準備起身處理這件事的掌櫃先生微微點頭示意，接著詢問蜜絲緹是否需要時間準備。

「沒關係，我隨時都可以出發。因為我本來就打算等學姊一來，就跟著離開。還有，我有個好方法可以加快腳步。應該多少可以早點回到村子裡。」

「是嗎？可是，就算妳有辦法加快腳程，菲德商會的人也跟不上我們啊。」

一般人不可能長時間藉著體能強化趕路。

然而，蜜絲緹卻沒有因此打消念頭，而是得意洋洋地笑道：

「呵呵呵，這個方法一定會讓學姊很驚訝，敬請期待。」

Alchemy Item Catalog

No. 015

鍊金術大全：記載於第五集

製作難度：簡單

一般定價：13,000雷亞以上

〈熱霧龍〉

這是一種放進鍋子裡就可以蒸熟食物，丟進小房間裡就可以把人蒸熟的──不對，是可以輕鬆在房間裡做蒸氣浴的鍊器。非常適合讓人透過吃跟蒸氣浴兩種方式來減肥跟養生。

只是它的價格昂貴，很少被用來製作料理，一般較常在公共浴池看見這種鍊器。它的造型似乎是基於發明者的喜好，且同時存在「冰龍」與「火龍」兩種姊妹作，但其他兩種只有名字好聽，效果就不怎麼樣了。

Episode 2

Gftıŋg Afiffg Hftmffl

回家

海風吹過蔚藍的大海，為被陽光曬得火熱的肌膚帶來涼意。

抬頭一看，就可以瞧見朵朵白雲。看起來遙遠又細長的雲朵，讓人想起自己正身處夏天。

低頭一看，則可以看見木製的地板。而這片總是不時晃動的地板，對不習慣的人來說是一大考驗。

——沒錯，討論好出發時間的幾天過後，我們正搭著一艘船。

「真沒想到妳會提議走海路。搭船的確比較方便帶著一般人趕路，也能早點到約克村。」

這艘船才剛出航半天。幸好天公作美，目前一路上一帆風順，還讓我可以在船頭吹吹風。

站在我身旁的蜜絲緹露出苦笑，看向我的臉。

「學姊說是這麼說，也還是有猜到我會提議走海路吧？畢竟我是哈德森商會長的女兒。」

「唔～我也不是沒想過這個可能性，可是妳不是跟家裡的關係不太好嗎？」

她的父親要她回家，連哥哥在立場上都跟她對立。

我本來以為她應該很難在這種情況下借用哈德森商會的船……

「我應該提過商會裡有支持我的派系吧？這艘船的船長就是那些人的其中之一。」

哈德森商會的許多船隻，似乎都是由每艘船的船長率領自己的團隊獨立管理。

意思就是雖然掌管整個商會的是商會長，但船長也擁有一定權限，不只可以自己找客戶談生意，也可以把船上的多餘空間拿來載運其他貨物。也就是說，我們想搭他們的船只需要蜜絲緹要求船長允許放行，而船長也答應讓我們上船就好。

「喂喂喂，我怎麼可能拒絕大小姐拜託我的事情呢！」

我順著這道從背後傳來的聲音回頭一望，就看見了一名怎麼看都不像一般平民的男子。

他很明顯有在鍛鍊身體，全身都受到名為強壯肌肉的盔甲包覆，乍看就像是一個凶惡的海盜，然而，他無疑就是這艘船的船長。上船的時候蜜絲緹有特地介紹他給我認識，我不會認錯。

「船長先生，真的很謝謝你願意慷慨幫忙。我們還得帶菲德商會的人回去，走陸路會多花一點時間。」

我趁這次機會好好向他道謝，隨後，船長先生就開口大笑。

「哈哈哈！這點小事不算什麼啦！不過，那兩個人還真沒用啊！」

順著船長先生的視線看往甲板角落，就能看見菲德商會派來的兩個人暈船暈得渾身癱軟無力。其中一個人是營業人員，另一個人專門負責護衛。

擔任護衛的人暈成這樣其實很致命，但這也沒辦法怪他。

「畢竟會不會暈船是看體質跟習不習慣搭船，尤其菲德商會又是做陸運的。要是他們待在船上還能活蹦亂跳，反而會讓哈德森商會失去一個強項喔。」

「妳說的對！那就得麻煩那兩個傢伙這輩子搭船都會暈船了！」

我知道海運應該沒有簡單到只需要克服暈船問題就做得起來，但船長聽了我的玩笑話，還是笑了出來。

「倒是珊樂莎大人看起來精神滿好的嘛？今天是比較風平浪靜，可是對不常搭船的人來說應該算晃得很厲害了。」

「是啊。我看學姊甚至還有精神享受搭船的樂趣，該不會學姊早就習慣搭船了吧？」

「我很少搭船……應該是體質上不容易暈船吧？」

順帶一提，我其實不太想被尊稱「大人」，但是蜜絲緹說「學姊已經是貴族了，還是別拘泥這種事情比較好。因為太謙虛反而會造成其他人的困擾」，我才只好放棄掙扎。

就像菲力克殿下如果要我直呼他的名諱，我也一定會覺得很困擾。

「幸好學姊不會暈船。畢竟沒有人願意看學姊這樣的美少女癱在船邊餵魚。」

蜜絲緹手摀著嘴巴，竊笑著說出這句話。這讓我不禁感到疑惑。

「呃，先不說美少女的部分，餵魚是什麼意思？」

「哈哈，就是他們現在在做的事情啊。妳看，又在餵魚了。」

我看往船長先生指的方向，接著就看見菲德商會的那兩個人把身體探出船邊……

「原來是這個意思，我懂了。我的確不太想搞得那麼狼狽。」

「反正在船上待個幾天就會習慣了。雖然航行中沒什麼事好做，但珊樂莎大人就把船上當自己家吧。不過，妳還是要乖乖聽其他船員的指示喔。」

「沒問題——對了，我們大概再過多久會抵達目的地？」

「這要看風賞不賞臉……快的話四天，沒風的話，說不定還要十天以上。」

「那還滿久的。我可以用魔法製造風，如果有需要，還請儘管說。」

「哈哈哈，說不定還真的多少有用。到時候就再麻煩妳了！」

我目送在輕輕揮了揮手之後返回工作崗位的船長離開，蜜絲緹則是轉頭看向我，笑說：

「看來他不是真的認為學姊製造的風吹得動船。明明學姊製造的風一定不只多少有用，還會讓這艘船飆出前所未有的超高速。學姊要不要試試看？這樣我們可以提早好幾天到約克村喔。」

「我才不會試。萬一害這艘船壞掉，妳應該也很難做人吧？」

「我們商會的船牢固到不會因為一點暴風雨就壞掉……可是學姊的力道還真的有可能會弄壞。那看來平常有風，就不能太冒險這樣試了。我會期待沒有風的那一天到來。」

「不用期待啦。一路上都暢行無阻不是很好嗎？」

我嘆了一口氣，用拳頭擰轉蜜絲緹的頭。

我把在船上的第一天用來欣賞大海，第二天用來在船上探險，還有跟蜜絲緹聊天聊到忘我。

到了第三天就不知道可以做什麼了。

而蜜絲緹提議我們可以利用釣魚來打發時間。

可是這艘船是基於運輸需求出航，不能像漁船那樣特地去追魚群，也不可能暫時停泊在看起來有魚可釣的地方。

所以我是懷著應該也釣不到什麼魚的想法，跟蜜絲緹一起在船邊扔出釣線。

幸好菲德商會的那兩個人昨天就「餵完魚」了，就算真的有釣到魚，也可以放心拿來吃。

「不過，我這邊也太沒動靜了吧。」

「呵呵呵，看來論釣魚的話，是我略勝學姊一籌呢！」

蜜絲緹已經釣了三隻。雖然不算多，卻也比沒釣到半隻的我厲害很多了。而且她釣的魚比我兩隻手掌張開還要大，吃起來應該不會嫌塞不了牙縫。

「我也好想釣到魚……如果能釣到那麼大的魚，一定很有成就感。」

「要釣起大魚也需要一點訣竅——啊，上鉤了。學姊要不要拉拉看？」

「唔唔唔……好。借我。」

我其實很想全程靠自己釣起來……但我不相信自己有辦法引到魚上鉤。

與其繼續盯著毫無動靜的釣竿看，不如選擇忍受短暫的屈辱。

我收起自己的釣線，接過蜜絲緹手上的釣竿。

「學姊，拉的時候不要想硬把魚拉上來喔。以學姊的力道硬拉，釣線或釣竿一定會斷掉。要先讓魚游一陣子，消耗牠的體力。」

「我……我知道了——！這條魚的力氣好大！」

魚把釣竿都扯歪了，釣線也是不斷亂動。看起來的確不能靠蠻力硬拉上來。

「要注意不能把釣線放得太鬆，也不能拉得太緊。有時候還要故意把釣線放長……」

「原來釣魚比我想像的還麻煩——比我想像的還要細膩。」

在森林裡打獵只要用魔法攻擊獵物，再收走獵物的屍體就好了，在海上——也不是辦不到，只是現在沒辦法那麼做。

「哈哈！其實漁夫捕魚不會這麼細膩，但是用釣竿釣魚可以享受跟魚對峙的過程。」

「原來如此！唔唔唔……啊，拉的力道好像……變小了？那就趁現在……嘿咻！」

我撐了很長一段時間，最後在感覺魚的力道變小的時候一口氣拉上來。

隨著大片水花被拉出水面的這隻魚，比蜜絲緹剛才釣的還要大了兩圈。

牠順勢掉落在甲板上，不斷彈跳掙扎。

「喔喔！好耶！蜜絲緹，這條魚好大喔！」

「恭喜妳，學姊。這種魚很少長到這麼大隻喔。」

「謝謝！……雖然這條魚實質上算是妳釣到的。」

我只有負責動手。拋魚餌跟提供釣魚建議的都是蜜絲緹。

「不不不，學姊怎麼這麼說呢？如果不是學姊來拉線，根本不可能撐到這條魚開始沒力。」

「是嗎？就算只是客套話，聽到妳這麼說還是滿開心的。倒是這條魚真的比我想像中的還要大耶。」

到現在都還活蹦亂跳的魚長得又圓又肥，一看就知道放不進蜜絲緹拿來的水桶。都釣上來一段時間了，我才開始佩服自己居然可以成功把牠拉上來，沒有弄斷釣線。

「是啊。總之，把牠交給專家來處理，晚點就可以享用美味的魚料理了——麻煩你了。」

「知道了，大小姐！包在我身上。」

蜜絲緹一開口，在附近待命的強壯船員就非常俐落地殺死魚，說「兩位就好好期待晚上的大餐吧」，再抓著那條魚走進船裡。

那名船員走進去的同時，菲德商會的那兩個人也剛好走來甲板上。

他們的臉色還是不太好，但是從昨天下午就多少有辦法走動了。

「珊樂莎大小姐，您似乎釣了一條很大的魚呢。」

「其實比較算是蜜絲緹釣到的，我只負責拉線。兩位還會不舒服嗎？」

「其他船員給我們的暈船藥好像開始生效了，還算可以。」

「我也是吃了藥以後好多了……可是也只比摩根先生好一點。而且我現在可能還是沒辦法確實執行護衛的工作，真的很抱歉。」

最先回答的是有些虛弱無力的男子——摩根。

他從很久以前就在菲德商會工作，目前大約四十歲左右。我對他也有點印象。

另一人是專門負責護衛的男子——克拉克，年紀大我兩歲。

或許是因為他還年輕，看起來沒有摩根那麼虛弱，但是他還沒辦法穩穩站在搖晃的甲板上。

「你不用放在心上。反正我本來就不奢望你在海上也能做好護衛工作。」

「對不起！我居然沒辦法好好保護對我們有恩的珊樂莎大小姐！」

我的意思是「要他到陸地上以後再努力執行護衛工作」，然而聽在他耳裡似乎變得不太一樣。蜜絲緹有點傻眼地看著深深低下頭的克拉克。

「呃，我覺得應該只有極少數人有能力站在保護珊樂莎學姊的立場……」

「蜜絲緹，別這樣說。我要同時應付很多敵人的話，也是很花時間的。」

「咦？只是很花時間而已吧？盜賊的實力不算強，學姊認真起來應該可以殺光好幾十個吧？就像妳三兩下就處理掉火蜥蜴那樣。」

「謠言也傳得太誇張了吧！當初對付火蜥蜴的時候贏得很驚險好不好！」

而且那時候還有艾莉絲跟凱特在一旁協助。

然而，我這份強調「自己才沒有那麼凡事都用暴力解決」的主張，卻立刻遭到反駁。

「學姊，妳知道一般人遇到火蜥蜴的話，再怎麼努力都不可能撐到險勝嗎？」

「珊樂莎大小姐，如果要一次面對好幾十個盜賊，連我們都會做好一定會有貨物損失的心理準備。」

「像我就算狀態好到不行，最多也只能一次對付幾個人。」

「可惡，我還真的沒辦法反駁……不……不過，克拉克你真的不用太介意自己可能幫不上我的忙。畢竟以前救過你父母的人不是我，說我對你有恩也不太對。」

我的父母很重視商會裡的員工，甚至有不少人是因為我的父母，才有辦法繼續過生活。

克拉克似乎是因為他的父母有受到幫助，才會認為菲德商會是救命恩人。而他的父親已經跟我的父母一起慘死在盜賊手中。

等於他應該報恩的對象早就不在人世，繼續拘泥於當年的恩情也沒有意義。

我甚至覺得很對不起他，但是克拉克卻搖搖頭，語氣堅定地說：

「我才覺得很對不起珊樂莎大小姐。我老爸當時是商會的護衛，照理說應該不顧一切保住商會長的性命，卻失敗了……儘管如此，菲德商會卻還是很好心地資助我們的生活。」

克拉克的父親遭到殺害以後，他們一家就只剩下克拉克跟他的母親。

一般應該會打算把沒多少用處的兩人逐出商會，不過，菲德商會還是決定收留他們。聽說他的母親後來負責幫忙處理商會的文書業務，克拉克則是一邊打雜，一邊接受菲德商會的護衛訓練，並在成年之後開始正式從事護衛工作。

「我一直很想盡力報答這份恩情，但看來我還是不夠努力！知道珊樂莎大小姐成為孤兒以後，還是有能力自力更生……就覺得我真是太沒出息了！嗚嗚！」

克拉克迅速用一隻手摀住自己的臉，開始哭哭啼啼了起來。呃……

「那……那個，你用不著這麼介意……摩根，你說對不對？」

「不，其實我也有聽說珊樂莎大小姐這些年來吃了多少苦。我現在非常後悔過去沒有不惜少吃一餐來資助您。嗚嗚嗚……」

連摩根都開始哭了。你們情緒也太不穩了吧？是不是累了？

——大概就是累了吧，畢竟他們整整兩天都在餵魚。

老實說，我很想直接丟下他們離開，可是我實在無法不在意周遭船員們的視線。

感覺放任他們哭下去，會害其他船員以為菲德商會都是一群怪人……

「蜜絲緹也幫忙說點什麼——等等，妳什麼時候跑回去釣魚了！」

「呃～因為我只是個局外人，不太方便插嘴。」

在船邊拿著釣竿的蜜絲緹沒有轉過身來，直接背對著我們說話。

「不過，我認為學姊的確比克拉克先生付出了更多努力。雖然所有人都可以報考鍊金術培育學校，但是孤兒要成功考進學校是難如登天。尤其學姊還是以頂尖的成績畢業，幾乎可以說是奇蹟了。」

「是啊……換作是我，就算有菲德商會的資助也一定考不上。」

「我們當初果然應該資助珊樂莎大小姐——」

克拉克低下頭後，蜜絲緹打斷了摩根的話，說：

「可是仔細想想，你們當初沒有資助她，或許是正確的決定。要是被其他人知道學姊跟菲德商會有關係，鐵定會惹出一些麻煩事。畢竟認識奧菲莉亞大人的準鍊金術師在一般人眼中會是很棒的搖錢樹。」

「啊～這麼說也滿有道理的。既然可以避免給師父增添不必要的麻煩，那你們沒資助我說不定反而是好事？」

而且我其實沒有經歷過真的缺錢到日子過不下去的生活。

我在孤兒院的時候過得很困苦，卻也從來沒挨餓，再加上當時應該是菲德商會最難熬的時期，他們應該沒有餘力資助我。

在學時期也因為我在入學後的第一次考試就領到獎勵金，所以只有剛進學校那段時間比較缺錢。後來會過得很節儉，只是單純想要存錢罷了。

「所以我希望你們兩個可以不要太在乎已經過去的事情。反正我跟你們都是一路努力過來，才能有現在的人生。我覺得不需要為往事後悔。我現在只希望繼承父母理念的菲德商會可以長久經營下去。」

「「珊樂莎大小姐……！」」

異口同聲的兩人同時看向我。他們充滿敬佩的視線害我難為情到忍不住把臉撇向一旁，緊接著就換又釣到魚的蜜絲緹臉上那副調侃笑容映入我的眼簾。

「珊樂莎學姊還真受愛戴耶～這就是菲德商會的強項嗎？」

「我哪知道啊！而且妳居然又默默多釣了好幾隻魚！可惡！可惡！」

「等……等一下啦，學姊！這樣很癢耶！吃我這招！」

我透過攻擊蜜絲緹的側腹掩飾心裡的害臊，蜜絲緹也把釣竿放到一邊，對我展開反擊。

擦拭著淚水的摩根他們看到我們這樣打鬧，也終於破涕為笑。

「哈哈哈，至少菲德商會能夠拓展出一定規模，的確是因為商會長——也就是珊樂莎大小姐的父母是很值得敬重的人。這也是為什麼菲德商會陷入經營危機，也還是有不少人願意留下來保護菲德商會。」

「是嗎？不過……嗯，我很高興聽到你這麼說。」

「珊樂莎大小姐也很受大家敬重喔。說來失禮，其實我們這些待在商會裡比較久的人，都是把您當成親生女兒看待。我們以前不與您接觸，是出於不希望給您添麻煩……但我猜以後應該會有更多人想去南斯托拉格。」

「像這次也是很多人想來。掌櫃先生一開始說只能派兩個人的時候，甚至還有人大聲抗議呢。後來是掌櫃先生讓出自己的名額，大家才終於服氣。」

菲德商會現在經營得很順利，工作一定非常繁忙。

這次事出突然，甚至短短幾天後就要出發，很難臨時調整工作排程。而要不影響到商會事務，就只能各派一名營業人員跟護衛。後來就演變成一場爭奪戰。

掌櫃先生毫不猶豫地報名，引起其他商會員工的強烈反對。

護衛們還提議透過比武來決定人選，又遭到掌櫃先生以會影響到商會事務為由反對。

「最後是先排除掉因為工作抽不開身的人，再用抽籤決定。抽到這兩個名額的就是我跟摩根先生。」

「要是好不容易搶到這兩個名額還把事情搞砸，不知道會被罵得多難聽……克拉克，你也別太鬆懈喔。」

「放心吧，要是出事了，連我都會遭殃！到時候一定會被前輩痛打一頓！」

「呃，你們不用這麼繃緊神經……」

菲德商會的確是有能力應付盜賊的商會，但是接下掃蕩盜賊工作的是我，我必須確保就算菲德商會撤退回王都，也不會大幅降低殲滅盜賊的效率。

所以我希望他們放輕鬆點。然而摩根和克拉克同時搖搖頭，說：

「不！要是接受擔任全權代理人的珊樂莎大小姐支援還沒把事情做好，就沒資格當商人了。菲德商會容不下連這種事情都做不好的人！」

「雖然我也還在鍛鍊實力，但我一定會拚死命做好自己的工作！」

他們意外強烈的衝勁當中摻雜了些許焦躁。為什麼要這樣逼自己不能失敗？

我忍不住心生困惑，蜜絲緹則是用像在看好戲的表情看著我。

我們這段海上旅程非常順利。途中有遇過幾次沒有風的情況，但幸好都不需要我用魔法幫忙。到了第五天早上，我們要前往的那座港口也終於從水平線的另一端探出頭來。

「哦～珊樂莎學姊，這座港口好大喔。」

「是啊。我也是第一次來，這裡的設備比我想像中的精良呢。」

這裡是羅赫哈特面海的玄關——港口都市格連捷。

也同時是拉普洛西安王國可供大型船隻停泊的最西邊港口，城市規模沒有領地內的首都南斯托拉格大，卻也是領地內第二大的城鎮。

我最先看到的是可以讓大型船停泊的三座巨大棧橋。周遭的港口設備非常精良，看得出這裡的人很用心經營這座港口。

「我們也是第一次來王國的西邊……原來這裡也有繁華的大都市啊。」

「可是，摩根先生，這座城鎮大歸大，交易看起來倒是沒有很熱絡耶。」

沒錯。就像克拉克說的，這座港口明明非常大，卻不知為什麼沒有半艘大型船停靠。而或許是因為我們的船駛進港口，附近走動的人有稍微變多，但是這種規模的港口照理說應該要有更多人出入才對。

「大小姐！珊樂莎大人！我們快到了！」

「知道了！珊樂莎學姊、菲德商會的兩位先生，我們去拿好行李，準備下船吧。」

我們在蜜絲緹的催促下回船裡的房間準備行李，等回到甲板上時，船已經停靠在棧橋旁，正準備放下舷梯了。

「嘿咻！呼。搭船旅行也是滿不錯的，但還是站在陸地上比較讓人安心。」

我從舷梯上面跳到離開了好幾天的陸地上。摩根他們也跟在我後面一起下船，只是摩根和克拉克下了船以後還是摀著頭，腳步也稍嫌不穩。

「哇……總覺得連站在陸地上都還在晃！」

「這很正常。有些人嚴重一點可能會持續整整一天。不過，也幸好我們一路上都沒遇到麻煩事。像這次都沒遇到海盜。」

「海上很多海盜嗎？」

「還滿多的。我們商會這樣的大船不會被小海盜攻擊，可是反過來說，就是敢攻擊的都一定是大型海盜團……光是想自保都得費一番工夫。」

「畢竟海盜本來就不好處理。」

小規模的海盜團不只很難在廣闊的大海上找到他們，他們平常甚至會偽裝成商船或漁船，很難看出是海盜。

而大規模的海盜團不只完全不掩藏自己的根據地，還通常有貴族或國家在背後撐腰，所以真的打起來會演變成接近紛爭或戰爭的情況，不是單純殲滅犯罪組織那麼簡單。

「雖然這次殿下的要求很無理取鬧，但不是叫我去掃蕩海盜，說不定還算有良心的？」

盜賊大多出現在道路附近。不像海盜是出沒在沒有明確道路的大海，比較難找，而且也不需要顧慮到背後有沒有貴族或國家勢力存在。

我只需要順著道路尋找附近有沒有盜賊，再清光他們就好，其實意外簡單——

「……不，我認為他要求剛成年沒多久的學姊處理這種事情，就夠無理取鬧了。畢竟我們只有學習相關知識，沒有實際經驗。」

「這大概就要仰賴代理官員跟我岳父——的輔佐人幫忙了。」

厄德巴特先生只有打鬥幫得上忙。這次萬一需要求助，我應該要優先找凱特的父親沃爾特或岳母迪亞娜女士。而且實際上也是他們兩個在保護領地。

——我們才聊到一半，就忽然聽見附近傳來一陣叫囂。

「喂！你說我們不能卸貨是什麼意思啊！」

「我剛剛也說了，委託我們裝卸貨工會來卸貨，需要經過上面批准！」

回頭一看，就發現氣得滿臉通紅的船長正在跟應該是格連捷那邊的男性事務人員吵架。這幅景象在旁人眼裡看來完完全全就是「一個恐嚇人的船長跟遭到恐嚇的被害人」，但那名事務人員也一樣大聲回嘴，似乎很習慣面對態度比較粗魯的人。

「是不是有什麼糾紛？」

「是嗎？可是我剛剛聽到他們說要開始卸貨了耶？」

好奇發生了什麼事的我們面面相覷了一陣子之後，便決定過去找船長詢問詳情。

「拉邦船長，出什麼問題了嗎？」

「那你就叫他們批准──啊，大小姐……其實是這傢伙說我們不可以卸貨。」

船長一臉傷腦筋地訴苦，隨後事務人員也一樣一臉傷腦筋地解釋：

「不是不可以卸貨，只是裝卸貨工會沒辦法承接這艘船的卸貨工作。如果上面願意批准，我們當然也很樂意做事啊。而且也要經過上面同意，才能把這艘船的貨物暫放在港口倉庫裡面。」

「開什麼玩笑！你這樣是要我們怎麼做生意啊！」

事務人員這番刁難，逼得船長先生破口大罵。

至於這為什麼算是「刁難」，就要從海運的交易機制來解釋了。

一般來說，會由港口的裝卸貨工會負責替停泊港口的貨船卸貨。
之後會把貨物運往有簽約的銷售通路，或是暫時放在倉庫裡，直到找到買家。
其實也不是不能讓船員自己卸貨，或另外僱用人手來幫忙，只是整個港口都是由裝卸貨工會管理，所以就算能停進港口，也要先得到裝卸貨工會的同意，才可以「使用港口的各種設施」。
「我們的規定就是這樣。要是擅自打破規定，我們也會丟掉飯碗。」
「可是你自己看看！這裡根本就沒其他艘船。整個港口裡都是一堆遊手好閒的人。你們應該也在愁沒工作可以做吧？」
「是啊。我們本來還很期待您的船是經過上面批准入港的船。卸貨人員是每次需要卸貨才會聘請，損失不算太大，但倉庫空著的確會造成我們工會虧損。」
「那這樣不是正好嗎？我們是哈德森商會的人，不用擔心我們付不出錢。」
就算船長先生要裝卸貨工會的人通融一下，對方還是面露難色，搖搖頭說：
「真的很抱歉，我們的規定就是這樣。」
「搞屁啊！要是不能卸貨，我們就虧大了啊！」
船長先生氣憤難平地大聲抱怨，在一旁待命的港務人員——大家看起來都很魁梧，應該就是每次卸貨才會聘請的卸貨人員——也在嘆氣，顯得非常失望。
他願意讓我們搭船，是因為他們認為這一船貨物應該能在王國西部賣到好價錢。

要是不能卸貨，就等於完全是白跑了一趟。我開口詢問苦惱萬分的船長先生一個問題。

「呃～船長先生。每個港口都是像這樣，需要先經過同意才能卸貨嗎？」

「有些港口的確需要先經過同意，才有入港卸貨的權利。因為要是沒有特地控管，搞到來的船多到港口容納不下，港口裡一定會擠得水洩不通。不過，這種港口通常也只要在海上等棧橋有空位，就可以直接進來了。因為港口這邊可以向我們這些貨船收取港口使用費跟租借倉庫的費用，還能讓裝卸貨的工人有工作可做。」

「所以入港卸貨的權利——其實在大多數港口只等於優先入港的權利。那麼，這座港口是需要支付大筆費用，才能獲得港口的使用權嗎？呃，我該怎麼稱呼你呢……？」

「喔，我叫狄更斯，是裝卸貨工會的成員。我們港口以前也是像兩位說的那種情形，但現在是付錢也買不到港口的使用權。因為現在就算想申請，也沒有人可以批准。」

「為什麼會沒有人可以批准？一個港口都市沒辦法讓貨船進來，影響應該很大吧？」

「對！沒錯！我也很希望可以趕快解決這個問題，可是我實在無能為力……不過，其實我不太清楚造成這種情況的確切原因，只聽說原因好像是出在哪個鍊金術師身上。」

「鍊金術師……？」

我感覺好像有好幾雙眼睛在蜜絲緹低聲複誦之後，偷偷瞄了我一眼。

——等一下！還不能確定就是我啊！搞不好他說的是某個黑心鍊金術師啊！

「這座港口原本是由窩德商會來管理跟批准使用權，可是前陣子窩德商會缺錢周轉，就把這份權利轉賣給其他商會了。」

——呃！好像真的就是我？

我有事先對要來我店裡工作的蜜絲緹詳細說明窩德商會事件的來龍去脈，她一定聽得出來是我。而摩根和船長先生或許平常經商就會到處打聽消息，連他們的視線都狠狠扎在我身上。

「更麻煩的是，連買下那份權利的商會也在不久前遭人檢舉，已經解散了……」

「啊，這個就不是我的問題了，太好了——那現在是誰擁有這份權利？」

「咦……？我想想，照理說權利會轉到領主手上。以我們現在的情況來說，就是在代理官員手上了。」

狄更斯先生有一瞬間對我小聲的自言自語感到疑惑，卻也立刻回答我的疑問。

「所以是代理官員的疏忽嘍？」

「我的立場不方便評論……恕我冒昧，請問您是什麼人？是哈德森商會的人嗎？」

「她才是哈德森商會的人。我的話……應該看這個比較快。」

我實在不敢說「自己就是那個罪魁禍首」，決定直接拿出委任狀。

「這是——是……是皇室的徽章！上面還寫……『全權代理』！也就是說——」

「我現在是這裡——也就是前吾豔從男爵領地，現國王直轄領地羅赫哈特的最高負責人。」

我清楚表明身分以後，狄更斯先生跟附近沒有特別仔細聽我們講話的那群港務人員都訝異得啞口無言，並立刻大聲嚷嚷：

「什麼！那妳該不會——」

「有權限幫我們解決這座港口的窘境吧！」

「求求妳幫幫我們！我們再不接工作賺錢，就要撐不下去了！」

哈德森商會的船員們一看到港務人員們衝上前求我幫忙，就迅速在我跟他們之間築起一道人牆。克拉克也在其中，看來他就算仍然有點站不穩，還是很努力想盡到自己身為護衛的責任。

「你們先冷靜點！狄更斯先生，麻煩你準備紙張跟筆。」

「我馬上去拿——！」

狄更斯先生用最快速度狂奔離開。不曉得他是不敢虧待地位高的人，還是承受不了周遭人的銳利視線。

他很快就帶著紙筆回來，並用非常恭敬的態度把東西遞給我。

「謝謝你。呃……使用權的有效期限一般都是訂多久？」

「大多是一年要更新一次。只是窩德商會偶爾會用使用權失效來威脅我們，再巧立港口保養費之類的名目多收錢。」

「唔～那你們一定很困擾。明明都已經會收港口使用費了……總之，我就先用領主全權代理人的名義，允許哈德森商會使用格連捷港口一年吧。」

站在我周遭的每一位魁梧壯漢都緊張地屏著呼吸，緊盯著我的一舉一動。

他們比我高大很多，在我眼裡幾乎跟牆壁沒有兩樣。雖然周遭傳來的壓迫感非比尋常，我還是故作鎮定地在紙上簽名。

同時，狄更斯先生忽然用力握拳，大聲喊道：

「好！你們快去找大家過來！把倉庫門打開！準備來卸貨了！」

「我們都在這裡了！快決定有多少人可以上工！」

「這次人數不限！但是每個人分到的酬勞也比較少！要參加的就別抱怨錢少喔！」

「「「喔喔喔！」」」

一直到剛才都還散發聰明氣質的狄更斯先生瞬間變得像是肌肉壯漢一樣陽剛，聚集在周遭的那些真正的肌肉壯漢也發出海嘯般的歡呼。

「珊樂莎學姊，妳沒有先知會代理官員就擅自決定，不會有問題嗎？」

蜜絲緹在鬆了口氣之後，又接著有點擔憂地提出這個疑問。我微微點頭，說：

「權限上不會有問題。因為全權代理人的權限比較高。不過，代理官員應該會覺得很不被尊重，可能到時候去跟對方打招呼的時候會需要解釋一下。如果後續還是出了問題，乾脆就請菲力克殿下來扛這個責任好了。」

「喂喂喂，珊樂莎大人，妳要菲力克殿下扛責也太大膽了吧……不過，妳真的幫了我們大忙。天曉得直接帶著貨物回王都，會被商會長罵成什麼樣子。」

「不，說起來也是臨時請你們開船載我們一趟的我不好……」

原本哈德森商會並沒有通往格連捷的交易航線。船長先生是因為蜜絲緹請他幫忙，外加認為或許能在格連捷找到新商機，才會特地開船載我們過來。

如果有足夠時間事先調查，應該就不會像這次一樣，到了目的地才發現有問題。

「是說，船長先生不去幫忙卸貨沒關係嗎？」

「卸貨有專人負責。而且我怎麼好意思讓大小姐跟珊樂莎大人默默離開呢？你們應該馬上就要走了吧？」

雙手環胸的船長先生笑著這麼問。我回答：

「對。反正現在還沒中午，再加上我們都搭船省下不少時間了，總不能把省下來的時間都浪費在這裡。」

「我就知道學姊會這麼說。我是不介意立刻出發，菲德商會的兩位也沒問題嗎？」

「我很習慣長途跋涉，沒問題。雖然還覺得有點暈，但已經可以正常走路了。」

「我也還有體力繼續走！至於頭暈……就靠毅力撐過去就好！」

「擔任護衛的人這樣不太好吧——不對，反正有學姊在。那就沒什麼差了。那，拉邦船長，我要出發了。再麻煩你幫我向父親問好。」

蜜絲緹苦笑著說完這番話之後，船長就一臉感傷地看著她。

「大小姐，妳路上要小心喔……珊樂莎大人，之後就麻煩妳照顧大小姐了。祝妳們旅途平安。」

「船長閣下，也謝謝你願意送我們一程。」

「哈！要不是有大小姐跟珊樂莎大人在，我才不會讓你們免費上船。下次我就要跟你們照常收費了。」

船長先生對摩根的話嗤之以鼻，可是摩根顯然並沒有放在心上。

「那當然。如果有機會，我會再搭你們的船。謝謝你帶給我們一趟舒適的旅程。」

「還真敢說，你們在船上明明就一副要死不活的樣子。不過，我就順便祝你們旅途平安吧。」

船長說著對我們露出了豪爽笑容，接著回頭看往船的方向，深吸一口氣。

「——大夥們！大小姐要出發了！拉開你們的嗓門！」

「「「好！」」」

船員們齊聲回應船長先生的命令，立刻在甲板邊緣排成一列，並突然高聲歌唱。

他們粗獷的嗓音忽高忽低，節奏相當獨特。

這首歌沒有歌詞，卻帶有某種足以撼動人心的莊嚴氛圍。

被震撼得幾乎是愣在原地的我仔細聆聽這首歌，連在卸貨的港務人員們也停下手邊的工作。

然而，蜜絲緹卻一臉尷尬地牽起我的手，拉著我離開。摩根他們發現我們出發了以後，也連忙追上我們的腳步。

「呃，蜜絲緹，妳不聽完再走嗎？這首歌還滿好聽的耶。」

我一對仍然牽著我的手的蜜絲緹這麼問，她就一臉傷腦筋地搖搖頭，說：

「留下來聽他們唱歌會讓我很不自在——而且他們唱的是送葬曲。」

出乎我意料的一句話，害得我腦袋有一瞬間變得一片空白。

「咦？——咦咦！原來不是祝福別人旅途一帆風順的歌嗎？」

「要這麼說也沒錯。只是那首歌是用來替許多在經商過程中因為病逝、遭遇意外，或是死在海盜手下的船員送行的歌。而這首歌原本的涵義是『死亡只是暫時的別離，是一趟讓我們有機會再相見的旅程。願我們屆時還能再一同乘風破浪』。」

「原來是因為這樣，才會也能用來祝福別人遠行……可是感覺有點不吉利……」

我覺得這首歌的涵義很棒。是很棒沒錯，可是正常會想把這種歌用來祝福一般的遠行嗎？

如果不去想它的涵義，這首歌其實很有震撼力，很好聽。

「對吧？我是很高興他們有這份心，但我當初要入學的時候，他們是用兩倍以上的人數一起在王都正中央唱那首歌唱得比剛才還要更有魄力，妳想像看看我那時候有多尷尬！」

「「「唔哇……」」」

那還真的很尷尬。不只是我，連摩根他們都異口同聲地發出驚呼。

船員基本上都渾身肌肉。

而當時聚集了一大堆這樣的肌肉壯漢，來為一個準備入學的十歲小女生唱歌送行。

光是這樣就很引人矚目了，再加上他們唱的歌魄力十足，想必一定足以成為讓王都民眾不斷傳頌的一段故事。

「我是不討厭我們商會的人，可是我實在沒辦法適應他們的作風……」

蜜絲緹在這麼說完之後，嘆出了一口聽來有些憂鬱的嘆息。

◇　◇　◇

從格連捷徒步走到南斯托拉格需要三天左右。距離比從約克村到南斯托拉格還要遠，但努力一點還是有機會在一天之內抵達——前提是這趟旅程只有我一個人。

這次還要帶著摩根跟克拉克，而且一路上大多是上坡路。

所以我們沒有太急著趕路，只用「對一般人來說會有點吃力」的速度前進，並在途中的一座城鎮——費爾戈過夜一天。最後我們只花費兩天時間，就抵達了南斯托拉格。

「珊樂莎大小姐，這座城鎮規模還挺大的耶！」

「畢竟這裡是偏鄉地區最大的城市。而且這裡貿易發達，想買什麼東西基本上都買得到。」

我回應了好奇觀察周遭的克拉克之後，接著說：

「那，我現在需要去詢問代理官員盜賊侵擾的詳細情況。摩根和克拉克有什麼打算嗎？」

我們來這裡的路上完全沒遇見盜賊，城鎮裡面也非常和平。雖然看起來不像有任何治安隱憂，但既然菲力克殿下會特地提起，就表示背後的確暗藏不小的問題。

「我們會先去訂旅店，還要調查這座城鎮。需要幫兩位訂房間嗎？」

「那就麻煩你們了。還有，你們要調查南斯托拉格的話，可以去拜訪我的熟人看看。找她幫忙應該會比較有效率。等事情處理完，我們再到中央廣場會合吧。」

雷奧諾拉小姐連一些黑社會的消息都很靈通。先跟她打聲招呼應該可以避免引發無謂的糾紛，還可以跟她打聽到這座城鎮大致上的情況。

他們在聽我說明完詳情以後便分頭行動，而我也跟蜜絲緹一起前往領主宅邸。

我來過南斯托拉格很多次，但還是第一次拜訪領主宅邸。

以南斯托拉格的規模來說，領主宅邸應該也會很氣派。然而，我親眼看到後，才發現它比我想像的還要豪華許多。

不用說洛采家，它甚至比普莉希亞學姊在王都的老家——也就是喀布雷斯侯爵家還要大。雖然學姊家不是本邸，不能這樣直接比較，可是這座受到高聳圍牆環繞的宅邸實在不像從男爵家應有的規模。

「呃，這……不覺得這裡豪華到讓人有點卻步嗎？」

我嘗試向蜜絲緹尋求共鳴，而家裡很有錢的她只是用很傻眼的眼神看著我。

「珊樂莎學姊，妳在說什麼傻話啊？現在這座宅邸是妳的了耶。」

「也只是暫時的而已啦——不過，現在好像也不是顧著說這種話的時候了。」

我還有很多事情要處理，不能只顧著悠悠哉哉地欣賞這座氣派的宅邸。

我拿出委任狀給四名守衛看，他們先是驚訝委任狀上有皇室的徽章，看了內文以後又驚訝了一次，連忙帶我們進入宅邸——而且不知道為什麼是守衛自己帶路。

我們接著被帶到一間豪華的會客室。這間會客室跟我店裡那個假裝是會客室的房間不一樣，室內裝潢看起來非常高級，充滿了貴族風情。

——但沒有人端茶過來就得扣分了。

我店裡的會客室唯一贏過這裡的，就是可以喝到蘿蕾雅泡的好喝的茶。

就在我暗自對這間會客室產生無謂的競爭心態後不久，門口忽然傳來敲門聲，隨後就有一名相當年邁的男子走進會客室——他手上還端著放了幾杯茶的托盤。

「不好意思，讓您久等了。我們這裡現在沒有足夠的人手可以幫忙泡茶……」

他說著把茶放到我們面前，並在對我們敬禮以後坐到沙發上。

「恕我失禮了。我就是現在負責代管這片領地的官員，我叫做克蘭西。」

他看起來應該超過七十歲？他剪得很短又整齊的頭髮看不見半根黑髮，表情也稍稍顯露出疲累，但是體格相當健壯，不像一般這個年紀的老人家那樣虛弱。

「不，我才應該為自己臨時來訪道歉。我是受菲力克殿下任命擔任羅赫哈特全權代理人的珊樂莎·菲德。這位是我的後輩……」

「我叫做蜜絲緹·哈德森。我今後會從旁輔助在接下這份工作後較為繁忙的珊樂莎大人，並在她的指導下修練鍊金術。還請您多多指教。」

「哦，所以妳也是鍊金術師培育學校的畢業生啊……看來約克村未來會愈來愈繁榮呢。」

「我也很榮幸有機會為村莊的繁榮貢獻一份心力。」

克蘭西先生微笑以對，蜜絲緹也接著微微低下頭敬禮。

嗯……我本來還有點擔心，但看來對方似乎對我沒有敵意？

發現對方態度和善我也鬆了口氣。我喝了一口克蘭西先生端來的茶，滋潤我乾渴的喉嚨。

——嗯！好喝，太好喝了。

不對、不對，這一定是因為用的茶葉很貴，才會好喝。如果用一樣的茶葉泡茶，可愛的蘿蕾雅泡出來的茶，一定會比老爺爺泡的好喝。沒錯，綜合來看還是我店裡的會客室比較好！

我把委任狀遞給克蘭西先生，同時避免透露自己腦袋裡正想著這種蠢事。

「這是我收到的委任狀，再麻煩您確認了。您或許會很不滿我這樣的年輕人擁有更高的權力，但這是菲力克殿下的命令……」

「珊樂莎大人是位優秀的鍊金術師，我當然不會有意見。而且菲力克殿下有事先通知我。他說『我會派一個可靠的幫手過去，敬請期待』。」

克蘭西先生在看完我遞出的委任狀後露出苦笑，並表示不會對這樣的安排感到排斥。

「幫手……呃，總覺得他……應該還可以再講清楚一點……」

「菲力克殿下本來就是這種個性，我習慣了。我認為他這種隨性的作風也是一大魅力。」

——看來我跟這位老人家的想法有些出入。

不過，熟知人情世故的我當然不會特地說出口，而是詢問另一件讓我感到好奇的事情。

「克蘭西先生跟菲力克殿下已經認識很久了嗎？兩位好像很信任彼此。」

「畢竟我也活不少年了——對了，您可以直接稱呼我克蘭西就好。現在珊樂莎大人是我的上司，分清楚上下關係才不會對您失禮。」

「既然您都這麼說了……好，我知道了。」

對方的年紀是我的好幾倍。我其實不太想直呼年長者的名諱，可是分清楚上下關係，也比較好辦事。我考慮到未來率領的士兵們的感受，決定接受他的提議。
「話說回來，珊樂莎大人，我個人是不排斥這樣的安排，但您應該不太希望跟我共事吧？我曾任吾豔從男爵家的管家，也算和洛采家有些恩怨。」
——咦？我沒聽說這回事耶。菲力克殿下，你要先跟我說啊！
這件事對我來說應該很重要吧！
我的另一半是最大的受害者耶！
我感覺好像能幻聽到菲力克殿下的竊笑聲，不禁暗自咬牙切齒。
「那麼，企圖利用洛采家的債務奪走洛采家繼承人位子的，也是……」
「對，構思那份計畫的人就是我。只是我的思緒不算縝密，也難怪會被以優異成績從鍊金術師培育學校畢業的珊樂莎大人輕鬆看穿。」
「我認為你擬定的計畫已經精明到足以騙過這附近一帶的貴族了。其實這樣誇獎你好像也是滿奇怪的。」
「謝謝您的誇獎。但我的所作所為確實給您添了不少麻煩。只是我沒辦法主動辭去菲力克殿下親自任命的代理官員一職，假如您不希望與我共事——」
「不，既然菲力克殿下認為任命你來當代理官員沒有問題，那我也不會再多說什麼。反正洛采家的問題已經解決了，再加上我也需要你來幫忙處理工作。我們就別計較過去的事情了。」

之前雷奧諾拉小姐說的「會抑制吾豔從男爵的荒唐行為的人」應該就是他。

克蘭西擬定的計畫的確造成了我的困擾，但想必也有些人是因為有克蘭西牽制住吾豔從男爵，才免於深受其害。

我打斷克蘭西的話，否定他準備說出的提議。克蘭西隨即鬆了一口氣。

「我很高興您願意不盡前嫌。尤其現在人力相當吃緊。」

「我有聽說——啊，對了，我前幾天發現格連捷的港口呈現半封閉狀態，就先用我的權限批准了一年的使用權給載我們過來的哈德森商會了。」

「格連捷的……感謝您的告知。我也很想解決格連捷港口的問題，可是以前都是全權交由窩德商會管理，現在也沒有餘力優先處理……」

這片領地目前正在忙著改革。

如果要公正批准港口的使用權，就必須先調查申請使用權的商會的來歷，但現在似乎把人手優先派去處理更需要盡早處理的事情了。

「我本來只打算做最基本的改革，然而這片領地的問題實在太大了。」

他說自己最先著手處理的是驅逐參與犯罪的公務員跟士兵，這使得在吾豔從男爵治理之下嚐了不少甜頭的犯罪組織開始蠢蠢欲動。

而殲滅那個犯罪組織，又導致相關的黑心商會一個接一個倒閉。

買下格連捷港口管理權的，好像也是其中一個黑心商會。

「現在因為我們的公務員跟士兵人數銳減，導致所有事情都得要花費更多時間來處理。但也總不能派罪犯去取締其他罪犯。」

看來看守這座宅邸的守衛很多、守衛親自帶我們進宅邸，還有身為代理官員的克蘭西必須自己泡茶，都是人手大量減少造成的影響。

「原來缺乏人手的情況這麼嚴重。菲力克殿下是命令我負責處理盜賊猖獗的問題……」

「如果有洛采家負責處理盜賊問題，絕對會是一大助力。屆時我就有餘力處理其他工作了。我接下來想和您談談往後的安排，請問珊樂莎大人有什麼想法嗎？」

「我還要處理店內事務，會先回約克村一趟。之後我想請前任當家擔任掃蕩盜賊的主力部隊，所以會先找他們開會商量。」

我只有名義上是洛采家的當家，握有實權的仍然是厄德巴特先生跟迪亞娜女士。就算是要請他們協助菲力克殿下親自指派，而且無法拒絕的命令，我還是很難直接要求他們做事。

可能要請厄德巴特先生來約克村，或是我自己去洛采家領地。

總之，我勢必得跟他們討論現有的情報跟掃蕩盜賊的方針。

克蘭西在聆聽我這番說明的途中好幾次點頭表示理解，並接著說出讓我有點意外的一句話。

「原來如此，說的也是。那麼，我近期也去一趟約克村吧。」

「咦？可是你應該還有很多工作要處理，方便抽身嗎？」

「我本來就打算找機會看看約克村是什麼樣的村子，而且不先向前任洛采爵士道歉，或許也會影響我們日後的合作。所以照道理來說，也應該由我親自走一趟。」

「這……我也沒辦法反駁。那麼，我想先跟你討論——」

克蘭西需要一點時間處理好現有的工作，而我也需要一些時間聯絡厄德巴特先生。我們決定好在約克村碰面的適當時間之後，便一同從椅子上站起身。

「今天真的是非常有意義的一天。我感覺自己肩膀上的重擔終於變輕了一點。珊樂莎大人、蜜絲緹小姐，我很期待我們在約克村會面的那一天到來。」

「彼此彼此。不僅是約克村，我同時也是隔壁領地的領主，雖然我只是暫時擔任羅赫哈特的全權代理人，希望我們未來可以建立一段合作互惠的關係。」

「我也很高興知道這片領地的代理官員是個有良知的正常人。」

我跟蜜絲緹握起克蘭西笑著伸出的手，並同樣以微笑回應他。

我們談完正事以後，就立刻離開了領主宅邸。克蘭西本來說我們可以在領主宅邸過夜，可是剛才已經請摩根幫忙訂旅店房間了，我們只能婉拒他的好意。

他似乎也因為沒有足夠人手招待我們，並沒有太堅持要我們留下來作客。

後來，我們就直接前往約好和摩根他們會合的中央廣場，走進一旁的咖啡廳。

克蘭西泡的茶是很好喝，但很可惜並沒有同時端上茶點，所以覺得肚子有點餓的蜜絲緹就硬拉著我進來休息。

「好累喔～珊樂莎學姊，妳應該也很累吧～？」

蜜絲緹是在開心地大口吃完剛才點的司康餅，還喝光了一杯茶以後，才整個人癱軟在咖啡廳的桌上說出這句話。

她有點言行不一的舉動讓我感到些許疑惑。

「會嗎？克蘭西只是代理官員，不是傲慢的貴族，再加上這次也沒有談到需要鄭重討論的事情。而且他也沒有對我在格連捷的擅作主張感到不滿——」

「不是啦，學姊，重點不是這個！光是代理官員就夠讓人緊張了！」

蜜絲緹起身強調這番話後，又立刻癱軟在桌上。

「學姊嘴上說不習慣面對貴族，但面對權力的時候明明還是很有抗壓性。」

「應該沒有吧……？」

「有啦～一般人怎麼可能在被皇族叫去對談跟接受命令之後，還可以那麼有精神地跟我聊天啊？換作是我，我就會直接休息一整天，叫別人隔天再來找我了。」

「可是我們很久沒見面了，我怎麼能趕走特地來找我的妳呢？」

如果是我不在乎的人來找我就算了，蜜絲緹可是我為數不多的朋友，我不可能虧待她。

「學姊還有餘力顧慮到我的心情就很厲害了～如果是我，我早就累到不想管那麼多了。」

「我那時候其實也很累……而且師父又不聽我抱怨。」

蜜絲緹本來好像想對這麼抱怨的我說什麼，但又打消了念頭，只嘆了一口氣。

「學姊有勇氣對奧菲莉亞大人抱怨就已經──也對，學姊是她的徒弟。真羨慕妳能跟人人景仰的奧菲莉亞大人關係這麼好。」

「畢竟師父對我來說，就只是我的師父──啊，摩根他們好像來了。」

我對在廣場上四處張望的兩人揮了揮手，吸引他們的注意。

我確定他們馬上注意到了之後，就催促蜜絲緹離開咖啡廳。

「珊樂莎大小姐，蜜絲緹小姐，我們是不是讓兩位久等了？」

「不會，我們沒有等很久。那你調查得怎麼樣了？有辦法在南斯托拉格設立分店嗎？」

「當然沒問題。幸好我們在路上也找到了幾間不錯的空店面。只是雷奧諾拉閣下說現在這裡的治安比以前差了一點。」

「但我們商會不用擔心受害。畢竟我也會幫忙保護大家。」

克拉克挺起胸膛掛保證。似乎是因為菲德商會本來就有不少據點設立在治安不好的城鎮，相較之下，南斯托拉格現在的治安狀態反而好得完全不至於影響他們做生意。

「那珊樂莎大小姐呢?您跟代理官員談得還順利嗎?」

「嗯。算是先跟對方碰個面。我明天會再回約克村討論更詳細的事情。你們之後有什麼打算?會直接留在這裡準備開設分店嗎?」

「我們當然會跟珊樂莎大小姐同行。而且說不定約克村的環境會比較適合我們開分店。所以還是要先過去勘察,才能決定該在哪裡設立分店。」

「的確。你們要在約克村開分店……是會方便很多,可是……」

他們在約克村開分店的話,我的鍊金材料會比較好賣,村民跟採集家要買東西也會比較方便。但問題是——

「您是否有什麼顧慮呢?如果有,還請您儘管說。」

摩根大概是發現我面有難色,才會這麼問。

「呃,因為村子裡有一間小雜貨店。而且規模小到絕對不可能有能力跟菲德商會競爭。」

商業本來就是自由競爭。除非故意耍手段陷害人,不然在經商過程中吸走其他商業競爭對手的生意,導致對方只能關門大吉,也沒有誰對誰錯的問題。

可是那間雜貨店是蘿蕾雅的老家,我不太希望菲德商會害他們生意做不下去。

摩根或許是猜出了我表情中帶有什麼樣的擔憂,說:

「原來如此。我知道您的意思了。經營那間雜貨店的,應該是珊樂莎大小姐很看重的人吧?

別擔心，我們不會危害對方。」
「不，其實嚴格說起來不是那樣……總之，差不多就是類似你說的情況。」
雖然他並沒有正確猜中我的反應是什麼意思，但大致上也沒說錯。
「那我了解了。克拉克，挑第三間店。得要在明天之前先跟對方談好臨時契約。你去跟總店回報詳情，再請他們派人手過來。珊樂莎大小姐，我們訂的旅店在南邊的『森林之風』。還有，雷奧諾拉閣下希望您有空可以到她店裡露個臉。那我們晚點見了！克拉克，動作快！」
「知道了！珊樂莎大小姐，我們先失陪了！」
摩根用非常快的速度講完他要交代的話後，隨即和克拉克一起飛奔離開。
「咦？他說明天之前要談好，意思是他們要在出發之前決定好把分店開在哪裡嗎？會不會太趕了？現在都快傍晚了耶……」
我完全來不及插嘴。
我有點傻眼地看著他們兩個離開時，蜜絲緹卻用比我更傻眼的眼神看著我。為什麼？
「畢業當天就買下一間店的學姊沒資格說他們吧？」
「唔！原來我是自掘墳墓！可……可是，我當初是……是被師父逼的。」
我跟蜜絲緹解釋那時候不是我自己掏錢買下一間店，蜜絲緹才說：
「喔，原來如此。如果是奧菲莉亞大人幫學姊決定的，那就說得通了。其實我一直覺得很奇怪，窮習慣的學姊怎麼可能會一天就決定好要買下一間店。害我還很擔心妳是不是遇到了什麼麻煩事。」

「這樣啊……那我好像該跟妳說聲抱歉？不過，我後來不是有寫信給妳嗎？」

「我有收到，可是是在學姊畢業很久以後才收到。而且上面也沒有說明來龍去脈。」

因為我是在師父來我店裡放傳送陣過後，才寫信給她。

約克村到王都的距離太遠了，當時的我沒什麼錢，實在捨不得花一大筆錢寄信過去。

「其實我也很想回信給學姊，可是……」

普莉希亞學姊她們畢業以後一樣會寄信給我，是因為她們是家境富裕的貴族，再加上她們都待在離王都不遠的城鎮。就算蜜絲緹是大規模商會商會長的女兒，寄信到偏鄉還是有困難。

蜜絲緹垂下眉角，看起來很過意不去。然而她很快又火冒三丈地手扠著腰，用有點忿忿不平的眼神瞪向我。

「是說，那個完全跳脫常識的傳送陣到底是什麼莫名其妙的東西啊！那根本是在挑釁鍊金術的常識吧？而且學姊也太敢請奧菲莉亞大人跑腿了吧，好歹顧慮一下我收信時是什麼心情啊！」

「我只有拜託師父幫我送去學校而已……難道出了什麼問題嗎？」

應該沒什麼會影響到蜜絲緹心情的要素吧？

我想了想，還是不太懂她為什麼會這麼說。蜜絲緹伸出雙手，從正面用力抓住我的肩膀。

「問題可大了！奧菲莉亞大人一來學校，事務人員就會用最快速度跑來叫我去找她！而且是在上課上到一半的時候飛奔進來叫我！害我瞬間變成學校裡的名人！」

「啊，呃……抱……抱歉。」

那的確是滿尷尬的！光是想像那個場面就覺得胃好痛啊！

「……後來我跟奧菲莉亞大人說我偶爾會去她店裡，請她先幫我保管，才終於圓滿落幕。這也讓我多了一些機會可以跟奧菲莉亞大人說話，我其實是滿高興的啦。」

蜜絲緹在聽到我這聲道歉以後，又有點害臊地撇開了視線。

「呵呵，這樣啊。那我們就先去旅店——不對，還要先繞去一個地方。」

「是你們剛剛提到的雷奧諾拉小姐那邊嗎？她是什麼人？」

「她是這個城鎮的鍊金術師。難得有這個機會，就順便介紹給妳認識吧。反正在約克村工作一定會需要找她，而且她的消息很靈通，一般社會跟黑社會的事情都打聽得到。」

「連黑社會的消息都打聽得到嗎？我突然覺得不太放心……」

「別擔心，她外表比船長他們和善很多！就只是個很平凡的大姊姊！」

「不應該拿船長他們來比吧！單論外表的話，他們凶神惡煞的程度不輸給黑社會的人耶！」

——她這樣說還真不留情。可是我也無法反駁。

我憋住差點溜出口的笑意，推著有點卻步的蜜絲緹前往雷奧諾拉小姐的店。

◇　◇　◇

「我回來了！」

「「「珊樂莎（小姐）妳回來了啊！」」」

雖然途中發生不少突發狀況，不過我還是幾乎在原定的時間回到了村子裡。我先帶摩根他們去村子裡的旅店，才回到我心愛的家，打開家門。

出來迎接我的是蘿蕾雅、艾莉絲跟凱特。

瑪里絲小姐不知道是不是聽到我們的聲音才注意到我回來，從通往後頭的門口探出頭來。

「珊樂莎小姐，妳回來得還真早。妳再晚一陣子才回來也沒關係啊。」

「我怕我太久沒回來，我的店就被瑪里絲小姐搶走了。」

「呵呵呵，其實我已經成功拉攏蘿蕾雅小姐了。這間店就快變成我的了。」

瑪里絲小姐邊說邊伸手從後面抱住蘿蕾雅。蘿蕾雅不斷拍打她的手，鼓著臉頰說：

「我才沒被妳拉攏！討厭啦，瑪里絲小姐，妳不要胡說八道好不好。」

蘿蕾雅嘴上聽起來很排斥，看起來倒是跟瑪里絲小姐滿要好的。

畢竟她們這次跟上次加起來，已經住在一起超過一個月了。

「蘿蕾雅小姐這麼可愛，不跟我一起開店太可惜了。等我再重新開店——嗯？哎呀？珊樂莎小姐這麼快就帶了二號回來啊？妳手腳還滿快的嘛。」

瑪里絲小姐的視線指著應該是想避免妨礙我們久違的再會，就躲在我背後的蜜絲緹——只是我們身高差不多，沒有達到遮掩的效果。

「喔，她是——」

「什麼！珊樂莎，我們才結婚沒多久，妳就外遇了嗎？妳已經跑去找新歡了嗎？」

我還沒開始解釋，艾莉絲就大聲驚呼，並逼近到我的面前。

蜜絲緹一看到她的反應，就帶著淘氣的笑容從我身後走出來，抱住我的手臂。

「不不不，我是學姊的舊愛。」

「這樣會引人誤會啦！不要講得好像我們真的交往過！」

「是年紀嗎？是年紀的問題嗎？妳不喜歡年長的大姊姊，比較喜歡年輕的小妹妹嗎？」

「這會引發更大的誤會啦！蜜絲緹是我的學妹！我帶她來是要收她當徒弟，還要僱用她當店裡的員工！再說，我從來都不覺得艾莉絲妳像年長的大姊姊！」

我直截了當地說完，艾莉絲就像是受到了很大的衝擊一樣退後好幾步，而且不知道為什麼連蘿蕾雅都訝異得睜大了雙眼。

「咦？我……我要被開除了嗎？」

「咦？啊！不……不是啦！蘿蕾雅！我絕對不是想要開除妳才——」
「哈哈哈，珊樂莎學姊，看來事情變得很不得了了呢。」
蜜絲緹在一旁看著連忙揮手否認的我，自顧自地笑得很開心。
——妳別忘了妳就是替這個場面火上加油的幫凶啊！
這時，最先縱火的罪魁禍首——瑪里絲小姐出面幫我們緩頰。
「妳們還是先冷靜下來吧。反正都要打烊了，等等再坐下來慢慢談就好。」
「啊，嗯，說的也是。雖然不太想承認……但瑪里絲小姐這樣還滿像成熟大姊姊的。」
「說這什麼話，我時時刻刻都是個可靠的大姊姊啊。」
——我很不認同妳這番話喔。
不過，我就先不多說什麼了。因為現在吐槽她，會變得很麻煩。
我們暫時擱置這個話題，迅速處理好打烊的工作，再一同前往會客室。
我們一起享用蘿蕾雅泡的茶，放鬆身心。
這雖然只是我自己調的茶，但熟悉的味道還是很讓人安心。
「呼。那，我們再來談談剛才的話題吧。我有很多事情要先跟妳們說……」
明明只在王都待了幾天，遇到的事情卻多到沒辦法輕鬆帶過。
我正在煩惱該先從哪件事開始講起時，蜜絲緹開口說：

「學姊，妳不如先拿伴手禮給她們吧，也比較方便轉換心情。」
「啊，說的也是。我看看，那，蘿蕾雅，這個給妳。我買了緞帶跟一些材料。」
我覺得她應該會喜歡自己縫，買給她的禮物大多是做衣服的材料。
這些在附近這一帶不容易見到的珍品，讓蘿蕾雅眼睛為之一亮。
「謝謝妳！哇！那我要想想可以拿來做什麼……！」
「呵呵，妳就拿去做妳想做的東西吧。再來換艾莉絲。我多花點錢幫妳買了這個。」
結果，我還是決定買一把劍送給艾莉絲當伴手禮。
後來是在蜜絲緹的介紹之下，用稍微便宜一點的價格買下一把現成的高級貨。
這把劍應該比艾莉絲現在用的那把好上兩個層次。
「……我真的可以收下這把劍嗎？以伴手禮來說，好像有點太昂貴了。」
「畢竟妳是我的伴侶。妳就用這把劍努力賺錢吧。」
「珊樂莎……！謝謝妳，我會好好珍惜它的！我一定會更努力賺錢！」
我對感動到眼眶泛淚，還緊緊抱住手上那把劍的艾莉絲點點頭。我接著拿出下一份禮物。
「我當時很煩惱要送妳什麼……最後挑了這個。很可愛吧？」
我最後決定送凱特一隻布偶。
決定要送布偶之後，又換煩惱該送怎麼樣的布偶給她。

我請蜜絲緹介紹了好幾間布偶店，在走了很久很久以後，才終於找到這隻布偶——

「不覺得它很像顏色不一樣的核桃嗎？我一看到就決定要挑這隻了。」

因為核桃本來就長得很像布偶，所以連輪廓都很像。

只是布偶整體顏色是以褐色跟黑色為主，但胸口一小塊白毛跟核桃一模一樣。

凱特那麼喜歡核桃，她一定也會喜歡這個布偶。

我明明對這份禮物很有自信，凱特卻不知道為什麼用很複雜的表情看著我。

「那個……珊樂莎，我很高興妳想送我伴手禮，但我已經不收藏布偶了……」

「咦？可是我記得凱特房間裡的布偶數量——」

我還來不及說出：「——又變多了，不像已經不收藏了啊？」凱特就直接搶過我手上的布偶，緊緊抱在懷裡，並自暴自棄地發出歡呼。

「謝謝妳！珊樂莎！我好喜歡這個禮物！」

「這樣啊，妳喜歡就好。啊，這麼說來，核桃……」

我忽然很好奇核桃現在待在哪裡，便透過同步視力來尋找它。我從它的眼中看見抱著布偶的凱特——嗯？從這個角度來看，應該是在……

我一轉過頭，就發現核桃正躲在門縫後面用有點哀傷的表情看著我們。

「嘎嗚嘎嗚～？」

我對彷彿在表達「那我呢？」的核桃招了招手，它就很高興地跑過來跳到我腿上躺著，於是我摸了摸它刻意朝向我的肚子，幫它補充魔力。

蜜絲緹見狀發出摻雜著佩服跟難以置信的驚呼。

「哦～這就是學姊做的鍊金生物……真不愧是學姊，這怎麼看都不尋常。」

「就是說啊。太好了，總算有人了解我的感受了。這裡的人標準都很奇怪。不能因為我一樣是鍊金術師，就期待我可以做到跟她一樣誇張的事情啊。」

瑪里絲小姐不斷點頭同意蜜絲緹的感想。

核桃的確是跟一般鍊金生物不太一樣……不知道瑪里絲小姐是不是在幫我顧店的期間遇到了什麼事情？

「最後再送一份甜點給辛苦幫我顧店的瑪里絲小姐。這是在王都的名店買的。」

「……哎呀？原來妳也有買我的伴手禮啊？謝謝妳。」

雖然送她的甜點是所有伴手禮裡面最便宜的，但瑪里絲小姐還是一臉開心地收下了。

「那接下來談談我在王都遇到了什麼事——不對，應該要先介紹蜜絲緹給妳們認識才對。」

「幸會，我叫做蜜絲緹．哈德森。是小珊樂莎學姊一屆的鍊金術師。」

我還沒要蜜絲緹自我介紹，她就先主動向大家打招呼，並低頭敬禮。

隨後，蘿蕾雅就用隱約帶點競爭意識的眼神看向蜜絲緹，說：

「我叫做蘿蕾雅。我從珊樂莎小姐剛開店那時候開始，就一直在這裡當店員了。還有，她的早午晚餐也是我負責煮的。妳看看這份豪華伴手禮，就能看出她有多信任我了！」
「這樣啊。那妳就是這間店裡的前輩了，還請妳多多指教。」
「咦？啊，好，彼此彼此……」
不過，蜜絲緹是非常善於社交的人。她帶著微笑對向自己示威的蘿蕾雅伸出手。蘿蕾雅似乎沒料到她會是這樣的反應，先是眨了眨眼，才握起蜜絲緹的手。
「我叫做艾莉絲・洛采。是珊樂莎的丈夫，也可以說是妻子！」
「我叫做凱特・史塔文。目前算是珊樂莎的情婦。」
「我叫做瑪里絲・修洛特。是接下來會被妳搶走工作的可憐鍊金術師。」
——這自我介紹好像有點不太對勁耶！可是我也沒辦法斷定她們沒說錯！
蜜絲緹在聽完她們的自我介紹之後講了好幾次：「原來如此……」
「請各位放心。我是學姊『為數不多』的朋友之一，但真的純粹只是她的朋友。」
「妳這樣說是沒錯啦，可是我覺得蜜絲緹妳今天講話莫名帶刺耶！」
「我絕對不是因為珊樂莎學姊交到這麼多新朋友才這樣。」
——絕對就是因為我交到新朋友才這樣吧！
「是說，妳的朋友明明就比我多上好幾倍吧？」

「咦？我的朋友其實沒比珊樂莎學姊多上多少啊，只是單純認識的人比較多而已。」

——妳的「認識的人」一定以為跟妳是朋友啊！

後輩意外的一面讓我備感震驚。但我絕對不會繼續追問。因為感覺一問下去就會再冒出更多可怕的事情！

「哈哈哈，原來蜜絲緹也沒多少朋友啊？哪像我……哪像我——嗯？」

原本還哈哈笑著的艾莉絲像是察覺了什麼不應該知道的真相一樣，忽然變得一臉嚴肅。

凱特輕拍艾莉絲的肩膀。

「艾莉絲，妳終於發現了啊。發現妳其實沒有朋友。」

「怎……怎麼可能……我還是有朋友的……」

「嗯，妳到不久之前都還有兩個朋友。可是其中一個跟妳結婚了，現在只剩下一個。」

「原來我的朋友只有珊樂莎跟蘿蕾雅……？領民不算嗎？凱特妳也不算嗎？」

「領民跟妳之間不是對等的關係。至於我的話，應該比較像妳的家人，不是朋友吧？」

「艾莉絲小姐，這其實很正常。地方貴族千金要交到朋友，本來就不是多輕鬆的事情。」

「瑪里絲！瑪里絲妳應該也算我的朋友吧？」

艾莉絲向已經看開的瑪里絲小姐尋求最後的希望，然而，瑪里絲小姐卻是在短暫思考以後表達疑惑。

「……算嗎？真要說的話，是比較偏向工作夥伴——」

「妳就放寬標準，直接算我是妳的朋友吧！」

「呃，好。那，我們現在是朋友了。可是，有朋友其實也不是什麼值得欣羨的事情。像我遇到困難的時候，就沒半個朋友願意對我伸出援手。」

瑪里絲小姐在艾莉絲的懇求下答應當她們是朋友，但她隨即壓低視線，看起來有點寂寞。

「原……原來妳曾有這樣的過往。不過，妳不用擔心。我絕對不會背叛朋友——」

我對快要被瑪里絲小姐騙到的艾莉絲坦白一件從雷奧諾拉小姐那裡打聽到的事情。

「我倒是聽說妳是因為已經向朋友求助了很多次，才搞得朋友不想再幫妳耶。」

「……或許也是可以這樣解釋啦。」

蜜絲緹看瑪里絲小姐尷尬地撇開視線，便聳了聳肩。

「看來這裡就有個不錯的範例。所以，艾莉絲小姐，其實妳並不需要逼自己多交朋友。我認為只跟少數人有深交，才是明智的做法。」

「哇～有錢有勢的人要交朋友果然很辛苦。像我就會覺得村子裡的小孩都是我的朋友。」

「呃，蘿蕾雅，我覺得也不一定是有錢有勢的人才會很難交朋友……」

我自己就是這樣，所以沒辦法狠下心直接反駁。

順帶一提，蜜絲緹是會挑人當朋友的類型，而我是連挑都沒得挑的類型。

「呵呵，畢竟人際關係本來就很多樣化。對了，珊樂莎，妳不是有話要跟我們說嗎？」

「啊，說的也是。我想想，就先從……報稅開始講好了。幸好有大家的幫忙，我才能一次報好稅。謝謝妳們。」

「哎呀！妳居然不用重新修改那些麻煩的資料，就報好稅了啊……真是太厲害了。」

「因為我有請師父幫我檢查。而且學校也有仔細教過怎麼填報稅資料。」

「恭喜妳。辛苦妳了。」

「恭喜妳，珊樂莎。所以妳接下來可以悠閒一陣子了嗎？」

「──如果真的可以悠閒一陣子就好了。我報完稅要離開的時候，突然被菲力克殿下叫去談事情。」

艾莉絲跟凱特一聽到我這麼說，就微微皺起了眉頭。

蘿蕾雅也面露苦笑，瑪里絲小姐則是訝異得雙眼圓睜。

「總之，我先轉交這本書給妳。這是諾多先生要免費送我們的書。」

艾莉絲動手翻閱我遞給她的書，表情中的緊繃也消散了一點。

「這是……火蜥蜴的書。看來他順利寫好論文了。太好了。」

「我們當初吃了那麼多苦頭，要是他沒寫出像樣的論文，我一定會哭死──那，既然妳是說『先轉交這本書』，就表示妳要說的不只是這件事吧？珊樂莎。」

「對。另外一件事是我受命擔任舊吾豔從男爵領地——也就是現在的羅赫哈特的領主全權代理人。」

「「「——咦?」」」

「還受命處理羅赫哈特頻頻遭受盜賊侵擾的問題。」

「「「什麼?」」」

「後來還有我父母設立的菲德商會的人來找我,我們在小聊了一陣子之後重修舊好。他們說想替我提供一些支援,我就請他們考慮在這附近一帶開設分店。而且先派來勘察的兩位商會成員已經來到約克村了。還有,現在治理羅赫哈特的代理官員其實是之前擔任吾豔從男爵管家的人,擬定計畫陷害洛采家的也是他。不過,現在我的權限比他高,妳們不用擔心會出事。然後,雖然我剛剛好像講過了——就是蜜絲緹基於一些原因想來當我的徒弟,我就帶著她一起回來了。」

「等一下、等一下、等一下!珊樂莎,妳一口氣講太多了!也發生太多事情了吧!」

艾莉絲急忙打岔,要我先別繼續說,不過——嗯,我該講的事情也都講完了。

「別擔心,我已經說完了。啊,掃蕩盜賊是發給洛采家的命令。之後會需要占用厄德巴特先生跟妳們的時間來協助掃蕩。」

「我們當然願意幫忙——不對!我想說的是妳講得太濃縮了!」

「是……是啊。我想先問……現在珊樂莎是得到了跟領主同等的權限,是嗎?」

凱特手摀著胸口深呼吸，向我詢問她是不是沒有誤會我的意思。

「但只是短期的。畢竟之後會讓洛采家增添掃蕩盜賊的負擔，妳們就當作是受命掃蕩盜賊的酬勞就好。而且我也可以實施一些對洛采家有利的政策——只是做得太過火，大概還是會被叫去訓斥一頓。」

「哇，居然有這麼好的事！珊樂莎小姐，妳可以安排一間店給我這個朋友嗎——」

「到時候會是被菲力克殿下罵。瑪里絲小姐，妳敢承擔這個責任嗎？」

「——還是算了，我自己慢慢努力就好。」

瑪里絲小姐立刻收回了前言。

我猜她應該也只是開玩笑，不然我也不要這種會想趁機索討好處的朋友。

「不過，有這樣的權限還滿重要的。要是在盜賊在掃蕩過程中逃去周遭其他領地……」

「對，洛采家擅自進去其他領地掃蕩，很可能會演變成紛爭。所以會需要『國王的命令』這道後盾。」

跟羅赫哈特相連的貴族領地，包含洛采家在內總共有六個。

這附近每一位領主的權勢幾乎平等，他們就算敢對洛采家抱怨，在羅赫哈特的領主面前也一定會選擇悶不吭聲——當然，我還是會盡可能跟他們保持友好。

「至於那個代理官員……算了，無所謂。反正事情都過去了。」

我也有點介意代理官員就是當初陷害洛采家的主謀。然而，艾莉絲並沒有為此表達不滿。這讓蜜絲緹好奇問道：

「咦？真意外妳會不計較。我聽說妳當初被他的計畫折騰得很慘……」

「畢竟當初我們的領民就是因為他們願意借錢，才能繼續過生活。雖然我們還錢還得很辛苦，但單就結果而言，我們洛采家不只沒有損失，還得到了珊樂莎這麼優秀的伴侶。我甚至覺得反而是好處比壞處更多。」

艾莉絲率直的話語跟她對我露出的那道微笑，讓我的臉頰忽然一陣發燙。

——可惡。艾莉絲真的不只長得漂亮，有時候還會突然很帥氣。

「哦～妳比我想的還要更抬舉珊樂莎學姊呢。」

「這個國家裡還有多少人會比珊樂莎更優秀？她這樣的伴侶對我來說是可遇不可求。」

艾莉絲語氣肯定地說完，蜜絲緹就用手搧著自己的臉，有點傻眼地笑道：

「啊～好，夠了。我本來以為妳是覬覦學姊的地位跟財產，看來是我多慮了。」

「不，其實她的地位跟財產也是我們希望她加入洛采家的因素之一。」

「呃！妳講得真直接耶！珊樂莎學姊，妳不介意嗎……？」

蜜絲緹用擔心的眼神看著我。我跟艾莉絲相互對看，說：

「反正貴族婚姻本來就是著重利益吧？我自己也是考慮過這場婚姻能帶給我好處，才會跟她結婚。」

「嗯。我會願意跟珊樂莎結婚，也是因為她在利益跟心情上都是我能接受的結婚對象。」

「哦，這樣啊。既然學姊沒有意見，那我也不必多說什麼……不過，艾莉絲小姐，妳要是敢害學姊下半輩子吃苦，我絕對不會饒了妳。我會直接去跟侯爵家和伯爵家的朋友告狀。不對，我猜應該用不著我告狀，她們兩個就會主動來找妳復仇。」

蜜絲緹語中帶著一點笑意，眼神卻是非常嚴肅。

艾莉絲一樣神情嚴肅地表示不會發生那種事，凱特也接著開口保證。

「唔唔，聽起來還滿可怕的。不過，萬一珊樂莎下半輩子吃苦，那我到時候也不可能苟活。畢竟我現在已經是她的伴侶，當然要用自己的性命來擔保她的幸福。」

「輔佐洛采家是我的職責。我剛剛只是開玩笑說自己是情婦，實際上我也非常重視珊樂莎跟艾莉絲。我一定會盡全力輔佐她們。」

——呃，妳們在我面前說這種話，會讓我很害臊耶。

有點不知所措的我輕咳了一聲，隨後她們三個就面面相覷，異口同聲地笑了出來。

「仔細想想，珊樂莎學姊本來就不需要別人替她擔心。」

「是啊。畢竟珊樂莎當初還輕輕鬆鬆就拯救我們洛采家脫離苦海。」

「的確——那，再來就只剩下菲德商會這個話題了。妳跟他們重修舊好了嗎？」

「啊，我也很在意這件事。菲德商會當年不是把珊樂莎小姐趕出去商會，送去孤兒院嗎？妳不會覺得心裡有芥蒂嗎？」

「不會。因為我現在能夠理解他們當年的用意了。我知道他們那麼做，反而是想保護我。」

我對看起來是真的很擔心我的蘿蕾雅解釋我為什麼會被送進孤兒院。雖然她還是顯得有點納悶，卻也說：「珊樂莎小姐不介意就好。」

「嗯，我不介意。只是掌櫃先生他們好像一直很在意害我獨自生活這麼多年。所以我才會提一個對我們雙方都有好處的點子。最近約克村的採集家不是變多了嗎？只請雷奧諾拉小姐收購我這邊的材料會害她有點吃不消，如果菲德商會願意在這附近設立據點，等於是我多了其他銷貨管道，菲德商會也能透過買賣鍊金材料賺取利益。這樣不是很好嗎？」

「喔，那真是太好了。光是把這一個多月收購的材料全帶回去給師父，就有可能被她抱怨個幾句了。」

瑪里絲小姐大口吐出一口氣，似乎是真的很慶幸可以避免挨罵。

「雷奧諾拉小姐果然很愁銷不完手上的存貨嗎？」

「到春天那時候都還沒什麼問題。現在就不太好銷掉了。畢竟現在採集家很多，最近物流又沒什麼效率——喔，也對，是因為有盜賊干擾吧。」

「對。近期我會約時間請跟掃蕩盜賊這件事有關的洛采家、菲德商會跟代理官員一起來開會討論對策。艾莉絲，請厄德巴特先生他們過來大概需要多久時間？」

「來約克村嗎？用一般方法聯絡會很花時間，我跟凱特親自過去跟他們說一聲吧。走上次走的那條路最快三天，最多也只要五天就夠了。」

「那就可以搶在代理官員之前抵達約克村了。瑪里絲小姐，謝謝妳這陣子幫我顧店。妳這次也一樣幫了我大忙。」

「這不算什麼啦～而且我也很高興有這個機會可以隨心所欲地嘗試鍊製。」

她這句話聽得我不太放心。不過，我相信蘿蕾雅一定沒有放任她亂來。

我只回答「那真是太好了」，並接著說：

「那，妳要什麼時候回去？妳如果想馬上離開也沒關係……」

我猜瑪里絲小姐應該也很想早點回去。

我明明是懷著這樣的想法問她，卻被她投以一道充滿震驚的視線。

「妳居然要我在盜賊頻繁出沒的現在自己一個人回去，珊樂莎小姐妳是魔鬼吧！」

「可是我們從格連捷到約克村的路上都沒遇過半次盜賊耶。」

「妳們包含護衛在內總共有四個人，而我只是一個手無縛雞之力的嬌弱女性耶！」

「會手無縛雞之力嗎？瑪里絲小姐不也是鍊金術師嗎？普通的盜賊應該難不倒妳——」

「蘿蕾雅小姐！我說過了，別把我拿來跟這個不能用常識來看的人相比。我不擅長戰鬥。如果只有幾個人就算了，要是來了一大批盜賊，手無縛雞之力的我就要上演兒童不宜的場面了！」

蘿蕾雅小聲說著「所以只有幾個人的話還是打得過嘛」，艾莉絲也開口說：

「嗯，換作是珊樂莎的話，就算要一次打幾十個盜賊，她都有辦法讓現場變成『另一種意義上』的兒童不宜。」

「這樣形容也太誇張了吧！要不要我再秀一下當初打倒火蜥蜴用的魔法給妳們看啊？」

「人類結凍的景象也是滿殘虐的吧？——不對，重點不是這個，我想說的是，我希望妳能讓我在這裡待到可以安全回去南斯托拉格。也希望妳能幫我聯絡一下師父。」

「好。那妳要等代理官員回去的時候再跟他一起走嗎？」

克蘭西大概會帶著護衛過來，讓瑪里絲小姐跟著他們回去應該不容易出大事。瑪里絲小姐也答應了我的提議。

從回來村子的隔天開始，我就忙著向村民問候、處理一些雜事、教蜜絲緹處理店內事務，還要帶摩根他們參觀村子，每天都忙得不可開交。

時間很快就來到約好開會的那一天。

現在代理官員克蘭西跟菲德商會的摩根都在我店裡的會客室。

代表洛采家來參加會議的有厄德巴特先生、沃爾特、艾莉絲跟凱特。

而在場的除了我跟他們以外，還有一個人——

「……那個，為什麼我也要坐在這裡？我不是只要端茶過來就好嗎？」

我拉住在端茶到所有人面前之後就準備離開的蘿蕾雅，要她坐下來。她困惑地看著我，並有點戰戰兢兢地觀察起周遭。

——我懂她的心情。畢竟有很多身材魁梧的人在場。可是……

「我本來想請艾琳小姐來，可是她說自己待在這種場合會格格不入，就不參加了。」

「啊，妳果然不是找村長當我們村子的代表——不對，我才是真的會格格不入的人啊！」

「但是我需要妳待在這裡。蘿蕾雅要負責當約克村代表跟幫我療癒心神。」

「太強人所難了啦～就算需要有人當約克村代表好了，也不需要有幫妳療癒心神的人在場吧……」

蘿蕾雅的優點之一就是她嘴上說是這麼說，卻完全不打算離開座位，逃離這裡。

我在會客室裡的氣氛和緩了一點以後，才看了看周圍的每一個人，說：

「那麼，我們開始討論該怎麼掃蕩盜賊吧。雖然這裡有點窄，但我們沒有其他適合開會的地方，還請見諒。」

這裡總共有八個人，其中四個人是身材健壯的男性，會顯得有點狹窄。

艾莉絲、凱特跟沃爾特三個人只能用站的。

我一針對這件事道歉，卻不知道為什麼是換來摩根和克蘭西的回應。

「這裡的確有點狹窄。珊樂莎大小姐，您要是需要擴建店面，請儘管吩咐。」

「考慮到未來或許還會需要開會，準備一間可以容納更多人的會議室應該會比較好。珊樂莎大人，您需要用領地的預算擴建，還是另外蓋一間房子嗎？」

「我認為珊樂莎大小姐應該值得擁有更大間的店面。」

「南斯托拉格的建築工匠現在工作量較少，我可以安排他們過來。您就算想把這間店擴建到原本的兩倍大，也不至於對領地預算造成多少負擔。」

「呃……咦？擴建我的店？真的要擴建的話，應該要擴建村長家吧……？」

他們兩個像是早就在等待開口的機會來臨，輪流表達意見。我把心裡產生的困惑化為提問。

畢竟村長家的外觀真的平凡到跟其他民宅沒兩樣。

甚至不特地提醒，就不會發現那是村長家。

「您說村長家啊……我認為維持現狀就夠了。村長的工作量並沒有大到需要特地擴建。」

克蘭西話說得真狠。但我也無法否認啦！

「你說未來可能還要開會，可是我只是暫時擔任全權代理人……」

「這可難說。不覺得按菲力克殿下那種性格，很可能還會再要求您處理其他麻煩事嗎？」

我希望你不要這麼烏鴉嘴。因為我的確無法斷定他真的不會這麼做！

「不過，至少短期內是沒辦法立刻擴建。這間房子有刻印，會需要一些時間調整，而且萬一真的要擴建，我也會優先請村子裡的工匠幫忙。那麼，我們開始談論正題吧。」

反正我要不要擴建我家，都跟這次會議的主題無關。

我懷著這樣的想法催促大家開始討論正事。克蘭西舉手表示想率先表達意見，隨後便端正坐姿，正面朝向厄德巴特先生，並把自己的頭壓得很低。

「請先讓我向厄德巴特大人與洛采家的各位道歉。先前在調停現場會面時，本人的立場實在不方便當面賠罪，但現在吾豔從男爵家已不復在。我在此為自己當初試圖利用欠款危害洛采家一事鄭重道歉。」

「我願意原諒你。畢竟我們沒有向從男爵借款，就會害領民挨餓；而當時也確實是我們思慮不周，才沒有看出借據中有何異樣。這件事在調停過後已經圓滿落幕，不需要再繼續追究當時的責任了。」

「謝謝您的諒解——那麼，我先來向各位講述羅赫哈特的現狀。」

克蘭西再次深深低頭致意，開始進行說明。

他把重點整理得很清楚，且能從話中聽出他的確是個能力出眾的人。

看來說他是讓吾豔從男爵治理下的領地內不出現重大問題的最大功臣，也並非過譽。

「——以上就是我們的現況。目前的一大難題，就是盜賊侵擾的問題。」

「而菲力克殿下命令我協助處理盜賊問題。其實這份命令的對象是我跟洛采家，不知道能不能請厄德巴特先生跟沃爾特提供協助呢……？」

我語氣委婉地詢問他們的意願，而厄德巴特先生也立刻答應了。

「洛采家現任當家是珊樂莎閣下。妳直接命令我們支援就好。何況還是皇族親自下達的命令，我們不可能膽敢抗命。」

「當然沒問題。我們也已經在整頓軍隊了。不過，珊樂莎大人，恕我冒昧，我認為您身為洛采家的當家，也應該考慮到洛采家可以從中獲得什麼樣的利益。請問協助處理南斯托拉格的盜賊問題，對我們有何益處呢？」

真不愧是代替厄德巴特先生治理領地的沃爾特，他在認同當家做法的同時，也不忘把該講的話講明白。

我點點頭，轉頭看向克蘭西。

「克蘭西，我想挪點預算來拓寬南斯托拉格通往約克村的道路、建設約克村通往洛采家領地的新道路，還有修繕跟擴建約克村。」

我先提出最理想的要求，交由克蘭西判斷哪些預算應該刪減。他驚訝地說了聲：「咦？」

——要……要求新蓋一條村子直通洛采家領地的路是不是太貪心了？

然而，克蘭西接著說出口的話卻完全出乎我的預料。

「您只要求這三項預算就夠了嗎？我認為這些要求對珊樂莎大人來說並無太大益處……喔，所以才會請菲德商會參加會議啊。您想給他們開發的權利，對嗎？那麼——」

「沒……沒有，我其實沒有想那麼多……」

我打斷逕自猜測我用意的克蘭西，卻換來他的一臉疑惑。為什麼？

「不……不過，我會請羅赫哈特負擔這次軍事行動要用到的糧食跟經費。」

「我們理應負擔需要的糧食跟經費。可是，您想修繕道路的要求，其實也對整個羅赫哈特有好處。一般貴族遇到這種情況，其實會提出更加利己的要求。」

真的嗎？我看了看周遭，想知道其他貴族的看法。但很可惜，在場唯一的貴族是不諳權謀的厄德巴特先生。

可惡！早知道就請瑪里絲小姐一起來了！

「……可是，貴族不是本來就有義務遵從國王的命令派兵支援嗎？」

「貴族的確有這樣的義務，但通常都會暗中謀取利益。像是刻意安排一些好處給自己偏袒的商人，要求對方給予報答；或是巧立名目把預算用在自己身上。像這次其實就能以需要方便指揮部隊的指揮所為由，要求新蓋一間宅邸——不過，珊樂莎大人是可以隨意使用預算的全權代理人，不需要捏造乍聽合理的理由。」

原來如此。他會一開始就提議擴建我的店，是想在我提出無理取鬧的要求之前先提供可行方案嗎？

「……我猜你以前應該很辛苦吧？」

我這麼一問，克蘭西就用訝異的眼神看向我，並吐出一道摻雜著疲累的笑聲。

「哈哈哈……是啊，您猜對了。因為放任坍德大人——不對，是放任前吾黜從男爵亂來的話，財政一定會是赤字。我唯一能做的，就是把他的要求勉強收斂到不至於造成危害而已。」

克蘭西哀嘆著過往的辛勞，卻也立刻堅定表示「不過，現在跟以往不一樣了」，並用恢復嚴肅的神情看著我。

「如果洛采家願意協助掃蕩盜賊，就由我來安排鋪路工程吧。我們這裡有多餘人手可以應付單純的苦力活。再來還得先調查約克村到洛采家的最佳路線。」

「啊，洛采家已經找出最佳路線了，而且這次也是走那條路過來約克村。對吧？厄德巴特先生。」

「嗯。而且珊樂莎閣下來回走過幾次之後，那條路已經比先前好走許多了。」

找出最佳路線的是厄德巴特先生他們，而那條路在我的魔法之下變得相對好走了一點。

應該只要再繼續拓寬，就可以改善成適合一般人往來的道路了。

我解釋完那條路的情況之後，表情稍顯意外的克蘭西就接著說：

「原來最麻煩的階段已經解決了。那麼，我之後會立刻派人拓寬道路。」

「好的，麻煩你了。再來談談菲德商會，我想請他們負責羅赫哈特內的物流工作。尤其維持貨物穩定流通，也能避免某些地區發生動盪。」

「珊樂莎大人，我能夠理解維持穩定物流的必要性，但為何要交由菲德商會負責？」

沃爾特這道提問，使得在場也有數人臉上浮現了「無法理解為什麼一定要交由菲德商會負責」的疑問。隨後摩根便挺起胸膛，露出自豪的微笑。

「我們的強項是即使必須經過危險的道路，也保證可以安全將貨物送交到顧客手上。有需要的話，我們商會也可以派遣其他人手協助掃蕩盜賊……」

「沒關係，你們只要打倒運輸途中遇到的盜賊就好了，不需要主動找出他們的根據地。」

「好的。那我們會把心力都集中在運輸跟開立分店。我們已經在南斯托拉格買下店面，支援人力似乎也已經抵達當地了。其實本來還打算在約克村開立分店——」

「那……那樣會害我爸爸的店倒閉！」

緊張到一直保持沉默的蘿蕾雅忽然大聲喊道。

隨後，摩根就用溫柔的微笑安撫看起來很不安的蘿蕾雅。

「我知道您會擔心雜貨店不敵商業競爭。所以我們正在詢問達爾納先生是否有意願加入菲德商會。」

「咦？呃……加入商會會有什麼變化嗎？會不會讓爸爸經營得更辛苦？」

「我認為反而能減輕他的負擔。屆時進貨跟運輸都會由我們菲德商會來負責，達爾納先生就不必再親自外出進貨，可以留在村子裡專心經營雜貨店。」

「也就是說，以後就不用擔心他會被盜賊攻擊了，對嗎……？」

「沒錯。雖然達爾納先生還沒有給我們答覆，但不論他答不答應，我們都絕對不會傷害到珊樂莎大小姐重視的人，還請您放一百二十個心。」

蘿蕾雅的祖父母跟我的父母一樣，都是命喪盜賊手下。

或許也是因為自己的親人曾遭遇悲劇，蘿蕾雅在聽到這番話以後鬆了口氣。不過，她又立刻抬起頭，環望在場的每一個人。

「——啊，對不起，我不應該干擾各位開會。」

「別在意，畢竟這件事對約克村的影響也很大。不過，這樣以後大家就可以用更便宜的價格在雜貨店買到比以往更多品項的商品了，村民跟採集家應該都會很高興。」

而且菲德商會也只要來的時候載著要在約克村賣的商品，回程再載著鍊金材料回去就好，不會導致其中一趟毫無利益可圖，單論商業角度，也是值得一試的方案。

「那我們接著來討論該用什麼方法掃蕩盜賊吧。這是附近這一帶的地圖……」

攤在桌上的是一張以羅赫哈特為中心的地圖。

除了西南方的洛采家以外，還有五個領地跟羅赫哈特相連。

北邊是海涅從男爵的領地，南邊是吉普勒斯爵士，東邊是亞爾哈德爵士跟巴喀爾爵士，東南方是貝克爵士，而羅赫哈特內有一條縱貫大道。

「克蘭西，你有打聽到盜賊騷擾的詳細情況、根據地跟哪些地區比較危險的消息嗎？」

「對不起，我們沒有足夠人手可以詳加調查……」

「這樣啊。我之前跟雷奧諾拉小姐打聽到的情況，是說通往北邊的道路受害比較嚴重。格連捷附近跟通往南邊的道路受害程度差不多只有北邊道路的一半，其他地方則是不算頻繁。」

「原來您先向她打聽過了啊。那可信度很高。如果她不是鍊金術師，我真的很想挖角她這種難得一見的優秀人才。我先前也有請她協助掃黑。」

「雷奧諾拉閣下的確很厲害……那麼，盜賊的根據地應該會在南斯托拉格的北方，或是海涅從男爵的領地裡面嘍？」

艾莉絲說著用手指在地圖上比劃，卻遭到沃爾特反駁。

「我倒認為不一定。在根據地附近行搶會導致被發現的風險提高，他們很可能會刻意到離根據地有一段距離的地方犯案。」

「原來如此。那，會不會比較有可能是在沒有大道路的西邊——也就是這個村子附近？」

艾莉絲坦率接受沃爾特的指正，並將手指移到約克村跟南斯托拉格之間的位置。這次換蘿雷雅臉上顯露出些許不安。

「如果是每次犯案都會換過根據地，也會增加他們被其他人撞見的風險。雖然也是可以在根據地附近犯案，再把現場的目擊者殺光……但應該還是很難百分之百避免被人看見。」

就算不知道盜賊是在哪裡行搶，也可以透過沒有送達的貨物得知大概是在哪個區域。

雷奧諾拉小姐提供的情報似乎也包含了這方面的推測。

「……沃爾特，你想要表達什麼？」

沃爾特對稍顯不滿的艾莉絲露出微笑。

「我們需要多加注意頻繁遭到盜賊侵擾的區域，不過，也必須更進一步收集情報，進行廣範圍的搜索，才能找出他們的根據地。珊樂莎大人，您同意這樣的做法嗎？」

「你說的對……那麼，就麻煩你把重心放在收集情報這方面了。我會協助處理領地的政務。反正文書工作在我家也可以處理，如果有必要，也能親自去洛采家一趟。」

「遵命。您單是願意協助處理文書工作，就可以減輕我們不少負擔。因為洛采家比較缺乏這方面的能力，導致我跟夫人——不對，導致我跟迪亞娜大人都得為此耗費不少心力。現在珊樂莎大人成為當家，我也得以從那些必須絞盡腦汁的工作當中解脫了。」

「嗯，那真是太好了，沃爾特！哈哈哈！」

「厄德巴特大人沒資格說這種話吧——！」

沃爾特對笑得彷彿事不關己的厄德巴特先生發出驚呼，只是很快又像是放棄了掙扎，深深嘆口氣，說：「現在才抗議好像也沒什麼意義。」

「呃，辛苦了？」

「謝謝您——啊，不過，厄德巴特大人在他擅長的領域還是很可靠，請您放心。還有，我也有教導凱特怎麼處理簡單的政務。」

「我知道他在擅長的領域很值得信賴。反正我也是第一次處理政務，我會請凱特幫忙。」

我轉頭看向艾莉絲跟凱特，發現只有面露苦笑的凱特跟我對上了眼。

不知道為什麼艾莉絲是撇頭看向一旁……嗯，我懂了。

「然後……既然要派兵到領地分界附近活動，還是先跟附近的領主知會一聲比較好。克蘭西，羅赫哈特跟周遭領地的關係如何？」

「吾豔從男爵治理時期跟周遭領地的關係並不好。我知道應該改善跟其他領主之間的關係，但我過去曾在吾豔從男爵底下工作……」

克蘭西以前經常需要親自出面交涉借貸跟利權等問題，導致其他領主對他的印象奇差無比。雖然周遭領主應該也知道吾豔從男爵被撤銷爵位，只是克蘭西似乎還是認為由他來交涉也很難改善彼此的關係，才沒有優先處理。

「那就由我親自去打個招呼吧。我們洛采家也跟他們一樣是受害者。再加上他們應該不會輕視來自菲力克殿下的命令。利權的問題可能還要再仔細調查過，借貸部分就跟他們重新談過條件。他們應該已經支付不少利息了吧?」
「對。其實只要能收回本金就夠了。不過,您真的要協助處理這個問題嗎?」
克蘭西看著我的視線當中摻雜著愧疚與擔心。
畢竟雖然羅赫哈特現在是國王直轄領地,卻也不改它過去是由吾豔從男爵治理的事實。而我會以這個領地的使者身分去跟其他領主會面。
我猜應該不至於遭到攻擊,頂多被挖苦幾句。
「這也是我的工作。他們或許會認為我外表看起來好欺負,但現在需要盡早處理盜賊問題,我就用一些比較有影響力的名號來說服他們吧。反正應該也沒多少人……敢跟師父為敵。」
我現在是洛采爵士兼大師級鍊金術師奧菲莉亞・米里斯的徒弟,還是國王任命的羅赫哈特領主全權代理人。正常不會有人敢對擁有這些身分的人唱反調。但反過來說,不正常的人還是敢。
希望不會有其他跟坍德・吾豔一樣蠢的領主存在……
「那麼,吉普勒斯爵士那邊就由我去談吧。我跟他是舊識。貝克爵士應該也可以請吉普勒斯爵士幫忙協調。珊樂莎閣下專心說服其他三位領主就好。」
「謝謝你。那兩位領主就交給厄德巴特先生了……只是我的立場上不適合隻身拜訪其他領主。這部分該怎麼辦?」
「珊樂莎大小姐,不如就讓我們陪您一同前往吧?我們可以找來身材比較魁梧的人,也可以提供一些商業利益來說服對方。」

他說「找來身材比較魁梧的人」，應該是想用視覺上的壓迫感威脅領主吧。

可是這次拜訪他們的目的是想跟他們和解。我希望可以用比較柔和的方式來交涉。

「請菲德商會把心力集中在經營生意上就好。那樣更能為羅赫哈特帶來好處。我想想……艾莉絲、凱特，可以麻煩妳們陪我一起拜訪其他領主嗎？」

「——！啊，好！沒問題！我一定會好好保護妳！」

我一提出請求，艾莉絲就滿臉欣喜，凱特也大力點頭答應同行。

「那麼，之後就麻煩各位執行自己分配到的工作了。如果有什麼突發狀況，再立刻通知我。我在店裡可以跟雷奧諾拉小姐即時聯絡。請各位過程中記得以自身安全為重。」

「「「遵命（好）！」」」

跟貴族交涉，並不像可以用武力應付的盜賊那麼簡單。

我其實很不想跟周遭的領主會面，可是這也是我的職責，才只好心不甘情不願地自願接下這份工作。

但實際跟他們見過面，才發現沒有我想像中的那麼麻煩。

亞爾哈德爵士跟巴喀爾爵士似乎光是聽到我的身分就被嚇到了，打一開始就對我畢恭畢敬的，而我表示可以不用繼續支付利息之後，他們也很快就答應諒解軍隊可能會行經領界附近，也答應今後會跟羅赫哈特建構良好關係。

而我當然從頭到尾都保持柔和的態度，完全沒有威脅他們。真的，我沒說謊喔。

——只是他們看著我的眼神好像莫名帶著一絲恐懼，大概是我的錯覺吧。

讓吾豔從男爵「離開」的人又不是我。我要對不實謠言表達強烈抗議。

唯一讓我比較擔心可能談不成的是海涅從男爵。

他過去沒有跟吾豔從男爵借錢，我的爵位也比他低。

而且羅赫哈特曾經是吾豔從男爵治理的領地，領地全權代理人的身分可能不太管用。

我本來已經做好要打場硬仗的心理準備——最後卻是用一個非常意外的方法解決了。

我沒想到瑪里絲小姐竟然會成為這次交涉的最大功臣。

雷奧諾拉小姐說帶瑪里絲小姐去會輕鬆很多，於是我就在她的建議之下，麻煩瑪里絲小姐陪我來一趟。剛開始態度還很囂張的海涅從男爵一看到她，馬上就把姿態放得很低。

光是瑪里絲小姐表現出不耐煩的模樣，就會讓海涅從男爵的臉色逐漸鐵青。他後來甚至非常配合，表示願意接受我們提出的所有要求。

大概是以前曾經發生過什麼事情吧——畢竟瑪里絲小姐家的爵位是伯爵。

而吉普勒斯爵士跟貝克爵士也在厄德巴特先生跟沃爾特的努力之下完成交涉，等於已經順利得到了周遭所有領主的諒解。

接下來就可以正式展開掃蕩行動——不過，其實我的生活並沒有因此出現太大的變化。

我本來還很有幹勁地想親自掃蕩盜賊，卻被沃爾特說當家不應該跑去最前線，還要我專心做只有我處理得來的事情；厄德巴特先生也說他難得有機會自由外出，希望我不要搶他的工作；甚至連蘿蕾雅都說我一個店長不應該太頻繁離開店裡。

唔。他們說的都很有道理，我無法反駁。

我是很想親手根除那些盜賊，可是現在的我是一名鍊金術師。

既然不是只有我才做得來，就應該乖乖把事情交給別人處理，回頭做好我自己的本分。

於是，我就這麼在掃蕩盜賊之餘，留在店裡顧起自己的店了。

No 016

鍊金術大全：記載於第六集
製作難度：非常困難
一般定價：200,000雷亞以上

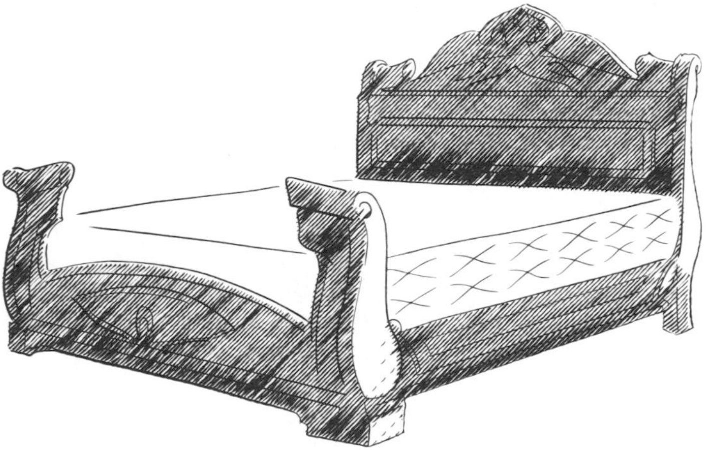

〈廢人製造裝置〉

年紀一大，連睡覺都會帶來疲勞。各位曾有過這樣的經驗嗎？不過未來就不必再擔心愈睡愈累了。這個鍊器乍看只是一張普通的床，然而，它的床墊可是非比尋常。不論是用什麼樣的姿勢睡在上面，這個床墊都能完美支撐你的身體，讓你得以告別腰痛與肩頸痠痛問題。

順帶一提，替這個鍊器取名的是發明者的徒弟。這對師徒有個很有名的小故事，據說要登記鍊器名字時，徒弟很不滿師父遲遲不肯下床，就直接扛著整張床帶師父去登記了。

Episode 3

擬定公害對策

從王都回來村子裡一段時間過後，季節很快就來到了炎熱的夏天。

「最近村子裡的人真的變多了呢。」

「是啊。比今年春天多了不少──還會覺得人太多了。」

我在早上客人較少的時段到店裡探班，而蘿蕾雅也在這麼說完之後嘆了口氣。

現在蜜絲緹已經習慣在我店裡的生活起居，由三個人分擔店內事務的經營體制也上了軌道。

但最近我們很煩惱一個問題。

那就是炎熱的天氣。

我們因為店裡有空調是不覺得熱，只是這樣的天氣讓來店裡的採集家身上產生了一些變化。

怎麼說，呃……講得直接一點，就是他們身上臭得要命。

夏天進去大樹海努力採集必定會流汗，也會弄得渾身髒兮兮。有些人甚至在大樹海裡待了好幾天才直接帶著採集物來賣，體味當然是濃厚得不得了。

冰牙蝙蝠牙齒大流行的那時候也一度出現臭味問題，但這次的成因不一樣。

這次單純是店裡的人口密度過高。其實本來應該要為約克村變得比以前熱鬧高興，可是我這間漂漂亮亮的店好像也因為人太多變得有點髒……唔唔，心情好複雜。

而且還因為來店人數過多，導致我最近只好撤掉原本擺在店裡的桌椅，沒辦法悠閒享受茶會時光。

「學姊，店裡去年這個時期也是這樣嗎？我不時就用魔法幫店裡換氣，可是還是很煎熬。」

「去年比今年好一點點……也謝謝妳幫忙換氣。」

窗戶一直開著會很熱，可是沒有風又沒辦法幫室內換氣。

不過，用魔法只要一瞬間就能搞定了。蜜絲緹當然也會用清掃宿舍房間必備的「微風」魔法，而且她幫店裡換氣的時候會記得精準控制力道，避免吹飛店內的物品。

「珊樂莎小姐，其實安德烈先生他們那些已經在村子裡待很久的採集家，都會刻意避免帶著渾身臭味進店裡。說難得又來了一個年輕的女鍊金術師，不想害她被薰得受不了。」

聽說他們會先用水沖掉身上的髒汙再來店裡，或是只派一個代表來賣材料。

好像還有人會隨身攜帶從冰牙蝙蝠那時候開始賣的消臭藥。

「可是新來的採集家好像都不怎麼在乎體味的問題……」

「……這麼說來，我記得安德烈先生曾說過採集家很習慣身上不乾淨。」

「看來是真的。但他們習慣臭味對我們來說不是好事。原來經營店面還會面臨這種問題。學姊，要不要做一台空氣清淨機？妳應該會做了吧？」

「嗯，這主意不錯。那我來做一台效能比較強的空氣清淨機吧。之前是因為成本跟材料比較麻煩才先擱置，等下次菲德商會過來再跟他們訂材料好了。」

我不確定能不能趕在變涼之前做好，但反正《鍊金術大全》第五集也來到尾聲了，現在時期又很剛好，就趁這個機會做一做吧。

「其實最理想的情況是每個採集家都能先把身體清洗乾淨再進來店裡。如果狄拉露女士的旅店有浴室，是不是會改善一點？」

「我認為不會差太多喔，蘿蕾雅。會在乎其他人感受的人就算沒有浴室可以洗澡，也會先弄乾淨再來。」

冬天可能會嫌沖水很冷，不過，現在這個季節再怎麼沖水都不會覺得冷。

而且村子的水井可以供大家自由使用，真的有心想清潔身體的人早就乖乖把身體沖乾淨了。

「要是大家都願意乖乖洗澡，我也可以考慮弄個公共澡堂。只要把山上的溫泉水引過來……不對，這不可行。太遠了。」

用一般速度徒步過去也要至少一天以上，把水引來這裡一定會在途中冷掉。

「咦？珊樂莎學姊，原來這附近有溫泉嗎？我想去看看！」

「有啊，是我引出來的溫泉——嗯，等天氣變涼再帶妳過去吧。」

一般人要去那裡會有點吃力，但蜜絲緹也不算「一般人」，應該難不倒她。

「好，那就再麻煩學姊了！學姊真是太厲害了，居然有辦法自己引一座溫泉出來……」

「嗯，當初算是意外發現有可以引出來的高溫水源。只可惜沒辦法把水引來村子裡面。」

蜜絲緹充滿尊敬的眼神刺得我有點心虛。

那座溫泉是救艾莉絲他們出來的時候的副產物，不是我想弄一座溫泉才特地去找水源。

「可是，學姊，如果只是要在村子裡蓋公共澡堂，應該做個魔熱爐就好了吧？反正這附近水資源很豐富，而且用魔熱爐就可以輕鬆燒開洗澡水，不是嗎？」

魔熱爐是一種轉換效率非常高的熱源，可以用少量魔力產生大量熱能。

那是種非常方便的鍊器，所以有鍊金術師的地方——像是鍊金術師培育學校、大型公共設施、師父的店裡，都一定會有魔熱爐。可是……

「抱歉。我現在還沒辦法做魔熱爐。我記得那個鍊器是在第七集吧？」

「咦？是嗎？我想說那種鍊器很常見，還以為學姊做得出來……」

——後輩對我的期待也太大了。

假如有人告訴我製作方法跟材料，我是有可能做得出來啦……

「常見歸常見，可是那基本上是中級以上的鍊金術師才做得出來的鍊器。」

我這麼回答看起來很意外的蜜絲緹之後，連蘿蕾雅都一臉驚訝地看著我。

「咦？珊樂莎小姐還不算中級鍊金術師嗎？妳明明這麼厲害……」

「我現在才快進到《鍊金術大全》第六集，要第七集以後才算中級鍊金術師。」

「我覺得學姊的實力已經稱得上中級鍊金術師了。」

「不，我認為自己的實力還不夠強，還需要鍛鍊很長一段時間。畢竟我是個才剛畢業第二年的菜鳥。」

我講的明明是很理所當然的一句話，蘿蕾雅卻愣得眨了好幾次眼睛。隨後才輕敲自己的手掌，說：

「……啊，說的也是。我有種珊樂莎小姐已經在村子裡待了好幾年的錯覺。記得珊樂莎小姐才來一年多吧？」

「是啊。不過，我也很高興聽到妳這樣說。因為我剛來的時候還很擔心大家會不會不歡迎我……真的很慶幸當初有妳幫我那麼多忙。」

我當初要跟村長打招呼還緊張得要命，現在回想起來也是滿有趣的。

這時候忽然有一聲開朗的問候在我們聊到一半時傳進店裡，而聲音的來源是安德烈先生。

「妳們好啊～喔，珊樂莎，難得看妳待在外面呢。」

「嗯，我剛好在休息。可惜現在沒辦法像之前一樣直接在店裡悠悠哉哉地喝茶了。」

我聳了聳肩，用眼神示意原本擺著桌椅的地方。安德烈先生也一樣聳聳肩，笑說：

「哈哈哈！看得出來妳們沒那個心情在店裡喝茶。畢竟妳們最近都不提供冰水了，也不能像去年一樣一直留在店裡乘涼——」

「啊，安德烈先生，你當初果然是來乘涼的嘛。」

「哎呀，不小心說溜嘴了——話說，妳們在聊什麼？看妳們聊得滿開心的。」

安德烈先生用豪爽的笑容回應半瞇著眼瞪向他的蘿蕾雅，並在用非常浮誇的動作摀住嘴巴之後轉移話題。

可是我們剛剛說穿了就是在抱怨採集家衛生習慣不好。直接說出口會不太禮貌——

「其實有點難以啟齒，我們剛剛在討論最近來店裡的採集家身上常常散發著惡臭。」

是我不懂「難以啟齒」是什麼意思嗎？

蜜絲緹講得非常直接，完全沒有想要委婉表達的意思。

連認識安德烈先生比較久的我都會想盡量講得婉轉一點耶！

然而安德烈先生看起來沒有覺得不高興，反倒是低頭向我們道歉。

「啊，抱歉。我們有在注意不要帶著渾身臭味進來，可是夏天沒辦法避免流汗，再怎麼注意都還是會有點味道。」

「別……別這麼說，我們知道待在約克村比較久的採集家有在顧慮味道的問題！雖然不至於完全不介意你們身上的味道，可是都在我們還能接受的範圍！至於最近才來的採集家就……」

安德烈先生一聽到蘿蕾雅急忙這麼解釋，就一臉傷腦筋地皺起眉頭，疲累地垂下肩膀。

「妳說那些傢伙啊……如果對方是採集家，我們是還可以訓他們一下，但不是採集家的人就不方便說什麼了。偏偏他們身上又臭得要死，根本避免不了村子裡瀰漫著臭味……」

安德烈先生說的「不是採集家的人」，就是來修繕道路的工人。

聽說他們基本上都在施工現場的臨時小屋過夜，休假的時候會來約克村散散心。

不過，約克村只是個小村子。這裡沒什麼地方供他們娛樂，頂多吃些好吃的料理當下酒菜，或是到最近品項變得更豐富的雜貨店購物。

這樣的生活導致他們不會把身體清洗乾淨，據說狄拉露女士的餐廳也被他們弄得臭氣薰天。

「可是我們也不好意思當面罵他們要把身體洗乾淨……搞得最近村子裡的人都不來喝酒了，連我們都在考慮買一間房子來住。」

蘿蕾雅一聽到表情困擾的安德烈先生這麼說，就開心地表示：

「哇，如果你們三個願意在村子裡住下來，我們也會放心很多！」

「哦？是嗎？大家會歡迎我們成為村子裡的一份子嗎？」

「那當然！我們絕對不會忘記你們在地獄焰灰熊狂襲那時候不惜捨身保護這個村子！」

蘿蕾雅的開朗笑容瞬間轉變成恐怖的竊笑。

「——呵呵呵，而且我們也一樣不會忘記當初逃跑的那些人。」

我已經不記得逃跑的那些人長什麼樣子了，但聽說最近可以在人數暴增的採集家之中看見一部分在那時候選擇逃跑的採集家。

每個人都會把自己的命看得最重要。村民們似乎也不會刻意挖苦那些人，只是對待他們的態度會跟當時選擇留下來保護村子的安德烈先生他們截然不同。

「這……這樣啊。不過，既然蘿蕾雅都這麼說了，那我們就認真考慮買間房子吧！」

安德烈先生雖然有點被蘿蕾雅的微笑嚇到了，卻也害臊地這麼笑道。

「我們也很樂見技術好的採集家長期留在約克村。對吧？珊樂莎學姊。」

「嗯。畢竟熟客可以幫助我們穩定經營。可是，狄拉露女士天天都要活在惡臭當中太可憐了。我是不是真的該做個公共澡堂……？」

我們光是遇到同時好幾群採集家進店裡就快受不了了，何況是一整天都有更多採集家待在室內的環境。而且那些採集家都是客人，狄拉露女士應該也很難拒絕他們光顧。

「怎麼？妳在考慮蓋公共澡堂啊？村子裡有公共澡堂對我們採集家來說是好事。而且在鋪路的那些傢伙知道有澡堂，應該也會很樂意去洗澡吧？」

「珊樂莎小姐，如果不會不方便，我也想拜託妳蓋一間澡堂。因為我朋友也在狄拉露女士那裡工作……」

「啊，我記得狄拉露女士好像因為客人變多，有多僱其他人手幫忙嘛。」

我在蘿蕾雅摻雜著愧疚跟擔心的視線之下，才突然想起這回事。

我最近都沒有去她那裡，都忘記狄拉露女士因為旅店擴建跟採集家變多，有多僱一些店員了。那些店員當然都是村民，而蘿蕾雅的朋友正是其中之一。她理所當然會感到擔心。

「嗯……蜜絲緹，妳認為蓋公共澡堂要先解決哪些問題？」

「我想想，水應該夠用，只是需要挖新的水井。珊樂莎學姊應該有辦法用其他鍊器替代魔熱爐燒開熱水的功能吧？那再來就是怎麼過濾水質跟盈虧問題了。」

我抱著好奇她會有什麼答案的想法一問，很快就得到了她毫不遲疑的回答。真不愧是學過不少知識的鍊金術師。換作是蘿蕾雅或艾莉絲跟凱特，一定無法給出這樣的答案。

「嗯，我的看法跟妳差不多。至少要能透過使用費賺點利潤，才不會虧損。安德烈先生，你覺得使用費大概在多少錢以下，才會讓你想進去洗澡？」

「我自己是到五十雷亞都還願意天天進去洗澡，可是一些菜鳥採集家或許捨不得花這筆錢。可能訂在十雷亞……不對，訂在二十雷亞以下的話，才有辦法用半逼迫的方式要他們去把身體洗乾淨。」

「嗯，這價格其實很勉強……好。那我們會再討論看看可不可行。」

「好！我期待妳們討論出來的結果！要是有什麼我們幫得上的忙也儘管說，別客氣！」

安德烈先生說完就一如往常地買了幾瓶鍊藥，而我們也在目送他離開之後立刻圍成一圈來討論澡堂的問題。

「到時候除了空氣清淨機以外，還會需要濾水器跟燒水器。」

「燒水器用跟店裡一樣的就好了嗎？」
「對，只是需要改良魔力轉換效率跟加大尺寸。空氣清淨機跟濾水器其實有一部分很類似，比較棘手的是不知道能不能弄到需要的材料。」
最重要的材料必須去找一種叫阿斯特洛亞的海中生物才弄得到。
其實也可以改用能在大樹海採集到的材料，但基於轉換效率的問題，我希望盡可能避免用其他材料代替。
「那建築物的部分呢？蓋貝爾克爺爺可以幫忙蓋一般的房子，可是他會做浴池嗎？村子裡只有這間房子有浴室吧？」
「這間房子也是蓋貝爾克先生蓋的……但我也不確定他會不會做浴池。如果有困難，就得多花點錢請南斯托拉格的工匠來一趟了。」
「這樣正常情況下一定會虧本。假如學姊要自己吞下製造鍊器的工本費，也是光建築費用就會超支。有辦法挪用羅赫哈特的預算嗎？」
「就算有辦法，我也想盡量少用一點。畢竟只幫約克村蓋公共澡堂，很可能會引起其他村莊的反彈。我現在是代理領主，最好要避免那種情況發生。」
羅赫哈特總共有七個城鎮跟村莊。
至少其中四個規模跟約克村差不多的村子一定不會有公共澡堂。

「那我們就來募款吧！反正沒辦法捐錢的人也可以貢獻勞力，而且珊樂莎小姐都不收工本費了，其他村民也應該要付出同等的努力來回報妳才對！」

蘿蕾雅把雙手舉在胸前握起拳頭，看起來很激動。

我跟村民都因為採集家變多而獲利，也一樣為他們帶來的臭味感到困擾。所以沒道理只有我付出辛勞，村民也應該做點什麼——蘿蕾雅似乎是這個意思。

「可是也不是村民要求蓋公共澡堂，是我自己說要蓋的……還是就照老樣子，先去找艾琳小姐討論看看？」

「好！那我馬上去找她談談！」

蘿蕾雅每天都得在臭氣薰天的店裡站一整天，想必是真的很不好受。

她立刻奔出店外——而後來的進展非常快速。

聽說艾琳小姐在得知這份提議之後先召集了村民詢問意見，才發現很不滿採集家跟工人身上散發惡臭的人似乎比原先預料的還要多。其中大部分都舉雙手贊成蓋公共澡堂，沒有表示贊成的人也只是沒辦法捐錢跟提供勞力，實際上並沒有任何人反對。

當然也有人會為某些人沒有半點貢獻感到不公平，這部分就交給身為村長的艾琳小姐——不對，是身為村長女兒的艾琳小姐來處理就好。所以，其實很快就確定要在村子裡蓋公共澡堂了。

決定建設公共澡堂的幾天後，艾莉絲跟凱特也從洛采家回到了約克村。

「公共澡堂嗎？最近味道的確重得有點誇張……啊，這是這次的文件。」

「謝謝。艾莉絲，洛采村現在情況怎麼樣？」

我一邊這麼問，一邊把接過的文件攤開在桌上——廚房的桌上。

唔～我是不是真的該弄一間辦公室？

「沒什麼太大變化——不對，比以前好一點了。現在村民不需要勉強自己過度節儉，也透過魔法開闢了很多新的農地。大家的表情都開朗了很多……這都是託珊樂莎的福。」

「我倒認為那是因為大家也願意付出努力。就算能開墾出新農地，也要村民們主動施肥跟照料，才能培養出健康的農作物。」

「不，原本沒有魔法輔助的時候，光開墾就很吃力了。開墾真的需要耗費極大的勞力。女人小孩必須幫忙撿碎石，男人要負責割草跟伐木。尤其要挖掉樹樁更是累到會讓人很想哭。」

「是啊，十個人花一整天時間去挖，也頂多挖掉一個。但是用妳的魔法只要一瞬間就能搞定……真的太厲害了。我也很努力在練習開墾魔法，只是還遠遠比不上妳……」

「呵呵呵，我短時間內還不會輸給妳喔。畢竟我是妳在魔法這方面的師父。」

凱特一聽到我笑著這麼說，就傻眼地聳了聳肩。

「我花一輩子都不可能贏過妳。我現在最多讓堅硬的地面變軟而已。雖然這樣就夠方便了……可是最近居民開始變多，又需要新的農地了。」

「……咦？農地不夠用了嗎？我預留了很多農地耶。」

現在洛采家的領地就是我的領地。我明明大刀闊斧地開墾了不少農地……怎麼會這樣？

而且正在鋪的道路是方便來往約克村跟洛采村而已。

交通也沒有變得多方便，為什麼人口還會變多——

「珊樂莎，原因就出在妳身上。有很多年輕人聽說新領主是妳，就跑回家鄉了。」

「我？為什麼？」

「妳真應該了解一下自己有多出名。很多人就算不知道珊樂莎・菲德這個名字，也知道妳就是趕走霸道領主的鍊金術師。再加上他們知道這個鍊金術師幫家鄉多開墾了不少農地，當然就會返鄉務農。」

年輕人會離開村子的理由大多是因為在村子裡沒工作可做。農家的情況是沒有農地可以繼承，經商家庭則是只有一個小孩可以繼承家業。她這麼說也是滿有道理的……

「可是也太快了吧？怎麼會突然那麼多人回鄉？」

「這很簡單。我們的軍隊不是在羅赫哈特四處搜索盜賊嗎？他們路上一定會到城鎮裡休息，如果剛好有同鄉人看到洛采家的旗幟，就會過去找他們聊聊天。」

雖然說是「軍隊」，在來自洛采村的年輕人眼中，卻也只是看到一群熟悉的鄰居大叔出現在自己現在居住的城鎮裡。

他們會想過去寒暄幾句也不是不合理。而假如是在外吃了不少苦的年輕人聽說村子的現況有改善，也當然會考慮回家鄉看看。

「那我了解了。我會再去開墾新農地——那妳們聽說掃蕩盜賊的現況了嗎？」

「聽說我父親收集情報好像收集得不太順利？對不起，給妳添麻煩了。」

「但還是有清理掉一些盜賊，是沒有先前那麼嚴重了啦。」

目前已知的情報是盜賊分別來自三個集團。

第一個盜賊集團是由撤銷吾豔從男爵爵位時被放逐的前軍人組成的。他們即使品行不良，也是曾經當過軍人的人，所以有不少成員戰鬥技巧還算不錯。

第二個盜賊集團的成員，主要是在南斯托拉格掃黑時被掃蕩掉的前犯罪組織成員。他們的戰鬥能力沒有第一個好，卻更加卑鄙，相當棘手。

第三個盜賊集團則是一群過去曾像窩德商會那樣參與犯罪的黑心商人。雖然有一部分商人被逮，但也有不少人是帶著財產逃離追捕，導致我們必須面對他們擁有豐厚財力的問題。

「幸好這三個盜賊集團好像沒有互相聯手。而目前單論改善領地治安這方面也大致上算是成功了，問題是還沒有找出盜賊的根據地，等於還沒有解決敗壞治安的源頭。」

「唔……其實我們也很想幫忙，可是爸爸他們反對我們參加。」

「說是戰力已經很充足了，不需要我們幫忙。連我母親都特別賣力……」

「的確。要是真的缺乏戰力，我就會親自出馬了。反正現在還有蜜絲緹在。」

「呃，妳親自出馬可能又會有別的問題……那蜜絲緹現在人在工坊嗎？」

艾莉絲跟凱特露出苦笑，並看往鍊金工坊的方向。

「對。我要她到工坊做鍊藥。畢竟還是要從基礎開始鍛鍊。」

「哦～看來珊樂莎也很有當師父的樣子嘛。我還以為——」

凱特才說到一半，蘿蕾雅就從通往走廊的門口探出頭來。

「珊樂莎小姐，菲德商會的——啊，艾莉絲小姐、凱特小姐，妳們回來啦。」

「嗯，我們回來了。我們擔心會干擾到客人，才會從後門進來。」

「是喔……還是妳們其實是不想聞到臭味，才不從店門口進來？」

「嗯，這也是原因之一！」

艾莉絲並沒有因為蘿蕾雅的狐疑視線感到愧疚，反倒抬頭挺胸地承認。

「居然承認了！可是妳們又不像我一樣要整天待在店裡工作！」

「我們自己也好一陣子沒洗澡了，身上會有味道——所以，珊樂莎，我們要跟妳借浴室清洗一下這趟路上累積的汙垢跟髒汙。走吧，凱特。」

蘿蕾雅鼓起臉頰，一臉氣憤的表達抗議。艾莉絲用手掌朝她搧了幾下以後，就開口要凱特陪自己去浴室。然而，凱特卻眨了眨眼，顯得有點驚訝。

「咦？妳要跟我一起洗嗎？……我是不介意啦。」

「啊，妳們要一起洗啊。我自己也是會跟蘿蕾雅一起洗啦……」

「呵呵！我們第一次一起洗澡已經是超過一年以前的事情了，真懷念——啊，對，菲德商會的人來了。我先請他們到會客室了……」

「謝謝，我馬上過去。那妳們兩個慢慢享受洗澡時光吧。」

「嗯，反正正室跟情婦本來就要想辦法保持良好關係嘛。」

「咦？我……我要妳跟我一起洗澡不是那個意思！珊樂莎，妳千萬別誤會了！」

我背對著竊笑的凱特跟連忙對我解釋的艾莉絲揮了揮手，並在推著蘿蕾雅走到廚房以後把門關上。

——嗯，這間房子的隔音效果果然很好。

大概是要避免在工坊裡面發出巨大聲響的時候吵到人，才這樣設計吧。

「她們兩個應該也不至於大白天的就做些被別人聽到會很尷尬的事情吧。」

「哈哈哈……——咦？妳只是在開玩笑而已吧？應該不是……晚上就會做的意思吧？」

蘿蕾雅收起笑容，再次看往身後的門。我對她露出微笑。

「難說喔～我晚上又沒監視她們，搞不好也不是完全不可能？」

「呃……我房間就在她們房間隔壁耶。我感覺我會在意到睡不著。」

「沒關係，我房間也在隔壁！妳不孤單！」

「哪裡會沒關係……唔唔，要是真的聽到了，隔天早上會很難正眼看她們耶。」

我輕輕笑了出聲，隨後就拍了拍蘿蕾雅的背，要她回去店裡，而我則是走往會客室。會客室裡有兩名男子在等待我的到來。

不出我所料，其中一人果然是摩根，但另一個人竟然是——

「掌櫃先生……？你怎麼會來這裡？」

很意外他會來約克村的我眨了眨眼，掌櫃先生見狀也露出豪爽的笑容，說：

「這是有機會成為菲德商會主力的重要工作，我當然會親自過來。我是想辦法把王都那裡的工作告一段落之後，才急忙趕過來的。」

我不想看到商會倒閉，其實比較希望他不要勉強自己……但掌櫃先生應該不需要別人擔心。

「那，現在情況怎麼樣？還順利嗎？」

我提出這道問得不清不楚的疑問之後，是由摩根來回答我的問題。

「商業部分可以說非常順利。我們可以獨家買賣在約克村收購到的鍊金材料，再加上鍊金材料都來自珊樂莎大小姐，就等於有您的品質保證。就算是剛開始從商的商人，也很難在這種環境下虧本。而且我們當初還用比較便宜的價格買下南斯托拉格的店面。」

對生意人來說，進貨是一門艱深的學問。要是眼光不好，就會被黑心商人騙去買下假貨或品質很糟的商品；要是進貨數量過多，又會留下一堆賣不出去的庫存。

尤其鍊金材料的品質不好分辨，外行人隨意出手只會害慘自己。

而菲德商會至少有我這個鍊金術師來幫忙鑑定鍊金材料的品質。

吃大虧的風險非常低。

「但也要貨物都沒有被盜賊搶走才有利潤。那盜賊掃蕩得怎麼樣了？」

「就某方面來說是很順利。我們有遇上幾次盜賊襲擊，也全數擊退了。只是我們不會追得太遠，其實沒清掉多少盜賊。」

「珊樂莎，洛采家那邊怎麼樣了？他們也有在掃蕩盜賊吧？」

「似乎遇到了一些困難。因為盜賊不會主動攻擊他們，也還沒找到盜賊的根據地……只有多收集到一些情報而已。」

我接著講出目前已知的情報。掌櫃先生跟摩根點了點頭，說：

「我們應該也可以幫忙收集情報。我會再寫一份報告書給妳。」

「謝謝。只要能找出他們的根據地，再來就好辦了。」

我聽說厄德巴特先生曾很高興地歡呼：「可以用別人的錢來練兵！還不用工作！」但身為現任洛采家當家的我其實很想早點解決盜賊問題，讓那些士兵早點回家。

「我希望至少可以在入冬之前處理完……對了，摩根，我想問你另一件事情，你們有辦法收購到其他鍊金材料嗎？」
「我其實也很希望我們有能力幫珊樂莎大小姐弄到需要的鍊金材料，可是……」
「很困難對嗎？也對，如果你們有管道，早就開始在買賣鍊金材料了。」
剛才摩根也有提到，菲德商會的鍊金材料都是我提供的。
就算不只約克村有採集家跟鍊金術師，也不可能在短期內跟他們談好合作關係。
「也是可以在王都進貨，再運過來……請問是發生什麼事了嗎？」
「其實是我們想蓋一座公共澡堂。因為……村子裡味道滿重的。」
我沒有明確指出是什麼味道很重，但是會定期來約克村的摩根應該猜得出我的意思。
他面露苦笑，對我點了幾次頭。
「真是辛苦各位了。如果有什麼我們幫得上忙的事情，還請儘管說。」
「那可以麻煩你帶鍊金材料以外的材料過來嗎？之後會需要用到大量建材。鍊金材料我自己想辦法弄到就好——反正在王都買得到的話，也可以用傳送陣送過來。」
我不經意說出口的一段話讓掌櫃先生眉毛抽搐了一下，似乎是覺得很驚訝。
「傳送陣？珊樂莎，妳說的傳送陣是什麼？可以傳送物品嗎？」
「對——啊，我先說，傳送陣沒辦法用在一般的商業用途。因為傳送會需要消耗大量魔力。

而且也只有少數人有能力設置傳送陣。」

「是嗎？說的也是。要是真的很方便一般民眾使用，早就普及了……」

掌櫃先生看起來覺得很可惜。一樣是商人的我很能理解他的心情。雖然我的店也是多虧有傳送陣的存在才沒有倒閉，其實沒資格多說什麼，但傳送陣真的很難運用在商業上。

因為連魔力特別多的我，都沒辦法用傳送陣取代商會規模的物流。

「話說回來，掌櫃先生。你親自來約克村有什麼感想嗎？有沒有什麼發現？」

我對感覺還是沒有死心，一直低著頭碎唸的掌櫃先生提出疑問，他才突然回過神來，抬頭對我露出笑容。

「咦……啊，嗯，這個嘛，我之前待在王都時還覺得這裡是『偏鄉小村落』，親自來一趟卻發現這裡比我想像中的繁榮，嚇了我一跳。而且村民們都對妳讚不絕口，也讓我放心不少。」

「這……這樣啊。聽你這樣說還真有點難為情。」

掌櫃先生的溫柔視線讓我害臊到覺得渾身都有點癢癢的。

摩根和掌櫃先生看我一臉害臊，先是互看了彼此一眼，才說：

「您應該要感到自豪才對。約克村現在的繁榮景象，就是珊樂莎大小姐努力換來的成果。」

「雖然商人不是做慈善的，做生意必然會考慮到利益，可要是不能滿足客人，就沒意義了。能夠同時顧全利益跟客人的感受，才是一個好商人。」

「的確。我會把商界大前輩的名言銘記在心。」

「哈哈哈，我也還有不足之處。要延續菲德商會的理念，就得積極精進自己。」

掌櫃先生大笑著回應對他剛才那番話深感認同的我，並用試探的語氣接著說：

「話說，妳知道最近哈德森商會在格連捷開了分店嗎？我想說摩根和克拉克之前搭過他們的船，就過去跟他們打了聲招呼。然後就受託幫忙轉交這封信。」

掌櫃先生放在桌上的那封信，當然是要給蜜絲緹的。

如果這封信只是想問候她的近況倒還好，可是考慮到她跟家人之間的關係不太好，還是不免有點擔心……

「掌櫃先生，菲德商會跟哈德森商會之間的交情怎麼樣？」

「這個嘛，我覺得應該不算差……摩根，你覺得呢？」

「我們跟哈德森商會之間的交易量比以往更多了。過去我們只會在哈德森商會的船到格連捷港口的時候和他們交易，自從他們開立分店，就變成一直持續有買賣上的交流。」

菲德商會經手的交易品有鍊金材料跟來自羅赫哈特各地的農作物。

先不提前者，後者雖然不是什麼新奇的交易品項，卻可以在有盜賊侵擾的情況下穩定送達目的地，所以銷量一直很穩定。而菲德商會也會向哈德森商會進一些這附近不容易弄到手的商品，再運送到羅赫哈特的各個城鎮村落。

「也就是說，你們目前不是商業上的競爭對手嘍？」

「目前不是而已。要是哈德森商會在南斯托拉格開立分店，就很難說了……我也很希望我們的陸運跟他們的海運不會互搶對方的生意。畢竟妳的後輩是哈德森商會的千金，我們也想盡量避免得罪她的家人。」

「是啊，還是盡量避免比較好——只是蜜絲緹跟家人之間的關係好像也滿複雜的。」

雖然答應讓我們搭船的船長先生人很好，可是我沒有親眼見過蜜絲緹的哥哥，再加上希望蜜絲緹繼承商會的船長先生他們也是生意人。假如他們判斷跟菲德商會當競爭對手會比當合作對象更能賺取利益，想必也會以商會利益為重。

「總之，一切都得看哈德森商會願不願意保持良好交流了。謝謝你們來這一趟，我會把信轉交給蜜絲緹。」

我一說完就拿起桌上的信——

「——哼！」

那封信被用力揉成一團紙球，狠狠砸到地上。

這就是蜜絲緹看完那封信的反應。

她還多踩了那封信幾腳，之後才一臉神清氣爽地擦拭額頭上的汗水。

「呼！學姊，妳有一團廢紙可以引火了。」

「引火……妳好歹也該在踩爛它之前說這種話吧。我這裡是用魔導爐，不需要用紙張引火。就算要點火好了，我們不都是用魔法點火嗎？」

「是啊，那這團廢紙就只是一團垃圾了。真是的，竟然還特地派人送這種垃圾過來！」

蜜絲緹火冒三丈到我都想幫她加上大火熊熊燃燒時轟轟轟的音效了。

「……那我想問妳，信上都寫了什麼？」

「學姊沒必要知道。我還怕說出來會弄髒學姊的耳朵！」

「呃，我覺得我還是知道一下比較好。畢竟妳是我的徒弟。」

我推開蜜絲緹的腳，撿起被踩得皺巴巴的那封信，再攤開來查看。

我看看……嗯……也難怪她會這麼生氣。

上面先是誇獎蜜絲緹成功拉攏我，接著提到很佩服她竟然能順便弄到格連捷港口的使用權，最後還要求她把菲德商會的鍊金材料轉手給哈德森商會。最後這一段也可以解釋成是「要蜜絲緹瞞著我把鍊金材料交給哈德森商會」。信上還是有寫到一小段問候，但實在看不出對方有意關心人在偏遠村落修練的蜜絲緹。

「這封信是誰寫給妳的？是爸爸嗎？還是哥哥？」

「上面的署名看起來不是親手寫的，應該是我哥哥。我哥哥會請祕書幫忙寫信。」

「這樣啊……那妳要怎麼辦？」

「我想想，隔壁的耶爾茲女士應該有機會拿紙張引火——」

「不是啦！我想問的是需要給哈德森商會一點利益嗎？」

雖然我現在會託菲德商會幫忙運輸，但也還是會賣鍊金材料給雷奧諾拉小姐跟師父。而且我沒有跟菲德商會簽獨占契約，要賣些東西給哈德森商會也不是不行……

「不用！對方敢寄這種失禮到不行的信，我們也沒必要討好他們！」

蜜絲緹氣得搶走才剛被我攤開的信紙，再次把它揉成一團紙球。

「還有船長！他竟然把港口的使用權交給商會了！我知道他大概是想讓這個功勞可以歸在我頭上，可是我根本就不打算跟哥哥他們和想拱我當商會繼承人的那些人站在同一陣線！學姊，妳不如直接撤銷他們的港口使用權吧？」

「唔～我是不太可能那麼做啦。因為批准港口使用權除了是給船長先生他們的謝禮，也同時是要讓格連捷的港務人員有工作。」

格連捷港口的情況其實沒多少改善。

一口氣除掉太多黑心商人反而害不少商人害怕自己也會被隨便編個理由處理掉，導致沒什麼人願意新申請使用權，而就算有人願意申請，也得花時間調查申請人的來歷，所以會進港的船幾乎沒有增加。

只有哈德森商會的船會定期進港，讓港務人員有工作可做。

而且哈德森商會跟菲德商會之間有貿易流動，突然撤銷他們的使用權帶來的壞處過大，尤其在上位者本來就不應該輕易反悔自己批准過的事情。

「唔，好吧。既然妳是以領主的角度來判斷，那我也不能說什麼。不過！要是哈德森商會拿我當藉口來討什麼好處，妳可以直接拒絕他們沒關係！」

「嗯，我知道了。那我會用一如往常的態度應對。」

我對氣憤不已的蜜絲緹露出微笑，並悄悄把被揉成一團的信放進口袋裡。

◇◇◇

菲德商會把建材運來以後，公共澡堂的建設工程也正式開工。

建設費用是來自村民們的捐款，還有一部分的道路修繕費。

我是用「鋪路工人也會用到公共澡堂」這個理由挪出這筆錢的。

而我自己也捐出了狄拉露女士還沒全部還完的旅店建築費用。

建築工程的總指揮是蓋貝爾克先生，還有他的兩個孫子從旁輔佐——順帶一提，因為蓋貝爾克先生年紀非常大了，他的孫子年紀還是比我大很多。

蓋貝爾克先生以前曾說他不收徒弟的理由是「找不到有毅力的人當他徒弟」，但據說他是刻意不收兩個想拜他為師的孫子為徒。

因為他認為「留在約克村也沒什麼前途。去大城鎮經營事業才能有好的未來」。

可是現在的約克村跟以前不一樣了。現在常常需要加蓋租借給採集家的房子，也有些採集家像安德烈先生他們那樣，想在約克村擁有一間自己的房子。

蓋貝爾克先生最近似乎是認為現在的情況適合留在村子裡發展，才會把兩個孫子叫回來。

至於其他協助建造的人手則是無法捐錢就選擇付出勞力的村民，以及自願幫忙的採集家。

本來還很擔心沒人會做的浴池，也因為蓋貝爾克先生其中一個孫子先前是泥水匠，而順利找到了解決方法。

問題就只剩下公共澡堂需要用到的鍊器了。

「所以，蜜絲緹。妳來幫忙做燒水器吧。材料都準備好了。」

最重要的材料是火焰石。畢竟要蓋公共澡堂這種大型設施，我想用加熱效率比較好的材料。

一樣會用到燒水器的茶壺跟我家浴室因為只需要燒開少量的水，就不是非得用到火焰石了。

反正約克村離火焰石產地相對較近，沒道理不用火焰石。

——我說明完以後，蜜絲緹卻是有點困惑地看著我。

「咦……？等等，那學姊呢？妳不做嗎？」

「我已經做過燒水器了。反正妳應該也想多累積經驗，加速看到《鍊金術大全》後面的集數吧？」

我沒有餘力讓她做用不到又賣不出去的鍊器，可是這次情況特殊。

我們已決定好燒水器要放在哪裡，也只需要負擔小部分的費用，自然沒理由不讓她來做。

「可是我才等級二，看不到第三集的燒水器製作方法。而且妳要讓我第一次做燒水器就做要放在公共澡堂的那種嗎？一般都會讓徒弟從燒開水的茶壺做起吧？」

「別擔心，我把製作方法寫下來了。而且放公共澡堂的也只是尺寸稍微大了點，核心部分的難度沒有太大差異。搞不好鐵製外殼還比較難做？」

鍊器會分成「用鍊金爐鍊製的部分」跟「非鍊製部分」。

舉例來說，冷藏櫃外層的木箱就是「非鍊製部分」，有些鍊金術師會交給其他工匠製作。

只是我除非有特殊理由（比如想促進村子的經濟成長），不然都會自己動手做，而且我也打算讓徒弟用親手製作的方式來學習。因為師父以前也是這樣教我的。

「凡事都需要經驗。自己動手做做看其實很重要喔。」

「原來如此……珊樂莎學姊果然是奧菲莉亞大人的徒弟，連作風都很像。」

「是嗎？聽妳這麼說還滿高興的。啊，空氣清淨機跟濾水器好像只要挑一個做就好，其中一種就交給妳了。我打算成為一個好師父，這是在訓練妳。」

「妳這樣講有點——等一下，我記得那是等級五的鍊器吧！」

「別擔心、別擔心。我之後會教妳怎麼做。所以燒水器就靠妳自己來完成它吧！」

我輕拍蜜絲緹的肩膀後，她便有點不安地看著我的雙眼，說：

「那個……學姊不教我怎麼做嗎？」

「反正有很多材料可以給妳嘗試，沒關係。那我就跟艾莉絲她們去一趟海邊了。」

「這根本構不成妳不教我的理由！學姊要丟下徒弟，自己跑去蜜月旅行嗎？好啊，現在不只天氣熱，連妳們都這麼親熱！」

「很可惜，徒弟本來就是註定要遭受師父使喚——好啦，我開玩笑的。我去海邊是想找空氣清淨機要用的材料。其實也可以直接買，只是我想找品質好一點的。」

過濾功能要用到的阿斯特洛亞處理起來很麻煩。

一般採集家絕對無法把牠弄到可以當成材料用的狀態，就算直接拿到店裡給鍊金術師處理，也是不夠新鮮就會讓效果跟著變差。

想要保留優秀的過濾能力，還是自己去現場找會比較好。

「唔，既然是要去找材料，那我也沒辦法反對了。好吧。我跟蘿蕾雅會負責顧好這間店。學姊就專心去收集材料就好——不過，我希望學姊可以帶多一點回來。」

「好。我會努力多帶一點回來，到時候就不用怕鍊製失敗好幾次了！」

我對答應得心不甘情不願的蜜絲緹拍胸脯保證會帶回豐碩成果。

「夏天！海邊！海水浴！」

我在換好泳衣後走向晴天下的蔚藍大海，在廣闊的沙灘上大口深呼吸。

濃厚的海水氣味撲鼻而來。即使刺鼻得害我差點嗆到，卻也讓我感到很舒爽。

尤其我一直待在最近總是瀰漫著汗味的村子裡！

站在我身旁的艾莉絲跟凱特也穿著泳衣，更是替這幅景色增添了美感。

這裡是巴喀爾爵士領地裡的漁村——貝贊附近的沙灘。

我特地親自來一趟的目的是想採集阿斯特洛亞。

「今天天氣的確很舒爽。可是盜賊的問題還沒解決，我們在這裡玩是不是太悠哉了？」

「艾莉絲，人生不是只有掃蕩盜賊一件事可以做。而且我們來這裡是要採集材料，也就是工作的一部分。我們可不能因為太專心做掃蕩盜賊的副業，就疏忽了自己的本業。」

「是啊。要是太努力改善治安卻影響到自己的本業，就本末倒置了。」

「對。而且我們這趟行程還有另一個目的……只是我沒料到迪亞娜女士她們會跟著來。」

回頭望向我身後的沙灘，就看見迪亞娜女士跟卡特莉娜正待在遮陽棚底下休息。她們一注意到我們的視線，就微笑著朝這裡揮了揮手。

她們的泳衣比艾莉絲跟凱特的更成熟了些，但兩人都還很年輕，甚至看起來比艾莉絲跟凱特還要性感。而我當然是連比都不用比，只能乖乖覺得大飽眼福。可惡！

「其實媽媽也很喜歡活動身體……是爸爸比她更誇張，才比較不容易注意到。」

「我也阻止過迪亞娜大人，可是她說有她在會比較容易被盜賊攻擊……」

沒錯，我們的另一個目的，就是引誘盜賊上鉤。

目前洛采家的軍隊長期在羅赫哈特各地巡邏。這導致盜賊們現在處在有些夥伴會遭到殺害，或是工作容易受到干擾的狀態。

如果在這種情況下撞見洛采家的女子不帶著護衛出門，還只有少少幾位女性同行。

就算有些盜賊想靠綁架我們一口氣扭轉局勢，也不是什麼怪事。

雖然可能會有人聽過我的傳聞，但是那種人通常很自以為是，容易覺得只要抓住我們就可以逼洛采家硬吞無理取鬧的要求，又或是因為覺得自己一定不會失敗而輕舉妄動——我是希望那些盜賊這麼傻啦。

反正我們主要的目的是採集材料，盜賊是運氣好有引到算賺到。所以我們並沒有把引誘盜賊看得很重。

「原本莉亞跟雷亞也很想來，只是連媽媽都不放心讓她們跟著來海邊。」

「當……當然會不放心啊！要是害她們兩個受傷了怎麼辦？等盜賊問題解決了以後我會再帶她們來，記得幫我轉告她們。」

「我是可以幫妳轉告她們……不過，珊樂莎，妳也太溺愛她們了吧？連我都有點嫉妒了。」

「因為她們是我心愛的妹妹啊。而且艾莉絲反而應該負責保護我吧？」

「嗯！我向珊樂莎送我的這把劍發誓——啊，現在沒有帶在身上。」

我故意用撒嬌的眼神看著艾莉絲，她就很浮誇地打算發誓，並把手伸往腰際，卻撲了個空。

她有點害臊地笑了笑，凱特見狀則是聳聳肩，說：

「妳這個誓言感覺有點少根筋呢，艾莉絲。」

「這不能怪我啊！我怎麼可能捨得把我心愛的劍帶來海邊！」

「而且我們現在穿著泳衣。雖然還是有帶魚叉過來啦。」

迪亞娜女士她們待的遮陽棚底下還擺著廉價的劍跟弓。

反正萬一真的有盜賊出現，我基本上還是會用魔法應戰，應該不會有什麼問題。

「那我們就別管不知道會不會來的盜賊了，先來找一定找得到的材料吧。要是忘記帶需要的鍊金材料回去，蘿蕾雅跟蜜絲緹一定會大發雷霆。我們需要找的是長這種形狀的海底生物。」

我一邊說，一邊在沙灘上畫出阿斯特洛亞的形狀。

艾莉絲在看到我畫的這幅既單純又看得出明顯特徵的畫之後皺起了眉頭，說：

「……珊樂莎，阿斯特洛亞該不會是一種海星吧？」

「咦？艾莉絲，原來妳知道海星啊？我還以為妳應該很少有機會來海邊。」

如果是森林裡的生物或植物，艾莉絲或許還有可能會因為需要採集，而去查過外型。

「嗯。我小時候曾在書上看到原本在天空的星星出現在海裡——咳咳咳！我沒有親眼看過海星，但我知道牠是星形的！既然牠長得這麼特別，那應該可以很快找到。」

我好像聽到了很童話故事的敘述……是不是假裝不在意比較好？

因為艾莉絲的臉頰有點泛紅，視線也撇向一邊——

「哇，恭喜妳，艾莉絲。妳可以實現小時候的夢想了。」

我順著聲音傳來的方向一看，就看見迪亞娜女士笑得很開心。

她給人的印象變得比先前談結婚事宜的時候柔和許多，不知道是不是因為現在很多事情都已經告一段落，也有一部分領主的責任跟工作轉到我身上，減輕了她不少負擔。

「哎呀？妳忘記了嗎？妳以前看故事書的時候曾說『我要去海裡面撿星星～！』——」

「媽……媽媽！妳……妳在說什麼——」

「媽媽！不……不要講些不必說出口的事情！」

滿臉通紅的艾莉絲衝向迪亞娜女士面前，試圖堵住她的嘴——

「太天真了！嘿！」

迪亞娜女士在俐落閃過之後對艾莉絲使出一記掃腿，等她腳步開始不穩再往她背後輕推了一把。

「哇！唔喔，沙……沙子——！哇噗！」

腳下是她不熟悉的沙地。沒辦法站穩腳步的艾莉絲就這麼順勢跳了好幾步。

她在接近海水的地方狠狠跌了一跤，撲進海水當中，還濺起大片水花。

哇，迪亞娜女士身手真矯健。難怪艾莉絲會說她很喜歡活動身體。

「艾莉絲，夫妻之間不互相隱瞞，才能長期維持良好的夫妻關係喔。」

「咳咳！重點不是……咳咳！隱瞞不隱瞞！這樣有損我的威嚴……」

迪亞娜女士豎起手指教導艾莉絲，而艾莉絲迅速起身之後是一邊咳嗽，一邊表示抗議。這讓迪亞娜女士嘆了口氣。

「有沒有威嚴不影響妳的形象吧？而且妳最大的魅力其實在於妳乍看很精明，實際上卻很少根筋的這種迷糊可愛的個性。對吧？珊樂莎小姐。」

「呃～這我也不好評論啦。不過，我認為艾莉絲維持現在這個樣子就很棒了。」

我用含糊的微笑回答，隨後迪亞娜女士也一樣露出微笑，摸了摸艾莉絲的頭。

「艾莉絲，妳能跟珊樂莎這樣的好人結婚，真的很幸運呢。」

「唔～～！」

艾莉絲有點孩子氣地鼓起臉頰的模樣讓迪亞娜女士又笑了出來，並隨即轉頭看向我，問道：

「珊樂莎小姐，不是採集家的人也能幫忙撿阿斯特洛亞嗎？難得有這個機會，我也想跟妳們一起撿撿看。」

「咦？迪亞娜女士也要撿嗎？不直接碰到牠是沒問題，可是……」

阿斯特洛亞帶有毒素，其實有點危險。但也不至於致命。

我用眼神詢問艾莉絲的意見，接著她就聳了聳肩，像是已經放棄制止充滿活力的母親。

「妳就讓她試試看吧。媽媽自從生下我以後，就沒什麼機會離開領地了。」

「好。幸好還有多的柔軟手套可以用。請妳記得一定要戴好手套再撿。」

「謝謝妳。卡特莉娜，妳也一起來撿吧。」

迪亞娜女士高興地問離我們有點距離的卡特莉娜要不要加入我們的行列，讓坐在沙灘上笑著看我們打鬧的卡特莉娜驚訝地睜大了雙眼。

「咦？我嗎？可是我也算是各位的護衛……」

「這座沙灘沒什麼遮蔽物，萬一真的有可疑人士出沒，一下就會被我們看到了。而且過度警戒反而會達不到引誘盜賊的目的喔。」

「……說的也是。畢竟珊樂莎大人也在，應該不需要過分擔心。」

看來我必須一肩扛起保護大家的重責大任了。我繃緊神經，同時把柔軟手套跟收集網發給包含起身走過來的卡特莉娜在內的所有人，並繼續說明撿阿斯特洛亞的注意事項。

「牠的形狀就跟這幅畫一樣，顏色介在藍色跟紫色之間。顏色愈接近鮮豔的藍色，品質就愈好。只是牠有毒，一定要隔著手套撿，也要避免自己的手臂跟腳不小心碰到牠。牠的行動速度很緩慢，很容易在海底的岩石地帶看到牠貼在石頭上。」

「好。那，卡特莉娜，我們走吧！艾莉絲，我們來比誰撿得比較多！」

「好的，迪亞娜大人！凱特，妳也要多撿一點喔。」

兩位母親在她們的兩個女兒注視之下，踩著輕快的腳步衝進海裡。

我苦笑著輕拍表情有點難以言喻的艾莉絲跟凱特的背。

「我們也開始找吧，艾莉絲、凱特。」

「……嗯。我們畢竟是專職的採集家，要是輸給母親她們就太丟臉了。」

「雖然不知道我們當採集家的經驗會不會有幫助，不過我有同感。我們走！」

有點冰涼的海水，適度冷卻了被夏天的陽光曬得發燙的肌膚。

我緩緩走到腳搆不到海底的地方，默默改用游的。艾莉絲跟凱特也跟在我後頭。迪亞娜女士她們的游泳技巧似乎很好，完全不會讓人感到擔心。

「看來大家都會游泳呢。」

「因為我們領地裡只是沒有海，還是有河川。而且媽媽她們年輕的時候好像去過很多地方，這次應該也不是她們第一次來海邊。」

「她們也提過很多自己以前的英勇事蹟……其實我們會想當採集家，也主要是受到她們那些經歷的影響。」

凱特的視線原本看著不存在的遠方，但很快又轉為看向海底。

「那我們馬上開始找吧。母親她們也已經潛進海底找了。」

「嗯！我們可不能輸給她們！吸——呼，吸……唔！」

艾莉絲在大口吸氣之後潛入水中，我和凱特也跟著她下潛。

阿斯特洛亞會待在海底。我頭部朝下，一口氣潛到海底，再一邊用手抓著岩石前進，一邊尋找岩石後面跟海藻底下有沒有阿斯特洛亞。

——唔～看來不會太好找。畢竟那也算是珍貴的鍊金材料。

倒是有找到看起來很好吃的海鮮。我把海鮮也放進網子裡。

啊，我們當然有先經過這裡的領主巴喀爾爵士的允許才來採集，不用擔心觸怒他。

其實我們關係並不差，像我上次拜訪他時，他還招待我吃好吃的大餐——應該是不差啦。

應該不是不想惹我不高興，才會對我這麼好吧？

我好幾次浮上水面換氣，順便觀察周遭，看起來還沒有人發現我們在這裡。

順帶一提，其實用魔法就可以省去換氣的時間……只是那樣反而少了點樂趣吧？

就在我第五次下潛時——啊，找到了。我看到岩石後面探出了一點點鮮豔的藍色。

靠近一看，也的確就是阿斯特洛亞。

大小跟我的手掌差不多，算是一般大小，但是可以從顏色看出品質非常好。

我動作謹慎地把牠放進網子裡。剛剛才要大家注意別用沒受到保護的部位碰牠，我自己也得小心點。

我再次回到水面上，剛好跟一樣上來換氣的艾莉絲四目相交。

「喔，珊樂莎，我已經撿到兩隻了喔，妳看！」

她笑著舉起的那個網子裡面裝著兩隻海星。

兩隻都比我找到的還要大，可是……

「真可惜，其中一隻不是阿斯特洛亞。妳仔細看，牠的顏色與其說是藍色，更像是綠色吧？」

「什麼？……經妳這麼一說，好像是耶。可惡！這傢伙太混淆視聽了吧！」

皺著眉頭觀察海星的艾莉絲立刻抓起那隻海星，往旁邊丟出去。

「幸好至少還有一隻是阿斯特洛亞。那珊樂莎……喔喔，妳撿到的這隻滿漂亮的嘛！」

「是啊。牠可以做成品質很好的材料。只是還需要再找到很多隻才夠用。」

這兩隻不只不夠做公共澡堂的濾水器，連要放店裡的空氣清淨機都做不了。

「這樣啊。但是照這個速度來看，應該找個幾天就可以——」

艾莉絲才說到一半，凱特就從水裡探出頭來。

「——噗哈！珊樂莎，我找到一隻很大的了！」

凱特大概是因為她舉起的那隻阿斯特洛亞比雙手手掌攤開還要大，根本放不進網子裡，才會拿在手上。那隻阿斯特洛亞很肥，顏色也接近藍色，只是沒有我撿到的這隻鮮豔。

「呵呵呵，這樣應該就不輸媽媽她們了——」

「凱特，事情好像沒妳想得那麼順利喔。」

艾莉絲在凱特笑得正開心之際，用尷尬的笑容指著沙灘的方向。

一看過去，就發現迪亞娜女士跟卡特莉娜正在同心協力搬運一隻阿斯特洛亞。

要兩個人才搬得動的阿斯特洛亞當然非常大，一個人的話要整隻抱在懷裡才抱得動。

明顯很鮮豔的藍色，也在在顯示牠的品質有多好。

「……那是怎樣？原來可以長到那麼大隻？」

「我也是第一次看到那麼大的。一般最多就是長到跟凱特撿到的那隻一樣大……」

「那隻少說也比凱特的大兩圈吧。只能說……媽媽她們真是太厲害了。」

「可惡！艾莉絲，我們不可以輸她們！珊樂莎，這個先給妳！」

凱特把阿斯特洛亞硬塞給我，再次潛入海中。

「珊樂莎，抱歉。我不放心讓凱特一個人下去找，我跟她一起去。」

「啊，好。妳們不要太勉強自己喔。在大海裡一個不小心就很容易發生危險。」

艾莉絲在點頭回應我的叮嚀以後進入海裡，而我也準備回沙灘上放好手上的阿斯特洛亞。

迪亞娜女士她們又回去海中，只剩下一隻巨大的阿斯特洛亞被塞在沙灘上的水桶裡。水桶幾乎快要裝不下牠了，再稍微大一點鐵定會裝不下。如果把我們撿到的也放進去，一定會滿出來。

「……看來得先把牠們做成鍊金材料了。反正她們要比賽，我還是別下水妨礙她們吧。」

我拿出小型鍊金爐，開始處理阿斯特洛亞。

先切一切，再放進鍊金爐注入魔力。不知道這附近海域是不是本來就漁獲豐富，我還沒處理完，她們就又帶了新的阿斯特洛亞過來。時間逐漸接近傍晚——

「今天這場比賽是迪亞娜女士跟卡特莉娜這一隊獲勝！」

我一宣布贏家，艾莉絲跟凱特就沮喪地垂下肩膀，迪亞娜女士跟卡特莉娜則是擊掌歡呼。

「「太好了！」」

「可惡，輸了……」

「明明數量是我們比較多……媽媽運氣太好了。」

單論數量是艾莉絲跟凱特撿到的比較多，只是很可惜，論價值完全比不上兩位母親的戰果。

一開始撿到的那隻巨大阿斯特洛亞可說是這場勝負的關鍵。

迪亞娜女士跟卡特莉娜後來都只撿到一般尺寸的，所以凱特說她們運氣好也是沒錯。

「可是論帶回來的海鮮是艾莉絲跟凱特贏。虧妳們知道哪些海鮮其實是可以吃的。」

艾莉絲跟凱特帶回來的海鮮，有不少是乍看不像可以食用的。

我自己是有辦法分辨，但我很意外她們不只會分辨，還知道要怎麼捕捉跟採集。

「嗯。因為我們在決定要來一趟海邊之後，就跟蜜絲緹請教了一些知識！」

「她告訴我們有很多海鮮外表看起來不太能吃，實際上卻很好吃……其實我也無法否認自己不小心太認真找海鮮了。」

凱特苦笑著說完這番話，迪亞娜女士跟卡特莉娜女士就看了看水桶裡面。

「妳們帶回來的海鮮種類滿豐富的。有的還很少見呢。」

「凱特，做得好。我記得這個很好吃。」

「那，我們今天晚上就吃這些海鮮吧。反正難得有新鮮的海鮮可以吃。」

四人異口同聲地同意我這份提議——

我們後面幾天除了找阿斯特洛亞以外，也帶了一些貝殼、蝦子跟螃蟹回來，還有釣一些魚，再直接在沙灘上烤來吃。我們就這麼在工作之餘享受了整整三天的海邊生活，而第四天——

我們終於釣到了想釣的某種東西了。

「——！『風壁』！」

我用魔法彈開突然朝著我們飛來的箭矢。

而那支箭矢飛出的同時，還有十幾個流氓高舉著手中的劍朝我們這裡跑過來。

相對的，我們卻是跟前幾天一樣穿著毫無防禦力可言的泳衣。

正常遇到這種情況可說是危險至極。不過……

「哎呀～有訪客來了。珊樂莎大人，需要幫忙嗎？」

「不用。難得選在這種地方迎戰，可以好好利用一下——『流沙』！」

我在那群男子離我們的距離只剩下二十步左右的瞬間施放魔法。

沙灘上的沙捲成一道漩渦，開始吞噬男子們的雙腿。

「什麼！」「這是什麼東西！」「救……救命啊！」「要窒息……咳咳——」

那群男子立刻嘗試掙脫，然而他們腳下的漩渦並沒有弱到隨便跑跑就能逃離。

光是踩在乾燥的沙子上就很不好施力了，何況還加上了魔法。男子們在短短幾秒內被沙子埋住無法動彈。

「唔……雖然有事先聽妳說明魔法的效果，但比我想的還誇張。珊樂莎的魔法果然厲害。」

「是啊。我們之前看過她對火蜥蜴用的那道魔法，是還不至於太意外……可是還是會覺得很壯觀。」

「我說的沒錯吧？這招很適合用來癱瘓敵人的行動能力。只是妳們也看到這種魔法必須運用到沙子，所以能施展的地方很有限。」

如果我們不是在沙灘上，大概還要再多費一點工夫才能活捉這些人。

但是有一部分人連頭都被埋在沙子裡面，說不定只剩下半數人可以逼問……？

「要帶走全部人有點——哎呀，有一個逃掉了——嘿！」

不曉得是不是我把魔法的範圍設得太小，最後面一個拿著弓的男子成功逃出了沙坑。

而迪亞娜女士搶在我之前先採取了行動。

她迅速撿起掉在沙灘上的漂流木，隨著一聲乍聽沒有丟很大力的吆喝聲丟出去，最後木頭狠狠砸在那名男子的後腦勺上。這一敲讓他失去了意識——不對，大概連命都沒了。

哇。真不愧是厄德巴特先生的妻子兼艾莉絲的媽媽。

然而她在這段驚人之舉之後，卻是若無其事地說：

「要帶走全部人有點麻煩，應該帶走這幾個就夠了吧。」

「什麼！難……難道這是妳們設下的圈套嗎？沒帶著護衛也是故意的——！」

一名似乎負責率領這群人的男子慌亂大吼，我則表示他的猜測正確。

「沒錯。也幸好你們真的上鉤了。畢竟我們為了引你們過來，還特地請洛采家的軍隊不要靠近這裡。我本來還在想要是今天再等不到，就不要繼續等了。」
其實厄德巴特先生很不放心只讓我們五個人來這裡。是在迪亞娜女士大聲喝斥之下，才心不甘情不願地允許我們這麼做，而他目前正率領著軍隊在約克村附近巡邏。
「我們這麼做是因為你們做事異常謹慎。怎麼樣？我們幾個乍看就是群誘人的肥羊吧？」
「開什麼玩笑！」「我要殺了妳們！」「那邊那個身材不怎麼樣。」
被埋在沙子裡的男子們朝著用洋洋得意的表情俯視他們的艾莉絲破口大罵。
「什麼？不准對我的珊樂莎說這麼失禮的話！」
艾莉絲踢了一把沙子到剛才說「身材不怎麼樣」的男子臉上——不過……
「等一下，艾莉絲。他剛剛沒有明確指出『身材不怎麼樣』的是誰吧？」
「嗯……？啊，反正也沒必要再繼續聽他們講廢話了，把他們綁起來吧。」
艾莉絲故意裝作沒聽見我的指責，順手把那個男子的頭壓在沙灘上堵住嘴巴，連凱特都很有默契地遞一條繩子給艾莉絲綁住男子的嘴。可惡。
「艾莉絲大人，這種時候最好要遮住對方的眼睛，再用繩子勒住脖子，但也要記得要把力道控制在勉強不會勒死人。這樣只要拉一下繩子，就會乖乖安靜下來了。」
「原來如此，這下又多學了一種技巧。真不愧是卡特莉娜。」

卡特莉娜一邊教導艾莉絲，一邊用俐落的手法綁好眼前這群男子。
他們看起來有點痛苦，可是我們也沒必要把同情心浪費在一群盜賊身上。
「接下來還要綁住他們的手腳……珊樂莎大人，您有辦法用魔法把他們從沙子裡拉出來嗎？沒辦法的話，我就直接用這條繩子把他們拉上來。」
——等等，卡特莉娜，妳手上那條繩子還勒著盜賊的脖子吧？
不用說也知道真的那麼做會發生什麼事，使得盜賊們的臉色逐漸蒼白。
「沒問題。那我就一個個把他們拉上來吧。」
我是不覺得他們可憐，只是現在殺死他們會無法問出情報。
艾莉絲負責用劍指著他們，我負責用魔法把人拉上來，凱特跟卡特莉娜則是負責綁住他們。
我們在分工合作之下綁住了五個盜賊，另外九個是已經沒必要綁了。
然而，我們也不能就這麼把那些已經動也不動的盜賊跟劍、弓箭等武器埋在這麼漂亮的沙灘底下，所以還是要全部拉上來，暫時堆放在旁邊。
「呼……這樣就告一段落了。幸好這些盜賊真的乖乖上鉤了。」
我輕拍雙手，嘆了一口氣。艾莉絲也一樣帶著苦笑嘆氣。
「的確。我們實在很難再繼續等下去。不只體力上撐不住，也會留下不好的印象……」
我們只有第一天是拚了命地在找阿斯特洛亞。第二天以後就沒有找得太過積極。

而旁人只會認為我們天天都在海邊大玩特玩。我沒跟巴喀爾爵士提到我們要設局引誘盜賊上鉤，所以我很想避免兩手空空地回去。

「再來還得處理『這些』東西……還是先換衣服吧。」

「是啊。幸好珊樂莎小姐的防曬乳讓我們不會被曬得皮膚刺痛，可是我也有一點年紀了，一直在大太陽底下吹海風還是會累。」

其實我也跟乍看一點都不疲憊的迪亞娜女士一樣，覺得很累。

我用魔法清潔我們所有人的身體，再架設飄浮帳篷，輪流進去換衣服。

排在最後的我一離開帳篷，就看到迪亞娜女士她們正在把盜賊的屍體拖離沙灘。

我剛才也很佩服她面對屍體竟然沒有任何一絲慌亂。

我還以為貴族女性看到屍體會立刻面色鐵青，或是驚聲尖叫——嗯？

我發現我認識的每一個貴族女性看到屍體都很鎮定耶。

普莉希亞學姊、萊絲學姊、瑪里絲小姐，還有艾莉絲。連感覺最有可能怕看到屍體的瑪里絲小姐都說不定會一邊哀號，一邊毫不留情地殺光所有威脅到自己的流氓。

難道看到屍體會慌得不知所措的貴族女性都只會出現在虛構情節裡面嗎……？

「珊樂莎大人？珊樂莎大人，您有聽到嗎？能不能麻煩您用魔法挖一個洞呢？」

「——咦？啊，好，的確需要挖洞。我馬上挖。」

卡特莉娜的呼喚打斷了我的思緒，讓我愣得直接照她說的用魔法挖洞。
而我差點發現的新事實就這麼隨著盜賊的屍體被埋進土裡，永遠不見天日。

◇　◇　◇

找出盜賊的根據地了。
我收到這個消息的時間，是在交出那群盜賊的兩天後。
順帶一提，我現在人在南斯托拉格的領主宅邸，而捎來這份消息的是克蘭西。
——沒錯，其實我還沒回去約克村。
我明明很想早點帶著好不容易收集到的材料回去做空氣清淨機，卻被克蘭西用有點強硬的態度留在這裡。他當時還用像在拉客的口吻說：「我們有不少事情需要您留下來判斷如何處理。既然您剛好來到這附近，就順便來看看吧！」
而艾莉絲、凱特跟她們的兩位母親，也跟著我一起留在領主宅邸。
可是領主宅邸裡不只沒有足夠人手可以招待我們，甚至還得自炊，但她們意外享受這段宅邸生活。似乎光是可以順便在豪華宅邸裡面觀光，就很心滿意足了。
乾脆趁我還是全權代理人這段期間，找個機會帶莉亞跟雷亞她們來玩好了。

另外，迪亞娜女士連廚藝都很好，像現在也是所有人都聚在辦公室享受她泡的茶，還有她親手做的點心。

「好，我知道了。克蘭西，還有其他新情報嗎？」

「珊樂莎大人逮到的那群盜賊是主要由前南斯托拉格犯罪組織成員組成的盜賊團。他們跟其他兩個盜賊團沒有來往，也不知道對方的根據地。」

「真可惜，不過，這下應該可以根除其中一個盜賊團了。那我們就馬上行動——」

「不，掃蕩盜賊的工作交給厄德巴特大人他們就好。我有收到來自他們的聯絡，說今天以內就會抵達南斯托拉格。珊樂莎大人，您還是專心處理只有您處理得來的工作吧。」

我才準備鼓起幹勁，就遭到制止。明明消滅盜賊才是我的看家本領——不對，這樣說好像太誇張了。

單純只是有個「不可以放過任何一個在路上遇到的盜賊」的家訓。

不過，我可以保證絕對比現在處理的文書工作還要拿手！

「……這些真的有必要由我來處理嗎？掃蕩盜賊應該才是我本來的工作吧？」

我還算可以理解他把「該如何減輕盜賊帶來的負面影響」之類的文件交給我處理。

而道路修繕是我提出的要求，相關文件本來就應該由我來負責。

羅赫哈特各個城鎮與村莊的開發計畫……勉強算可以接受？

可是要我幫忙想羅赫哈特未來的行動規畫就不合理了吧！
然而，應該跟我一同抗議的一群人卻背叛了我。
「可是，珊樂莎，妳未來會是我們洛采家的領主，趁這個機會學些經驗也不是壞事吧？」
「對啊，尤其全權代理人這種經驗不是說有就有。盜賊就交給我們處理吧。」
「妳們兩個明明說自己是我的妻子跟情婦，這種時候應該要幫我才對吧！」
「嗯，所以我也要做自己有能力幫上忙的事情——」
艾莉絲才抬頭挺胸地回應我這道抗議到一半——
「哎呀？可是艾莉絲跟凱特都不需要來幫忙掃蕩盜賊啊。尤其是艾莉絲，妳應該要留下來協助珊樂莎小姐的工作。妳也不會當一輩子的採集家吧？」
「凱特也是。畢竟妳以後得從旁輔佐珊樂莎大人。」
這就是因果報應嗎？兩人只能一同用「知道了」回應自己母親的訓話，乖乖留下來協助我的工作……
嗯。我是很高興她們有心想減輕我的負擔啦。
只是就結果而言，反而是讓我多出了一份「教育新人」的工作。
前往盜賊根據地的厄德巴特先生他們在三天後回到了南斯托拉格。然而——

「已經人去樓空了？」

「嗯。從一些痕跡來看，的確看得出那裡曾被盜賊拿來當作據點。但現場沒有留下任何人跟貨物。」

不只不見任何盜賊，連被偷的貨物都沒看到。簡單來說，這一趟等於是徒勞無功。

這就是厄德巴特先生跟沃爾特回報的成果。

我們從逮住那群盜賊到派軍隊去掃蕩這段過程，幾乎沒有浪費一分一秒。

真要說的話，就是途中花了兩天時間逼問盜賊。不過，在短短兩天時間內決定拋棄據點並實際做出行動，實在迅速得不尋常。

「……會不會是發現那群盜賊遲遲沒有回去，就立刻決定拋棄據點了？」

艾莉絲在稍做思考過後說出這樣的推論，厄德巴特先生也同意她的看法。

「有可能。搞不好他們之中還有人熟知攻擊珊樂莎閣下的風險非常高，知道只要沒成功打倒妳，就會毀了整個盜賊團。」

「所以才會果斷選擇逃跑……？既然他們會怕失敗，那打一開始別攻擊我們不就好了嗎？」

回答凱特這道疑問的是沃爾特。

「這次要掃蕩的盜賊團是由好幾個犯罪組織的成員混合而成的，不可能不存在派系。」

「喔，說的也是。假設他們存在想藉著打倒珊樂莎賭一把的派系，跟知道攻擊她只會自取滅亡的派系，而後者在知道結果之前就先拋棄據點逃跑——這也是滿有可能的。」
「那會不會也是他們為什麼過那麼多天才發動攻擊的原因？是滿合理的，可是——」
「這也表示我們花那麼多時間引誘盜賊只是浪費時間。嗯……」
我們這次殲滅了一群盜賊，是不至於毫無成果，只是就結果來看，作戰計畫仍以失敗收場。
——可惡，殲滅領地內的盜賊比我想像中的還要困難。
代理領主不像商會只要打倒來搶劫的盜賊就好。
現在受害頻率已經有下降，物流也在菲德商會的努力之下趨於穩定，沒有發生重大問題。
可是，再繼續讓洛采家的軍隊巡邏下去，會造成他們過大的負擔。
就在我很苦惱該怎麼辦時，忽然傳來敲門聲響。
「請進——咦？」
進來辦公室的其中一人是克蘭西。這點並不讓我意外。
因為他會頻繁帶新的文件來給我——說起來也是滿哀傷的。
不過，跟著他進門的另一個人，就是讓我有點意外的訪客了。
「雷奧諾拉小姐？妳怎麼會來這裡？」
我不排斥常常提供我幫助的雷奧諾拉小姐造訪，只是我們沒約好見面，才會有點驚訝。艾莉絲她們似乎也不知道她要來，臉上充滿了疑問。

「妳好，珊樂莎——哦，原來大家都在這裡啊。」

雷奧諾拉小姐看著聚在這裡的每一個人說道，隨後沃爾特就嘆著氣回答：

「我們剛回來不久。但很可惜，並沒有得到任何成果。」

「我就知道。我這裡有些情報或許對你們有幫助喔。」

雷奧諾拉小姐這句話讓沃爾特的眉毛抽動了一下，但她並沒有特別在意，而是看著我，對我露出有點淘氣的笑容。

「珊樂莎，我這裡有好消息跟壞消息。妳要先聽哪一個？」

「呃……」

消息靈通的雷奧諾拉小姐提供的情報可信度非常高，反而讓人很害怕她說的壞消息。

我用視線向艾莉絲尋求協助，她卻只是困惑地搖了搖頭。

「……那就先聽壞消息吧。」

我在一番猶豫之後，決定先聽壞的再聽好的。

畢竟我也希望等等繼續工作的時候心情可以稍微不那麼沉悶。

「有個男的自稱是吾豔從男爵領地的正統繼承人，還跟野仕・窩德聯手。」

這個消息讓我很難發表評論。那就先說——

「原來野仕・窩德還活著啊。」

「對，他還沒死——窩德商會倒是死透了。」

窩德商會是促成我跟艾莉絲結婚的直接原因。

換個角度來看，也可以說是幫忙撮合婚姻的愛情使者——不對，那個商會不適合用浪漫的詞彙來比喻。

我摧毀他們卑鄙無恥的陰謀以後，就沒再關心窩德商會的現況了，只是看來他們還是沒有成功讓商會起死回生。

「雷奧諾拉閣下，這算壞消息嗎？有貴族被撤銷爵位的時候，本來就容易出現那種傻瓜。家道中落的商人跟他聯手又能有多大威脅？」

「對啊，如果是事業做得很大的商人在背後撐腰，可能連無名小卒都有機會闖出一片天……但是野仕．窩德淪落到這步田地，反而是好消息吧？」

野仕．窩德讓艾莉絲跟凱特留下了非常不好的回憶。

兩人四目相交，對彼此的看法表示認同。不過，克蘭西卻出言否定她們的意見。

「其實並沒有兩位想得那麼簡單。那位自稱繼承人的名字叫做『布支修侈．吾豔』，也確實有登記在吾豔從男爵家的族譜上。」

「對方是本人嗎？確定不是單純假冒身分的一般人？」

「不是，我們發現有一部分吾豔家的人去投靠他了，應該是本人沒錯。」

克蘭西似乎沒有直接見過那個叫做布支修侈的人，但他一定也認識幾個其他吾豔家族的人。既然在場最熟悉吾豔家族的他都這麼說了，那應該不太可能是冒牌貨。

可是，就算不是冒牌貨……

「吾豔從男爵家已經不是貴族了，現在才跑出來說自己是正統繼承人有什麼意義？」

吾豔從男爵當初被判叛國罪。正常來說，吾豔從男爵家不可能有機會重新拿到爵位。

厄德巴特先生這番話非常合理，克蘭西卻一臉傷腦筋地看著我。

「您說的沒錯，只是這次撤銷爵位的理由稍嫌牽強。所以——其實這種話在珊樂莎大人面前實在很難啟齒，但也有人認為『意圖謀殺一個剛好是鍊金術師的平民，應該也不至於嚴重到需要撤銷爵位』。」

「啊～原來如此。的確很可能會有人這麼想。」

吾豔從男爵家被撤銷爵位最直接的原因是他打算殺死菲力克殿下，意圖謀殺我算是導火線。有些貴族還是會不滿國家採取盡可能保護鍊金術師的方針，導致原本是平民的我其實處在很尷尬的立場。

就算真的出現覺得「沒出人命又沒差」的貴族也不是什麼怪事，所以菲力克殿下才會刻意挑釁坍德·吾豔，引誘他犯下更明確的罪行。

他會那麼做，大概也是因為我是奧菲莉亞·米里斯的徒弟，外加他本來就打算藉機撤銷吾豔從男爵家的爵位。

「所以，那些人認為他們還是有機會找到方法讓吾豔從男爵家重拾過去的風光嗎？」

「我認為他們沒有想那麼多，應該頂多認為有機會當上羅赫哈特的代理官員。」

「那些傢伙居然不只想要珊樂莎的命，還動這種歪腦筋！好，我們去殺光他們吧。」

厄德巴特先生出聲制止語氣聽起來不是開玩笑，還準備起身的艾莉絲。

「妳先冷靜點，艾莉絲。克蘭西，他們真的有機會當上代理官員嗎？」

「不可能。若被撤銷爵位的理由情有可原，或許還有辦法任命前任領主擔任代理官員。不過，他們的情況是再怎麼樣都不可能當上代理官員。或許是因為我被任命為代理官員，才致使他們產生這樣的誤會……」

意思是他們認為「既然原本是管家的克蘭西都能當了，那原本是貴族的自己應該更有資格擔任代理官員」嗎？

「的確很像自以為是的貴族會有的誤會……」

「可是，他們為什麼要幫助盜賊？我搞不懂這麼做的用意。」

「凱特小姐，我認為不應該期待那些人會擁有正常的思維……他們說不定是誤以為先不擇手段得到代理官員的頭銜，就可以利用權力掩蓋協助罪犯的事實。」

憑代理官員的權力，要掩蓋犯罪行為或許不是難事——然而，代理官員是由國王任命的，並不是不擇手段就能得到這份權力，所以他們的計畫打一開始就不可能實現。

「不過，這表示本來已經減少的盜賊又變多了。的確算是壞消息。那麼，您說的好消息是什麼消息呢？我個人希望會是可以讓我們心情暢快許多的消息。」

「好消息是那些傢伙把三個盜賊團統合成一個大規模的盜賊團了。」

「……這算好消息嗎？」

我皺起眉頭這麼說，雷奧諾拉小姐就聳了聳肩，輕聲笑道：

「這代表原本分散成三個勢力的盜賊團會共同行動，人數一多也更容易發現他們的蹤跡。」

「嗯……畢竟我們目前的問題就是找不到盜賊的根據地——那這的確算是好消息。」

人數變多，也會消耗更多的糧食。

在羅赫哈特內運輸大量糧食，想必也很難徹底掩蓋行蹤。

雖然變得不能各個擊破也是個麻煩，但現在可以一次解決盜賊問題，也就有空間讓我跟艾莉絲她們加入掃蕩行動。

「到時候還可以正大光明地順便處理掉礙事的傢伙。艾莉絲應該也很高興有這麼方便的機會吧？」

「……我懂了，意思是可以合法殺死野仕．窩德跟那個自稱繼承人的傢伙吧？呵呵！」

艾莉絲臉上浮現有點邪惡的微笑，看起來充滿了鬥志。

——別忘記我們最主要的目的是掃蕩盜賊啊。只是我也不會制止她啦。

「話說，雷奧諾拉小姐，妳怎麼有辦法打聽到這麼詳細的內幕？」

連很努力在收集情報的沃爾特都不知道這些消息，為什麼她會這麼清楚？我用狐疑的眼神看向雷奧諾拉小姐，她卻一臉傻眼地看著我，說：

「我從妳還沒出生的時候就已經在南斯托拉格待很久了。而且洛采家不是這個領地的人，要是我打聽消息的能力輸給外地人，不就太沒面子了嗎？」

說的也是，雷奧諾拉小姐的年紀至少是我的兩倍以上，只是外表看起來很年輕。

她在鍊金術師跟經商兩個方面上都是我的大前輩，經驗跟人脈自然是比我豐富許多……現在的我還不可能贏過她。

——順帶一提，某位老人家(克蘭西)說自己也是在雷奧諾拉小姐出生之前就待在這裡，消息卻沒有她靈通。他看起來大受打擊，可是每個人擅長的領域本來就不一樣。你還是乖乖認輸吧。

「妳這麼說也是滿有道理的。也謝謝妳提供情報。至於情報費——」

「妳都分一些阿斯特洛亞給我了，不用再付我錢了。而且我也很困擾盜賊肆虐的問題。」

「妳不收錢嗎？謝謝妳這麼慷慨。也很抱歉每次都要這樣麻煩妳。」

「哼哼♪妳別放在心上～還有，其實我有打聽到盜賊根據地大致在哪一帶……想知道嗎？」

雷奧諾拉小姐開心地揚起嘴角，並接著說出新的重要情報。

「當然！而且這反而是我們最需要的情報吧！」

我不禁激動得把身子往前探，雷奧諾拉小姐先是揮手要我冷靜，才指向桌上那張地圖的某個地點。

「依據我的調查，他們的根據地目前最有可能在這裡。」

「……妳說盧塔村嗎？」

那是位於南斯托拉格西南方的小村莊。

只要在從南斯托拉格往約克村的道路途中改走一條通往南方的小路，就能抵達盧塔村。

我先前就透過地圖知道有這座村莊的存在，但因為沒必要，所以從來沒去過。

「我本來也在觀察西邊的費爾戈一帶跟北邊的納路塔一帶，剛好這次遷移據點讓他們暴露了蹤跡。」

順帶一提，厄德巴特先生他們撲空的舊據點就是位在費爾戈那一帶。

照這樣來看，很可能北邊也有被他們拋棄的舊據點。

「沃爾特、克蘭西，你們怎麼想？」

我向負責收集情報的兩人徵詢意見。他們一臉愁容地說：

「……的確有可能在那裡。我之前試圖從糧食的運輸路線來找出他們的蹤跡，但沒有多注意運往盧塔村的糧食。若他們是委由村民來購買糧食，自然也不會引人懷疑。」

「對不起，珊樂莎大人。這是我的疏忽。」

「你不需要自責……我自己也沒料到盜賊可能會在村子裡。」

一般盜賊都會躲躲藏藏的。所以我也沒料到他們會光明正大地把村莊當作據點。

然而，克蘭西仍然搖了搖頭，沮喪地垂下肩膀。

「不，其實我應該有能力發現盧塔村不尋常。我記得盧塔村村長會對前任領主唯命是從。是我疏於調查，才會放任他包庇盜賊。」

雷奧諾拉小姐看克蘭西如此自責，便有點傷腦筋地接著補充說明。

「啊，我先說，目前還不知道盧塔村有沒有協助盜賊喔。他們也有可能只是被盜賊侵占村莊，才不得不協助盜賊……珊樂莎，妳要先確認村民是不是清白的再殺光他們喔。」

「呃！大家是都覺得我殺人不眨眼嗎？」

我要對不實謠言表達強烈抗議。

不過，雷奧諾拉小姐卻帶著竊笑看向我。

「是不到殺人不眨眼啦，只是我也真的曾打聽到有人說妳『一看到盜賊就會笑著殺個片甲不留』。」

「那是假消息。請妳改成『我會不吝嗇幫助盜賊從痛苦當中得到解脫』。」

「好。是在戰場上『讓敵人得到解脫』的那個『解脫』對吧？」

「差不多就是那樣。」

我一點頭表示肯定，艾莉絲就對我投以懷疑的眼光。

「呃，妳那個是委婉表達『殺死對方』的意思吧……？」

「幫助盜賊『脫離痛苦』跟幫助村民『脫離痛苦』本來就是兩回事。只是這次需要仔細區分盧塔村村民屬於哪一邊……感覺這個村子應該不太好調查。」

小村子裡一出現陌生人，消息一定會立刻傳遍全村。

如果是要潛入約克村那樣的村莊，就只要假扮成採集家就好。可是盧塔村並不盛行採集。

——應該只有商人不會讓村民跟盜賊起疑？

雖然不太好意思請菲德商會幫這個忙，但請他們協助潛入也是一個方法。

然而沃爾特卻在我準備開口提出這個點子的時候，搶先舉手發言。

「珊樂莎大人，可以由我來負責這次的潛入工作嗎？」

「呃……在我們之中的確是你最適合這份工作，可是，沒有其他更擅長祕密行動的幫手了嗎？」

貴族說不定會私藏幾支祕密部隊。

很可惜洛采家似乎無法實現我這份渺茫的希望。厄德巴特先生搖搖頭，說：

「我們連一般的士兵都不算精實，甚至少數精銳還是前陣子從南斯托拉格搬來我們領地的士兵。所以沃爾特其實已經是洛采家最好的人選了。畢竟我不可能有辦法藏匿蹤跡，又不能叫卡特莉娜跟凱特執行這份工作，不是嗎？」

「如果珊樂莎命令我去，我當然——」

「「不可以。」」

我跟沃爾特異口同聲地反駁凱特。

沃爾特隨後才驚覺不對勁地看向我，急忙低下頭對我道歉。

「珊樂莎大人，是我失禮了！史塔文家無意違抗當家的命令。如果有其必要，還請您儘管使喚凱特。」

「不……不會，你不用這麼拘謹……你的好意我就心領了。其實派凱特去，我會有點不放心。」

凱特的實力不算差。

卻也不算厲害。

她應該有能力同時應付幾個身手一般的小流氓，但如果是像在沙灘那時候一樣被一大群人包圍，一定會很危險。尤其也不能保證盜賊之中不會出現實力意外高強的人。

「而且如果真的不好應付，我自己去還比較快——」

「「「不可以！」」」「「這怎麼行呢！」」

我的主意遭到眾人的大力反駁——唯一沒有反駁的是雷奧諾拉小姐。

「咦～我是不想講得很像在自誇啦，可是我是這裡面最有能力應對突發狀況的人耶。」

「珊樂莎，妳要多想想自己的立場啊！如果是讓爸爸去就算了，妳現在是當家，我們不可能讓妳一個人去！而且妳是女生耶！」

「沒錯。請您顧慮一下我們下屬的立場。把事情委由下屬來做，也是一種信任。」

「是啊，如果是讓我去就算了——嗯？我還是當家的時候就沒看你們阻止我啊？」

艾莉絲、沃爾特跟厄德巴特先生一同表達反對意見，只有最後發聲的厄德巴特先生在途中皺起眉頭，看向艾莉絲跟沃爾特。然而兩人卻在一次對望之後嘆了口氣。

「因為爸爸根本就不聽勸啊……」

「我都不曉得自己勸告過您幾次了。幸好驅趕野獸不容易有生命危險。」

厄德巴特先生默默把雙手環在胸前。被反駁到說不出話，大概就是這種狀況吧？

沃爾特把視線從前任當家身上移開，重新看向我。

「您或許會感到不放心，但我希望您務必先交給我處理。我會避免勉強自己。」

「……既然你都這麼說了，那就麻煩你了。不過，你也要記得小心注意周遭情況。克蘭西，這次要出動羅赫哈特的軍隊，請你開始召集士兵。」

雖然還不知道盜賊總人數大概多少，但三個盜賊團統合成一個，規模一定不小。我不太放心只派洛采家的軍隊應戰。

如果羅赫哈特能多少支援一些兵力，應該也會有幫助。

「遵命。我會盡可能召集多一點兵力。」

「我希望能避免人員犧牲，麻煩你優先召集精銳。還有，厄德巴特先生，我認為這次我們也應該加入支援。可以吧？」

「雖然有點不甘心，但現在的確不應該做無謂的堅持。而且有妳們三個在，也能夠把所有人面臨生命危險的機率降到最低。艾莉絲，妳要好好保護好——妳要記得懷著想保護好珊樂莎閣下的志氣努力奮戰。」

「爸爸……你這樣就太小看我了，我的實力至少還是有變強一點。」

聽起來覺得很掃興的艾莉絲一小聲抱怨完，又立刻恢復嚴肅神情。

「我一定會全力以赴。而且我還有凱特的輔佐。」

「對。厄德巴特大人，還請您放一百二十個心。」

「嗯。那麼，沃爾特，你盡快展開調查吧。但也別太勉強自己了。」

「遵命。我會立刻開始準備調查。」

我們就此展開大規模的準備行動。

然而，我們卻在沃爾特調查出成果之前，先發現事情竟已經朝著預料外的方向發展——

Episode 4

The Imprisoned Princess?

受囚禁的公主？

辦公室的桌上堆滿了文件。

其中一大半的內容都不像是我應該負責的東西，只是原本負責處理這些文件的克蘭西正忙著調度支援的軍力。而我則是待在辦公室裡等待沃爾特回報調查結果。

我不忍心完全不碰克蘭西擱置的工作，只好跟兩個小幫手一起努力處理堆積如山的文件。

可是也終究只是「小」幫手，一個小幫手不斷喊著「啊～唔～」，幾乎只能發揮觀賞的功用；稍微好一點的第二個小幫手——凱特也是進度緩慢。

所以，我今天其實有點累。

而我正準備稍做休息的時候，辦公室剛好來了一位訪客。

「辛苦了，珊樂莎。我這裡剛收到從王都運過來的點心，就帶來給妳們了。」

這位來自菲德商會的訪客是帶著點心當伴手禮的掌櫃先生。

他來訪的時機精準到我心裡忍不住湧上一股笑意。

「謝謝你。那我們馬上享用。我去泡個茶——」

「我去泡就好！」

剛才提到的第一個小幫手——也就是艾莉絲立刻丟下手上的筆，跑去準備茶水。

明明平常都不會主動泡茶給大家喝，今天動作倒是異常神速。

我見狀便跟凱特一起對彼此露出苦笑，並接著把筆放到桌上，伸個懶腰。

「嗯～！呼……掌櫃先生也坐下來吧。反正艾莉絲說會泡茶。」

我要掌櫃先生坐到沙發上，而我也起身走往他那裡。

「抱歉，打擾到妳了——妳看起來好像已經很習慣處理領主的工作了？」

「只算勉強處理得來。畢竟我只有學過書上的知識，沒有實際經驗。」

「我倒覺得珊樂莎已經比我們想像中的厲害了……」

「嗯。哪像我們老是在當拖油瓶，心裡都覺得很過意不去。」

在替茶會做準備的艾莉絲跟凱特的語氣聽來有些愧疚。

我絕口不提剛剛才在想她們是「小」幫手這件事，直接搖搖頭說：

「妳們才剛開始接觸這種文書工作，難免會覺得不太順手——啊，哇，我第一次看到這種點心耶！」

凱特分裝在好幾個小盤子上的點心，是一種方塊狀的點心。

它整顆都抹著綠色的粉，大小差不多是可以用食指跟拇指輕鬆捏起來的程度。我不太能想像它會是什麼味道。

其實它外觀長得很像攜帶乾糧，應該不會就是攜帶乾糧吧……？

「這裡離王都有點遠，我挑了保存期限比較久的點心……聽說還滿好賣的。」

「原來這是連在王都都很受歡迎的點心啊。那應該很好吃……」

我戰戰兢兢地用叉子叉下去，發現它意外有彈性，很軟嫩。

吃進嘴裡咬起來也很有嚼勁。好有趣的口感。

沾附在外層的粉很甜，它的彈性甚至讓人更能深刻感受到香氣。

「——（嚼嚼）。不知道是不是有用到什麼植物的果實？它吃起來的口感好奇妙。」

「嗯～這個綠綠甜甜的粉不知道是用什麼做的？真的滿好吃的。」

「是啊。我也不太能想像裡面軟軟的部分是怎麼做的。」

這種點心奇特歸奇特，卻也很好吃，讓我忍不住接連吃了兩三顆，等喝口茶清洗滿是甜味的口腔之後，又接著吃了一顆。

掌櫃先生一邊喝著茶，一邊笑咪咪地看著吃得津津有味的我。

「幸好妳喜歡，畢竟我自己不怎麼吃甜食。妳在這裡的工作處理得怎麼樣了？是不是差不多要告一段落了？」

「對。盜賊問題很快就會解決了。應該過不久就能回去約克村。」

「這樣啊，那我也放心了。雖然妳是不得已才離開村子這麼久，但是鍊金術店太久沒營業，村子裡的採集家還是會很困擾。我們做商人的是還好——」

鬆了口氣的掌櫃先生說出來的這番話，提到了我無法當作沒聽見的大問題。

「請等一下。咦？我的店沒有營業嗎？」

我連忙打斷他的話，詢問詳情。這讓掌櫃先生睜大了眼睛，神情也變得僵硬。

「蘿蕾雅小姐沒有跟妳講——不對，她該不會還沒到這裡吧？」

「你會這樣問，就表示蘿蕾雅打算來南斯托拉格一趟，對嗎？」

「……看來還是從頭開始講起比較好。」

我用問句回應掌櫃先生的問句，隨後他就變得一臉嚴肅，用手摸著下巴。

「首先……要從哈德森商會要我轉交第二封信給蜜絲緹小姐開始說起。」

「嗯？哈德森商會現在應該是你們的競爭對手吧？怎麼會幫他們送信？」

我有跟艾莉絲提過蜜絲緹收到的那封信的內容。

所以艾莉絲知道哈德森商會打算用有點厚臉皮的方式得到菲德商會的鍊金材料——也就是叫蜜絲緹跳過菲德商會，把鍊金材料轉手給他們。也因為這樣，艾莉絲才會對掌櫃先生接受哈德森商會的委託感到疑惑。掌櫃先生搖搖頭，說：

「艾莉絲小姐，這是兩回事。我不只受託轉交信件，還要運送來自哈德森商會的貨物。畢竟我們也不想刻意鬥垮其他商會。」

聽說掌櫃先生來這裡的時候是搭哈德森商會的船，也有委託哈德森商會幫忙運輸要從王都總店送往格連捷的貨物。

做生意跟其他商會產生競爭關係的情形本來就不少見。

除非商會之間的關係奇差無比，不然大家本來就願意在不會搶到彼此生意的領域互惠互助。

「但黑心商人是例外。我們菲德商會一定會盡全力搞垮所有浮上檯面的黑心商人。」

「哦，不愧是珊樂莎家的商會，連作風都很像——啊，抱歉突然打斷你的話，繼續說吧。」

在不知道是覺得作風跟誰很像的艾莉絲催促之下，掌櫃先生先是點點頭，才接著說：

「那封信在五天前轉交到蜜絲緹小姐手上了，信上還提到一件大事。」

「該不會又是想對蜜絲緹提出無理取鬧的要求了吧？」

「不，不是。我也只是聽蜜絲緹小姐轉述的，她說那封信裡講到她哥哥罹患不明疾病，已經命在旦夕，所以要她去格連捷見哥哥一面。」

「因為生病命在旦夕……？那蜜絲緹已經去找她哥哥了嗎？」

「她一開始還逞強說哥哥怎麼樣都跟她無關，而且要顧工作，就堅持不去。是蘿蕾雅小姐強烈主張『等過世了再後悔也來不及』，她才決定去一趟。」

「這……蘿蕾雅說得有道理。幸好我跟艾莉絲的家人都還很健康……」

「沒有見到臨終的最後一面，事後一定後悔莫及。而且蜜絲緹搞不好有能力治療她哥哥。」

雖然最近蜜絲緹跟哥哥之間的關係變得很差，不過，她也曾說自己開始上學之前跟哥哥的感情還很好。

哈德森商會可能的繼承人之一應該有錢請到醫術高超的醫生看診，可是蜜絲緹是鍊金術師，說不定能從不同角度找出治療疾病的關鍵。

「不過蜜絲緹要去格連捷的話，應該會順路過來跟我打招呼才對……還是她真的急到沒空過來？——嗯？蘿蕾雅？……該不會……！」

我想起掌櫃先生剛才的疑問，這才急忙看向他，也發現他的神情非常沉重。

「對，蘿蕾雅小姐應該有跟蜜絲緹小姐一起去。就算走得再怎麼倉促，她也不太可能會完全不來跟妳說妳的店會暫停營業一段時間吧？」

也就是說，她們很可能還沒抵達南斯托拉格。

一想到這可能代表什麼意思，心裡就掀起一陣波瀾。

我緩緩喝下一口已經有點涼掉的茶，嘗試讓自己冷靜下來。

「……可是，為什麼蘿蕾雅會想跟蜜絲緹一起去？」

「我也覺得很奇怪，鍊金術師一個人上路應該也不會怎麼樣……不對，蜜絲緹不像妳。」

「艾莉絲，妳這個說法聽起來意有所指喔。我是不否定妳的說法啦。」

如果我盡全力走這段路，中間還有打倒一些盜賊，大約半天左右可以抵達目的地。

不需要露宿野外的我比較不容易遇到危險，可是蜜絲緹無法避免在途中露宿。

「蘿蕾雅小姐似乎也不放心讓蜜絲緹小姐隻身前往格連捷。她們一開始是打算要珊樂莎做的鍊金生物……是叫核桃嗎？總之，就是要它擔任蜜絲緹小姐的護衛，可是它不肯聽話。所以蘿蕾雅小姐才會自願陪蜜絲緹小姐去。蜜絲緹小姐其實也反對蘿蕾雅小姐同行，只是……」

「看來是抵觸到核桃收到的命令了。因為蜜絲緹不是核桃的護衛對象之一。」

核桃會聽蘿蕾雅、艾莉絲跟凱特的話，但是會最優先執行我的命令。所以就算蘿蕾雅拜託核桃當別人的隨行護衛，也會因為跟我要核桃保護蘿蕾雅的命令相互矛盾，而不會離開她太久。

「所以蘿蕾雅才會認為自己跟著去，就能讓核桃一起跟在身邊。我懂她的想法，可是……」

「她們的戰力可能不太夠。頂多晚上可以輪流休息。」

「蜜絲緹小姐逞強歸逞強，還是看得出來她心裡很著急。我猜這或許才是蘿蕾雅小姐想陪在她身邊的主要原因。」

我懂蜜絲緹的心情。聽到自己的親哥哥病危，一定很難說冷靜就冷靜得下來。

這種時候光是有人願意陪在自己身邊，就會覺得安心不少。

「我有提議她可以跟菲德商會一起去格連捷，只是她似乎想盡快趕過去，在我們抵達約克村的當天就急著出發了。」

「畢竟商會也不能只配合蜜絲緹一個人更改行程。而且她們兩個自己走，也一定比跟著一群人走更快——可是她們一直到現在都還沒抵達南斯托拉格。有沒有可能是掌櫃先生的隊伍超前她們了？」

「來這裡基本上只有一條路，應該不太可能……除非她們恰巧在離道路有一段距離的地方休息很長一段時間。蘿蕾雅小姐應該不習慣出外旅行吧？」

「對。不過，蘿蕾雅其實還滿能走的。平整的道路應該難不倒她……」

而且冬天上雪山那時候已經證明她至少比瑪里絲小姐還要有體力了。

掌櫃先生是在五天前把信件轉交給蜜絲緹的。

一般人從約克村走到南斯托拉格要兩到三天。

她們走得再慢，也應該昨天就要到了——前提是她們沒遇到突發狀況。

如果只是急到硬撐著多走很多路，結果反而走到腳痛之類的倒還好。

可是，如果她們是遇上了盜賊……

「……珊樂莎，妳先冷靜點。」

「我很冷靜啊。嗯，我現在很冷靜。」

「那妳先把杯子放下來吧。妳再繼續拿在手上，搞不好會把它捏破。」

艾莉絲溫柔撫摸我的手，輕輕抽走我手上的杯子。

我這才發現自己一直緊緊握著早就不剩半滴茶水的杯子。

「現在最重要的是確認她們的現況。我們來調查看看蘿蕾雅跟蜜絲緹到底有沒有抵達南斯托拉格吧。」

「可能也要問問看哈德森商會。她們說不定直接去格連捷了。」

「艾莉絲小姐，哈德森商會那邊就由我們來聯絡吧。我會派克拉克去問問看。」

「謝謝。再來就是要動員爸爸他們幫忙。幸好他們現在隨時都能出動。我等等就請他們去一趟約克村，檢查看看道路周遭有沒有異狀。」

艾莉絲迅速提出好幾項對策，掌櫃先生也立刻動身。

我很感謝他們的果斷，同時也深吸了一口氣，藉此壓抑內心的激動情緒。

「謝謝你們幫忙想對策，給你們添麻煩了。我好像有點太慌張了。」

我這麼說完，凱特就輕輕用手摸我的頭，露出微笑。

「畢竟妳父母就是遇到盜賊才會出事，又遇到類似的情況難免會著急。而且，我希望妳至少可以在不知所措的時候依賴我們。畢竟我們還是比妳年長。還有……啊，既然核桃會在蘿蕾雅身邊，就表示妳可以——」

「說的也是！我試試看——」

我在凱特的提醒之下才想起鍊金術師應該立刻想到的一件事，這才發現我是真的很慌張。我連忙嘗試跟核桃同步——

「…………不行，距離好像太遠了。」

「意思是我們至少可以知道她們不在南斯托拉格裡面——對吧？」

「對，除非有受到干擾。只是一般人也很難干擾鍊金術師跟鍊金生物同步——啊，不對，如果她們人在雷奧諾拉小姐那裡，也有可能會被干擾。」

感覺雷奧諾拉小姐店裡就算有可以干擾同步的防禦裝置，也不是什麼怪事。

而蜜絲緹也很有可能會先去找她……

「那我去雷奧諾拉閣下那裡看看吧。凱特，妳幫忙通知爸爸。」

「好。珊樂莎，妳先待在這裡。說不定會有人過來找妳。」

「我也——不，就麻煩妳們了。」

「「沒問題！」」

艾莉絲跟凱特異口同聲地回答，並輕拍了我的背，接著用小跑步離開房間。

我在目送兩人離開之後再一次深呼吸，用力握緊自己微微顫抖的手。

◇ ◇ ◇

我對坐在眼前的年輕男子跟站在後頭的中年男子感到無比困惑。

帶他們來的是掌櫃先生。

掌櫃先生是因為事態緊急才會帶他們來，而我會感到困惑，倒是因為其他理由。

「很榮幸能見上您一面，珊樂莎大人。謝謝您總是很照顧我妹妹。我是哈德森商會的雷尼・哈德森。還請您多多指教。」

是因為這段自我介紹。跟我聽說的情況有不少出入。

他不是病危了嗎？不是跟蜜絲緹敵對，關係很差嗎？

他畢竟是商人，也不是不可能只是假裝很友善，可是他的笑容跟善良態度都不像是演技，提到蜜絲緹的語氣也沒有半點厭惡。

蜜絲緹該不會有兩個哥哥吧？她沒跟我提過啊……

「我聽說是多虧珊樂莎大人的通融，我們哈德森商會才得到出入格連捷港口的使用權，請讓我向您表達最真誠的感謝——」

「請等一下。我想確認一件事情，蜜絲緹只有你一個哥哥嗎？」

我打斷還想繼續說下去的雷尼，提出內心的疑問。他有一瞬間一臉狐疑，但又立刻恢復笑容，說：

「對，只有我一個。除非我父親在外面有情婦。哈哈哈……」

雷尼大概是打算用玩笑話化解現場的僵硬氣氛，卻沒有任何人因此笑出來，導致他的笑聲愈來愈小聲。

在場的有艾莉絲、凱特、剛趕過來的厄德巴特先生，以及帶雷尼過來的掌櫃先生。所有人的表情都相當嚴肅。

「請問……我是不是說了什麼讓各位不愉快的話……？」

「不，你沒有說錯什麼……可是我聽說你現在生了重病，甚至命在旦夕啊？」

雖然有很多疑點，但現在沒時間想那麼多。

看起來很不安的雷尼一聽到我直截了當的提問，就驚訝地大喊：

「咦！怎麼會傳出那樣的消息？我三天前才抵達格連捷，一路走來南斯托拉格的確難免有些疲憊，可是各位應該也看得出來我健康得很吧！」

「的確。不過，蜜絲緹收到的信上卻提到你目前病危。」

「蜜絲緹收到信？那封信打哪裡來的？」

「當然是從哈德森商會那裡來的。對吧？掌櫃先生。」

「對。雷尼閣下，我過去曾和你見過一次面。我是菲德商會的掌櫃——勒羅伊・克萊德。那封信是由我們商會的克拉克受託轉交給蜜絲緹小姐的。」

掌櫃先生往前踏出一步，對雷尼做自我介紹跟解釋事情原委。雷尼先是一樣低頭向掌櫃先生敬禮，感謝他詳盡的自我介紹跟說明，才皺起眉頭沉思。

「可是，我的身體健康並無大礙——會不會是有人冒充我？」

「有可能。不過——我看這邊這位先生長相上的特徵，跟克拉克回報的那位委託人很像。請問你是雷尼閣下的什麼人呢？」

掌櫃先生的銳利視線直直扎向靜靜站在雷尼身後的那位男子。

他從進到辦公室以後就沒有開口說半句話，眼睛也看著下方，似乎有點緊張。

「他是我的祕書。札多克，你有託人轉交信件嗎？」

「沒有。會不會是有跟我長得很像的男子故意冒用哈德森商會的名義？太可惡了。」

「記住別人的長相可是商人的基本功。雖然他是護衛——」

「原來只是護衛啊。那麼，應該就只是記錯了——」

「不過！他也是菲德商會的一份子。我們會用心教育商會裡的每一個人。而且，當時的情況也足以確定對方絕對是哈德森商會的人。」

掌櫃先生打斷札多克的話，斷定託付信件的人物並非他人冒充。札多克卻撇開視線，搖頭否認。

「這樣啊。總之，我唯一能肯定的是我不曾託人轉交信件。」

「珊樂莎大人，札多克是我很信任的祕書。他都這麼說了，應該不會是他……還是您有蜜絲緹收到的那封信可以當證據嗎？」

畢竟是自己人，也難怪雷尼會袒護札多克。

不過，我比較信任掌櫃先生他們。我直盯著札多克看，他就開始很不自在地抖腳，嘴唇也顫抖了起來——嗯。

「……反正這件事不是我們現在該討論的重點。就先擱在一邊吧。」

札多克一聽到我嘆著氣講出這番話，神色明顯安心不少。

「對了，雷尼。我這邊有另一封信，你對這封有頭緒嗎？」

我拿給雷尼的是那張已經皺巴巴的信紙。

雷尼一臉狐疑地接過那封信，札多克的表情瞬間從安心轉變為錯愕。

「我來瞧瞧——什麼？這封信……！札……札多克，你快解釋清楚！」

「我……我不曉得您……您要我解釋什麼——」

雷尼氣得吊起眉梢，轉頭質問札多克。札多克回答得支支吾吾的，臉色則是變得蒼白無比，額頭上還冒出冷汗。

只有蠢蛋看到札多克這種反應，還會選擇無條件相信他說的話。

「珊樂莎，那封信是怎麼回事？」

「也對，我沒給艾莉絲看。這是用來引火的廢紙。」

我這麼回答小聲提出疑問的艾莉絲，她就很疑惑地說了聲：「嗯？」

她困惑的樣子讓我忍不住稍微笑了出來。我接著解釋那封信是怎麼來的。

「那就是蜜絲緹更早之前收到的信。她本來氣得想把它燒掉，被我收起來了。蜜絲緹認為那封信是哥哥——也就是雷尼寄出的。」

「這封信不是我寄的！她看到這種信，也難怪會生氣……你寫這種信是什麼意思！」

雷尼連忙解釋，並接著再次大罵札多克。

「我……我是為了雷尼大人著想，才——」

「什麼為了我著想！你難道不知道這封信上的內容——不只會導致我跟蜜絲緹之間的關係惡化，還會讓我們商會跟珊樂莎大人……甚至是整個羅赫哈特交惡嗎？」

「因為……只要……等障礙排除了以後……」

札多克在雷尼的怒吼下擠出的這段小聲回答，引得一直保持沉默的厄德巴特先生大聲斥責。

「你說等障礙排除？給我解釋清楚是什麼意思！」

即使厄德巴特先生訓斥的魄力比雷尼強上許多，札多克還是選擇三緘其口。

「你……該不會是想危害珊樂莎閣下吧！」

「札多克，他說的是真的嗎？快回答我！你到底瞞著我在做什麼？」

「…………」

雷尼起身揪起札多克的衣領，然而札多克仍然不願意多說什麼，僅僅是低頭保持沉默。在一旁觀察這場爭吵的凱特一邊思考，一邊講出自己的推測。

「……不，我認為不可能。如果他想殺死珊樂莎，一定會害自己身邊的人也連帶被判處死刑。這種事情應該稍微動點腦筋去想就知道了——除非他是個無可救藥的蠢蛋。」

「嗯。尤其她現在不只是鍊金術師，還是國王親自任命的代理領主。要是她有什麼萬一，上面想必也會為了避免國家的威信掃地，直接施以重罰。」

凱特跟艾莉絲的說法是有點誇大，卻也都是事實。

除了主犯一定會被判死刑之外，連只是單純有犯罪嫌疑的關係人都可能被判刑。

而主犯隸屬的商會也當然別想繼續經營下去。

如果札多克是知道會有這樣的後果還執意這麼做，就表示他可能對哈德森商會抱有強烈到不惜犧牲自己的怨恨，或是有什麼事情足以讓他肯定自己不會受罰……

「唔～我們先來整理一下現況吧。」

我手扶著額頭，回想至今發生的每一件事情跟收集到的情報。

盜賊的動向、商會的動向、洛采家的情況、領地的情況，還有其他各種事情……

首先，我認為證明「札多克想要我的命」的證據有點不夠充足。

不過，我們可以從他寫的第一封信中看出他確實對蜜絲緹沒有善意，那封提及雷尼命危的信應該也幾乎可以確定是他寫的。

那他是基於什麼目的才這麼做？從蜜絲緹的動向來推測的話——

「原來如此，我懂了。你是不是有跟盜賊團聯手？」

我說完朝著札多克一瞪，他就嚇得肩膀顫抖了一下。

「盜賊團裡有一個人自稱吾豔從男爵領地的繼承人。如果他可以用某種手段把我拉下代理領主的位子，再自己上位，就有權限給予哈德森商會好處了。」

「珊樂莎，我們討論這件事時，不是已經確定他不可能當上領主了嗎？就算他能拉妳下來，也只有國王可以任命指定人選成為代理官員跟領主。國王又不可能任命自稱繼承人的人上位。」

「那……說不定是打算威脅珊樂莎？像是刻意利用人質威脅握有領主權限的珊樂莎，要妳言聽計從……」

「有可能。這種做法的確可行——但這也表示他們覺得我會屈服於盜賊的威脅，其實滿教人生氣的。」

我不會對盜賊妥協。要是我對他們讓步，就會造成更多人暴露在危險當中。

即使稍做妥協就能換來自己很看重的朋友的安全，我還是不打算破壞我做事的原則。

——不過，我一定會讓膽敢出手的敵人後悔莫及。

「……不好意思，可以麻煩各位解釋詳情嗎？」

我們擁有足夠情報，自然能夠輕鬆掌握大致上的情況，然而，雷尼是第一次聽說我們提到的這些事情，也嚴重缺乏相關的情報。環望著我們的雷尼臉上看得出他對札多克的憤怒，以及因為還是能夠模糊想像發生了什麼事而產生的不安。

「我們剛才提到蜜絲緹收到一封說你病危的信。她在收到信之後出發前往格連捷，目前下落不明。從那位先生的反應來看，蜜絲緹很可能已經被跟他聯手的盜賊攻擊，或是遭到綁架——」

「什麼？札多克，你這個混蛋！」

我盡可能保持鎮定，向雷尼說明現況，卻在中途就遭到打斷。

雷尼凶狠地瞪著札多克，左手用力抓緊他的衣領，甚至讓他的腳稍稍懸空。看來他的身體鍛鍊得非常結實，只是外表上看不太出來。

札多克發出痛苦呻吟，但還是扯開喉嚨大喊：

「雷尼大人！我這麼做是為了哈德森商會的未來！如果沒有她在——」

他這番話完全是承認了自己的罪行。雷尼的怒火衝破了極限，用緊握的右手朝札多克狠狠揍了一拳。

隨後就傳出「啪喀！」的沉悶聲響，札多克也狠狠撞上了地板。

「混帳東西！靠陷害妹妹得到商會長的位子一點意義都沒有！你做這種會跟珊樂莎大人為敵的事情，竟然還敢講什麼是為了哈德森商會的未來！我看只會被你害得未來一片黑暗！」

「是啊。而且我店裡的一個店員——一個跟我情同姊妹的女生有陪著蜜絲緹一起去格連捷，現在一樣下落不明。如果這件事是整個商會共謀的，我一定會不惜用上我所有的人脈搞垮哈德森商會，還要讓你們永遠別想重操舊業……」

原本氣得滿臉通紅的雷尼一聽到我小聲說出的這段話，就立刻變得面色蒼白，還立刻跪在地上向我磕頭道歉。

「真的很對不起！您可以隨意處置我跟這傢伙！如果有其他共犯，我也願意把他們帶來交給您！還請您放過蜜絲緹……也希望您大發慈悲，放過哈德森商會。我知道這樣的要求很厚顏無恥，但還是求求您了！」

「你別急，我不會對蜜絲緹怎麼樣，而且我也不是把帳都算在哈德森商會這個名字上。當然，我也不會讓你們商會的員工流落街頭。」

畢竟我親身體會過商會近乎倒閉時的生活有多困苦。

聽到我這麼說的雷尼隨即露出彷彿得到寬恕的神情，並再次深深低下頭對我道謝。

「謝謝您的寬宏大量！蜜絲緹是真的很尊敬珊樂莎大人，連寄給我的信上都經常提到您……我願意提供任何我能夠提供的協助。如果蜜絲緹還活著，還請您一定要救救她！拜託您了！」

「那當然，我本來就這麼打算。我並不認為蜜絲緹會那麼輕易被盜賊捉住，假如她是被盜賊捉來當人質，應該也不會馬上殺死她。」

——這樣的推測其實有點太樂觀。

當然最好是她們根本沒被盜賊捉住。

不過，雷尼會在這裡，就表示她們絕對不可能直接前往格連捷，而是在路上遇到了什麼狀況。我們需要盡早採取行動。

「那麼，那邊那位先生……」

我看向被雷尼揍倒在地的札多克。

他氣得渾身發抖，用摻雜著不甘心的凶狠表情瞪著我——

「可惡！既然這樣——！」

他在這麼大喊的同時起身，朝著我衝過來。

右手從懷裡抽出一把小刀。

「「「珊樂莎（閣下）！」」」

艾莉絲、凱特跟厄德巴特先生雖然有立刻反應過來，但辦公室裡不方便做出太大動作。

雷尼坐在我對面的沙發上，札多克則躺在他身旁。

凱特跟艾莉絲站在我身後，厄德巴特先生站在札多克身後。掌櫃先生也打算幫忙阻攔，只可惜最年長的他動作還是會相對較慢。

札多克衝過嚇得抬起頭的雷尼身旁，直直逼近我面前。

事業做得很成功的商會是不是每個成員都把鍛鍊身體當成基本功？

他的動作非常迅速，一般流氓絕對應付不來。

——但我可沒有一般流氓那麼弱。

我閃過逼近我的刀子，輕輕用左手揮開札多克的手，再用右手給他一拳。

啪！我的拳頭狠狠打中他的肚子。

磅！札多克整個人被揍飛，並在用力撞上牆壁之後，虛弱地癱倒在地上。

「「「…………」」」

整個辦公室陷入短暫沉默，不久，艾莉絲才緩緩開口，說：

「……也對，我都忘記珊樂莎厲害到可以一腳踹死地獄焰灰熊了。」

「是啊。只是最近都拿劍當武器……」

「嗯，因為我以前沒閒錢可以買劍來用。直接用拳頭也比較省錢。」

要是會被區區一點奇襲嚇得亂了陣腳，一定有幾百條命都不夠用。

這是鍊金術師必備的心態——不對，應該不是？

我在視野一角看到掌櫃先生一邊拭淚一邊說著：「珊樂莎，妳以前一定過得很苦……」當初那段省吃儉用的生活如今也成了一段美好的回憶。而且也是因為我以前必須用拳頭當武器，現在才能在札多克的奇襲下保住性命。

「……啊！真……真的很對不起！我沒想到他會愚蠢到這個地步！」

雷尼因為跟不上眼前的急遽變化，才起身到一半就愣住了，一直到回過神來才立刻下跪道

歉。怎麼說……看他一直這樣道歉，也是滿可憐的。

「你不用道歉。反正也沒多危險。」

我懷著少許愧疚向他表明這只是小事，卻換來厄德巴特先生傻眼說道：

「呃，正常人遇到這種狀況應該都會覺得很危險……總之，我們先把這傢伙丟進牢裡吧。」

「不好意思，再麻煩你了。」

通常會是由宅邸守衛動手把人帶走，只是很可惜，這座宅邸並沒有負責室內的守衛。

我們在把札多克帶走的厄德巴特先生回來辦公室之後，才準備繼續討論原先的話題。我要一直跪在地上的雷尼坐回沙發上。

「我們先來談談剛才那位先生，既然他很明顯想殺死我，就沒必要斟酌量刑了。他應該會因為觸犯王國法，而被判死刑。」

「是他罪有應得。如果您認為我也應該遭受連坐處分，也請不用手下留情。只是，希望您至少……至少讓我活到救出我妹妹……」

雷尼低下頭，苦澀地擠出這段話。我看著他的後腦勺，說：

「不，他不是借助商會的力量攻擊我，倘若這件事情跟你有關，你才會受到連坐處分。我們之後會再詳細調查你是不是真的沒有參與犯行。」

「感謝……您的寬宏大量。我保證自己沒有做虧心事，您儘管調查。」

「我也希望你是清白的。不然蜜絲緹一定也會很傷心。」

蜜絲緹即使看到那張差點被她拿去當引火紙的信，還是選擇去見命危的哥哥一面。

看來她也只是嘴上抱怨，實際上並不討厭哥哥。

而且雷尼聽起來也很疼蜜絲緹。

——應該不會只是演技吧？

如果只是假裝自己很疼妹妹……我就要下重手制裁他了。

到時候就把被層層封印在倉庫裡的那瓶鍊藥潑在他身上，再把他吊起來吧。

「我們回歸正題。目前還無法確定蜜絲緹跟蘿蕾雅是不是因為遭到盜賊攻擊，才會下落不明。但現在事態緊急，已經沒時間繼續等沃爾特回報調查結果了。我們要盡快召集所有能立刻動員的人手。也幸好核桃應該會待在蘿蕾雅身邊，如果能夠去到她們附近，我也有一個辦法可以馬上掌握她們的狀況。」

「沒問題。洛采家的士兵已經在做行前準備了。」

厄德巴特先生立刻表示可以支援，掌櫃先生也接著說：

「珊樂莎，妳順便帶商會的護衛去吧。雖然目前只有大概十個護衛待在南斯托拉格，但他們的實力絕對不會輸給盜賊那種貨色。」

「謝謝。我正愁南斯托拉格的士兵訓練得不夠精實，有點不放心。」

他們的實力應該夠應付盜賊，可是我們還不知道盜賊有多少人。
而且可能被他們當作據點的村莊裡面說不定還有一般村民。
所以也不能直接用我的魔法把村莊夷為平地。
「畢竟還要找出蜜絲緹跟蘿蕾雅，能多一點戰力以備不時之需是好事。」
「那麼，也請您讓我們提供協助吧！我們哈德森商會的成員也是個個身手矯健！」
雷尼連忙表示願意提供協助，像是不想落後菲德商會。不過，我並沒有答應他。
「我很高興你有心幫忙，可是我們也不方便請可能跟敵人聯手的商會幫忙……」
哈德森商會的成員有能力打倒海盜，應該有足夠實力對付盜賊。
不過，整個商會裡不一定只有札多克跟盜賊相互勾結。
「現在沒有時間調查你們每一個商會成員的背景。再加上要請他們從格連捷過來，也會耗費不少時間——」
「請您大可放心。我想提供的幫手是當初載珊樂莎大人到格連捷的拉邦船長跟他的下屬。他們不可能會背叛蜜絲緹。幸好他們順道護送我過來，人都在南斯托拉格渡假。只要我一聲令下，就能請他們立刻過來支援。」
「是他們啊……好，我允許他們參加救援行動。」
雖然無法保證百分之百不會出現叛徒，但他們會是可靠的戰力。

而且我也不想懷疑他們那麼寵愛蜜絲緹的模樣都是裝出來的。
「謝謝您！我馬上找他們過來！」
我站起身，看向在場的所有人。
「我們要盡可能在三天內處理完。要趁他們還沒做好準備，盡快消滅這些禍害。」

◇　◇　◇

隔天早上，領主宅邸前面聚集了眾多男性，以及少數的女性。
人數最多的是南斯托拉格的士兵。裝備的精良程度讓他們非常有軍隊的氣勢，然而他們整隊時的緊張模樣也彰顯他們缺乏實戰經驗，有點不太可靠。
人數第二多的是洛采家的士兵。他們整隊起來俐落又有效率，看起來訓練有素，只是他們的裝備品質稍嫌參差不齊，平均實力也應該是在場所有勢力的倒數第二名。
再來是菲德商會的護衛。他們人數最少，只有十個人，每個人身上的裝備都截然不同。他們每個人的實力跟訓練程度看起來落差很大，整體上倒是給人實力非常堅強的印象。
而最後一組人馬是——
「那些混帳竟敢綁走大小姐，太放肆了！你們都知道該怎麼做了吧！」

「「「那當然！殺了他們！」」」

這群大聲咆嘯的男子正是哈德森商會的成員。

拉邦船長底下的所有下屬似乎都來了，可是……他們實在熱血過頭了。

搞得本來應該很清爽的夏日早晨都瞬間悶熱了起來。

明明菲德商會的護衛也是個個都很精壯，跟這群船員相較之下卻會顯得有點優雅，太神奇了。他們看起來也的確是滿可靠的啦。

而我有點意外雷尼也在他們的行列之中。

他明明是哈德森商會的繼承人，親自上戰場不會太危險了嗎？

「那個……你真的也要一起去嗎？很危險喔。」

「我妹妹現在身處險境，我怎麼能不親自參與救援呢？而且只不過是要殲滅區區的小盜賊……哈哈哈！一想起以前曾在暴風雨中跟海盜交戰，就覺得在不會大力搖晃的地面上打鬥好多了。那時候只要不小心摔到海裡就必死無疑……哈哈……哈哈哈……」

雷尼發出乾笑，眼神變得空洞。

哦，看來他並沒有因為是商會繼承人，就被呵護到遠離所有大小危險。

「那我知道了。可是，你還是要注意安全喔。你要是有個萬一，蜜絲緹也會很難過。船長先生，這次也麻煩各位幫忙了。」

「那當然！珊樂莎大人，妳就當自己搭上了一條穩固的大船吧！我最自豪的就是有我在的船鐵定不會沉了！——啊，我們這次是在陸地上啊。哈哈哈！」

船長先生哈哈大笑，拍著自己厚實的胸脯。

他的笑話其實不怎麼好笑，但船長先生的確擁有豐富的實戰經驗。

「我也很看好各位的實力。不過，我會請洛采家的厄德巴特先生來負責總指揮。」

「我叫厄德巴特．洛采。請多指教。」

厄德巴特先生在我的介紹下走到船長先生面前。船長先生在上下打量厄德巴特先生之後才點點頭，朝他伸出手，並充滿自信地笑道：

「哦～你看起來鍛鍊得滿結實的嘛。好，我願意聽你的命令。但我們會把大小姐的安全擺在第一優先。你要是下了什麼想犧牲大小姐的命令，我們可不會乖乖服從喔。」

「我知道。我們也會以救人為優先。屆時也得仰賴各位的助力了。」

厄德巴特先生同樣露出充滿自信的笑容，用力回握船長先生伸出的手。隨後，厄德巴特先生便轉過來看向我，說：

「還有，沃爾特剛才回來了，現在正在休息。目前確定盧塔村就是那群盜賊的根據地，村子裡也有一般村民，不確定他們協助盜賊到什麼程度。也沒有調查到蘿蕾雅她們人在哪裡。」

「沒辦法，畢竟我們是在沃爾特離開以後才知道她們失蹤。」

要是沃爾特連她們人在哪裡都調查出來了，我反而會很驚訝。
雖然我本來也的確懷著「沃爾特說不定會在路上巧遇蜜絲緹她們」的小小希望。
「他能夠平安回來就好。請代我向沃爾特道謝。」
「好。那我們要怎麼處置村民？我們不太可能精準區分誰是盜賊或普通村民。」
「等事後再仔細調查就好，先一律捉起來。如果有人敢攻擊你們，可以直接當成盜賊殺掉沒關係。反正我可以幫忙治療一些輕傷，你們不需要手下留情。」
盧塔村是個小村莊，除非是非常年幼的小孩，不然不可能完全不知道村子裡有盜賊盤踞。
雖然有些人可能是受到威脅才協助盜賊做壞事，我們還是得優先留下完全清白的村民。
太過仁慈很可能會招致危險，所以就算這麼做會顯得很殘酷，也必須以極力避免我方人員傷亡為重。
「我們先出發了。厄德巴特先生，再來就交給你指揮了。」
「沒問題——我們要出發了！所有人都準備好了嗎？」
「「「當然（準備好了）！」」」
士兵們異口同聲地回答厄德巴特先生的命令，並遵從指揮，開始行軍。
他們的目標是在今天之內到盧塔村附近紮營。
一般人或許很難在這麼短的時間內抵達盧塔村，不過應該難不倒受過訓練的士兵。

「那我們走吧，艾莉絲、凱特。」

「了解。」「好。」

我對眼神看起來不太放心的掌櫃先生他們輕輕揮了揮手，隨即跟兩人一同邁步奔跑。

我們分頭行動的目的在於確立救援蜜絲緹跟蘿蕾雅的明確方向。

所以我們需要先確定蜜絲緹她們是不是真的遭到盜賊綁架。

我們後來從札多克口中問出他是接受盜賊的委託，才會透過寫信誘騙蜜絲緹離開約克村，但說不定蜜絲緹會幸運逃過盜賊的埋伏——只是可能性並不高。

如果調查過後發現她們兩個都遭到盜賊綁架，就得把厄德巴特先生率領的大軍當作誘餌，只靠我們三個人進去救援。

這個計畫其實一度遭到反對，可是受害者一個是我的店員，一個是我的徒弟。

我怎麼能不自己去救她們？——於是我就這麼用有點強硬的方式逼大家同意我的計畫了。

我用艾莉絲跟凱特也跟得上的速度連續奔跑了好幾個小時。

最後在一條從道路分歧出去的小路前面停下了腳步。

連接約克村跟南斯托拉格的道路也不算大，然而這條小路又比那條道路更加狹窄，狹窄到連小型的馬車都可能不好通行。

甚至連一旁的路標都非常不顯眼，平常走過去一定不會注意到。

像我經過這附近好幾次，也是從來沒注意過這邊有一條路。

「就是這條路。艾莉絲、凱特，辛苦妳們了。」

我只聽見身後傳來倉促的呼吸聲，沒有聽見她們的回答。

回頭一看，才發現她們都一邊用手撐著膝蓋，一邊大口喘氣。

「嗯……我是不是其實可以再跑快一點？」

「我……我們哪裡像可以再跑更快啊！妳應該看得出來我們已經很吃力了吧！」

我正心想說不定可以再節省一點時間，卻遭到艾莉絲提出抗議。

「可是，我看妳們還有力氣站著啊？」

「我們是靠毅力硬撐著而已！妳也太狠了……這樣根本沒力氣戰鬥。」

「沒關係，我是刻意挑安全的地方停下來的。幸好他們沒派人在這附近看守。」

如果對方做事比較謹慎，應該會派人在這附近監視動靜。不曉得他們是戒心不夠重，還是單純太傻。我是不至於因為這樣就小看他們，只是也的確比面對精明的敵人好多了。

「妳們先坐下來喝這個吧，它可以快速恢復體力。這次免費給妳們用。」

我平常不會拿這種鍊藥來治療疲勞，可是這次事態緊急。我帶艾莉絲跟凱特離開道路，在森林裡找地方坐下來，並把用來恢復體力的鍊藥遞給她們。

「謝謝……（咕嚕咕嚕）——唔！珊樂莎，這種鍊藥好神奇啊！一喝感覺疲勞都消失了！」

「是啊。而且還意外好喝……這種鍊藥滿不錯的。」
艾莉絲跟凱特訝異地看著喝完的鍊藥瓶。我對她們說：
「那當然，因為這是第一次遇到艾莉絲那時候用的口服鍊藥，只是改成有速效性而已。」
「原來如此──等等，妳說第一次遇到我，應該是指我差點送命那時候吧？當初就是用在我身上的鍊藥太貴才會扛了一大筆債！所以這個鍊藥應該也貴得很嚇人吧……」
「雖……雖然妳說要免費給我們用，可……可是不會害妳虧太多錢嗎……？」
看她們兩個用有點驚慌的眼神看著我，我才趕緊揮手否認。
「那次是只有用來接合手臂的鍊藥特別貴而已。這種口服鍊藥是不算便宜，可是這是必要的支出，我當然不會手軟。」
反正一瓶也才幾千雷亞。如果能對救出蘿蕾雅跟蜜絲緹有幫助，我絕對不可能嫌貴。
「既然妳們都恢復精神了，那我想請妳們幫我顧好周遭。我試試看能不能跟核桃同步。」
「唔，說的也是。沒問題，我一定會避免妳遇到任何危險。」
「我也一樣。那妳要小心──其實我也不知道需不需要注意什麼，但妳還是要小心安全。」
「好，那就麻煩妳們了。」
假如核桃就在盧塔村附近，應該在這裡就可以連結到它的意識。
我一邊祈禱可以順利同步，一邊閉上眼睛──連上了！

眼前一片黑暗。
我一扭動身體，就聽見頭上傳來「呀！」的小聲驚呼。
隨後眼前忽然亮了起來，我也同時跟蘿蕾雅四目相交。
看來核桃被塞在蘿蕾雅的衣服裡面。
「那……那個，是珊樂莎小姐嗎？」
我發出「嘎嗚」的聲音，回應蘿蕾雅這聲聽起來很不安的細語。這讓蘿蕾雅原本很緊張的表情安心了不少，眼眶也泛出淚水。
「太……太好了……」
「是……是珊樂莎學姊嗎？真的是妳？」
我爬出蘿蕾雅的衣服，才看到蜜絲緹也一樣眼眶濕潤。而且她雙手合十，彷彿在祈禱。我又回答一聲「嘎嗚」之後，蜜絲緹就緩緩吐出很長的一口氣，癱軟地用手撐住地面，並用快要哭出來的聲音發出「哈哈哈……」的笑聲。
我輕拍她的手，觀察周遭環境。
這裡是……一間小房間？
這間房間窄到多放一張床就會幾乎占滿所有空間，沒有窗戶，也沒有任何家具。

很可能是倉庫，或是本來就打算用來囚禁人的小房間。
目前算是一如我的預料。不過，蜜絲緹卻不知道為什麼突然跪著向我道歉。
「珊樂莎學姊，對不起，都是我太勉強自己，才會……」
「不，是我的錯，明明是我硬要跟著來，卻在輪我看守的時候睡著了……」
「是我不好──」「可是，是因為我──」
她們兩個開始互相推卸責任──不對，應該說是搶著承擔責任？
可是現在沒時間讓她們繼續吵下去了。我們現在應該優先討論接下來該怎麼辦。
「嘎嗚！」
我迅速舉起手，發出叫聲，她們這才終於發現我的用意，轉頭看向我。
而蜜絲緹腦筋也動得很快，她立刻冷靜地向我說明詳細情況。
「我來解釋現況。前面過程先省略，總之，我們被盜賊捉住了，現在被關在他們的根據地──盧塔村。我們很幸運，都沒有受傷。」
兩人看起來的確沒有受傷，卻明顯憔悴了許多。
她們大概是因為跟我聯絡上了，才會露出笑容，可是體力一定已經消耗了不少。尤其被關在小房間裡好幾天，也會造成嚴重的精神疲勞。
「這間房子是盧塔村最裡面的一棟建築物，外面有人在站崗。」

村子最裡面……會不會是怕有人偷偷救走人質，才把她們關在不容易接近的地方？

又或者只是這棟位置上不容易靠近的建築物剛好很適合用來囚禁人質？

——不對，應該比較可能是很久以前就特地蓋了一棟這種用途的建築物。

真是那樣的話，好像也可以合理推測整個村子都跟盜賊是一夥的？

「嘎嗚嘎～嗚，嘎嗚嘎，嘎嗚嘎嗚嘎～嗚？」

我用比手劃腳的方式對她們提問，卻只換來蜜絲緹的一臉疑惑。

唔，看來用比的還是沒辦法表達出這麼複雜的疑問。

我正考慮是不是該在地板上刻字的時候，蘿蕾雅就用很保守的語氣說：

「呃……她會不會是想問『是不是全村的村民都跟盜賊是一夥的』？」

「嘎嗚！」

我用反應表達她說對了。蜜絲緹眨了眨眼，眼神在我跟蘿蕾雅之間來回。

「原……原來如此。蘿蕾雅，妳真厲害。我完全看不出來學姊要表達什麼。」

「呵呵，單論跟核桃相處的時間，我可不會輸給蜜絲緹小姐喔。再加上我跟珊樂莎小姐也認識很久了，還是一起守護鍊金術店的好夥伴呢！」

「明明我認識學姊的時間還是比較久……看來是交情不夠深……」

蜜絲緹以前跟我住在同一間宿舍，而蘿蕾雅是跟我住在同個屋簷下。

或許蘿蕾雅會比較了解我的思維？

蘿蕾雅得意洋洋的模樣讓蜜絲緹很不甘心，然而蜜絲緹還是很快就回答我剛才的提問。

「積極協助盜賊的應該只有村長跟其他少數幾個人。我不知道這裡有多少盜賊，但大多數村民好像都因為妻小被抓去當人質，不敢反抗他們。」

「其他人質也一樣被關在這棟建築物裡面。」

——哦？把小孩子當人質？好，他們死定了。

其實光是他們敢綁架蘿蕾雅跟蜜絲緹，就是唯一死罪。

現在是連我心裡僅存的一絲絲仁慈都已經徹底消失不見了。

而好消息是只有少部分村民協助盜賊。

如果能救出跟她們兩個關在同棟建築物裡的那群孩子，說不定可以讓這整件事變輕鬆很多。

只是我也不希望那些孩子妨礙交戰，還是要仔細想想該怎麼應對……

「嘎嗚嘎~嘎，嘎嗚，嘎嘎~嘎嗚。」

「……妳說妳已經在附近了，會過來救我們，是嗎？啊，說的也是，妳可以跟核桃同步，就表示妳人在附近嘛！」

「也對，一定會在附近——啊，可是珊樂莎學姊那麼厲害，說『附近』也一定沒有多近吧？呃，妳用手臂比出大概離我們多近，我們也看不出來啦！」

「哈哈哈……我也記得珊樂莎小姐可以從很遠的地方跟核桃同步……不過，現在知道妳會來救我們，我也放心了。珊樂莎小姐，我們會耐心等妳來。」

「嘎嗚！」

我對眼神恢復光采的兩人大力點頭之後，便切斷了跟核桃之間的連繫。

「呼……」

感覺身體彷彿突然變重的我輕吐了一口氣。

我眨了幾次眼睛，嘗試讓腦袋習慣眼前忽然改變的景象。同時，我也看見站在我左右兩旁的艾莉絲跟凱特一臉擔心的模樣。

「珊樂莎，妳回來了嗎？情況怎麼樣？妳看起來好像有成功跟核桃同步……」

「我知道她們在哪裡了！而且她們兩個都平安無事。我也問到了一些情報。」

我笑著豎起拇指，把剛才從她們那裡打聽到的情報轉達給艾莉絲跟凱特。

「……嗯。看來可以避免那座村莊被珊樂莎的魔法夷為平地了。」

「我才不會把村子夷為平地——除非村子裡面只有盜賊。而且就算真的毀了整個村莊，我還是會盡到代理領主的責任，幫村子招募新移民跟重建。不然就太浪費那塊地了。」

「那已經是建在同一個地方的不同村子了吧？」

我在凱特有點傻眼的視線下聳了聳肩。
「也是可以這樣解釋。不過，只有盜賊的村莊，真的算是村莊嗎？」
那等於是假裝成一般村子的盜賊基地吧？
既然只是盜賊基地，那直接毀了它也沒差吧？
「這……我的確沒辦法反駁妳。那，妳有打聽到盜賊大概有多少人嗎？」
「很可惜，她們兩個也不清楚。畢竟她們被關在小房間裡面。」
「我想也是。可是，怎麼有核桃跟蜜絲緹在，還會被盜賊綁架？」
「我還沒有問詳細情況，她們兩個都不習慣長途跋涉，可能是兩個人都累到很想睡了，又被盜賊拿彼此當作人質威脅吧。」
蜜絲緹跟蘿蕾雅一直在爭是自己的錯，從她們爭吵的內容來推測，應該是這麼一回事。而且我製作核桃的本意是用來對付在店裡鬧事的流氓，再加上蜜絲緹缺乏實戰經驗，大概不太會應對偷襲。
我摻雜自己的推測向艾莉絲跟凱特解釋，而她們似乎也覺得我的推測合理。
「意思是她們在這方面都還算外行吧？不像妳已經很有經驗了。」
「像我們兩個也是沒什麼露營經驗。而且採集需要注意的是野生動物跟魔物，這次她們遇到的是擁有智慧的人類。更何況她們連採集的經驗都不算多……」

「瑪里絲小姐也曾說鍊金術師自己去採集這種做法太過時……嗯，看來我以後得學學師父的教學方式，好好鍛練蜜絲緹才行！」

反正我會一點劍術，只是沒有師父厲害。而且我更擅長格鬥術。

我現在是蜜絲緹的師父了，教她一些戰鬥技巧，照理說也是我應該扛起的重責大任吧？

「可是，珊樂莎，我記得妳之前曾經抱怨師父應該優先教妳鍊金術，不是教妳劍術吧？」

——我好像說過這種話。

大概是師父難得親自來找我，卻莫名其妙只幫我鍛鍊劍術那時候說的。

「……這份可悲的傳統會由繼續由師父傳給徒弟，一代一代無止境地傳承下去。」

「也太誇張了！不過，我覺得妳也可以嘗試打破不好的傳統。」

「問題就在它不是『不好的』傳統。像這把劍就幫了我很多次。」

我現在也把師父當時買的劍掛在腰上。

我一邊輕拍那把劍，一邊這麼說，艾莉絲跟凱特的表情就變得有點複雜。

「妳這麼說是沒錯……可是一般鍊金術師應該不會像妳這樣吧？」

「哦，艾莉絲，妳的意思是要等我能親手打造出這種品質的劍再來說嘴，是嗎？妳說的很有道理。那等這次的事情處理完，我就來嘗試看看。等我打造得出像樣的劍，再開始幫蜜絲緹鍛鍊實力。嗯，這真是個好主意！而且也很有鍊金術師的作風。」

凱特皺起眉頭說：「重點是這個嗎……？」但似乎馬上就放棄繼續深究，搖搖頭說：

「隨便妳吧——那我們接下來該怎麼行動？」

「我們現在得到新情報了，要等爸爸他們過來，再一起進攻嗎？」

「不，我們就照原本的計畫，先去確認她們兩個被關在哪裡，如果情況允許，就直接救她們出來。等厄德巴特先生他們過來會合反而會不好行動。」

我們的優勢在於人數較少，不容易被盜賊發現行蹤。

假如盜賊已經在監視軍隊的動向，我們選擇會合就會被發現我們這支小隊的存在，增加救出人質的難度。

「了解。那我們馬上行動吧。要是被爸爸他們追上，就本末倒置了。」

「「好。」」

從主要道路通往盧塔村的路非常狹窄，途中沒有任何分歧。

我認為盜賊不太可能沒派人看守這條路，於是我們先回到主要道路往約克村方向走一陣子，才又走進森林當中。

挑這個位置進入森林，是因為這裡到盧塔村的直線距離最短。

其實剛才那條路是以方便行走為優先，會繞很遠才到盧塔村。

只是反過來說，也代表我們挑的這段沒有道路的路線會有不少難以通行的地形。
不過，這對平常都會進去大樹海的艾莉絲跟凱特來說並不是難事，再加上還有我的魔法，走起來甚至會有點來遠足的錯覺。
我們只花幾小時時間就輕鬆走過這段路，抵達了可以直接看見盧塔村的地方。
「的確……只是座小村莊，可是也有零星幾間異常氣派的房子。」
「是啊。不像約克村是每一間房子都長得差不多……連村長家都看不出來有什麼差別。」
明明一村之長應該可以把自己家蓋得稍微氣派一點，不知道是村子當初沒那麼多錢蓋更好的房子，還是歷代的村長都不喜歡太高調。
相對的，盧塔村裡的建築物就可以明顯看出是不是有權勢的人住的。
「看來村子裡面是真的有盜賊。那邊那群怎麼看都不像村民吧？」
光是躲在森林裡面觀察，都能夠看到打扮完完全全就是盜賊的一群男子走在路上。
盜賊人數比我預料的還要多，甚至看起來像一般村民的人還比較少。
「要在這種情況下只打倒村子裡的盜賊應該有困難。我們就照原本的計畫，以救出蘿蕾雅跟蜜絲緹為目標吧。」
「了解。村子的最裡面……應該是那邊。我們走。」
我們繼續跟村子保持一段距離，在森林裡前行，以避免被盜賊察覺。

盜賊也可能在森林裡裝設找出敵人的警報裝置，或派人躲在森林裡戒備，又或是設置保護據點的陷阱。

我們一邊提防基本上一定會有的防禦機制，一邊小心前進。

不過，我們卻得以輕鬆抵達村子的最深處。因為森林裡根本沒有出現任何障礙，彷彿在嘲笑我們這份毫無意義的戒心。太意外了。

「唔……這些傢伙也太沒有身為盜賊的自覺了吧！」

「珊樂莎，有什麼好生氣的嗎？這樣很輕鬆，很好啊。」

「是沒錯啦～只是一想到我必須把時間浪費在這些蠢蛋身上，就覺得一肚子火！」

沒有這些盜賊惹事生非的話，我早就已經把收集來的阿斯特洛亞做成空氣清淨機了，也可以陪蜜絲緹一起做燒水器，或是跟蘿蕾雅她們一起到公共澡堂泡澡！

「可是，他們要是很有當盜賊的自覺，又很勤奮，不是也很怪嗎？」

「我也這麼認為。因為盜賊都是一群只想輕鬆賺大錢，不想吃苦的廢物。」

「……說的也是。不過，他們享樂的時間也就到今天為止了。這些傢伙就等著做一輩子的粗活吧——前提是他們運氣好到可以保住小命。呵呵，呵呵呵……」

一想到終於可以搞定這個大麻煩，就忍不住想笑。

——運氣不好的盜賊會為他們的怠惰付出代價，面臨永眠的命運。

——運氣夠好的盜賊則會重拾拋棄許久的勤勉，做一輩子的苦工。

而且之前被逮到的那些盜賊似乎也被強制派去幫忙修繕道路了。

「珊樂莎，妳的笑法會讓人很疑惑他們保住小命是不是真的算幸運耶。」

「盜賊光是能在我面前活下來，就幸運到該謝天謝地了——啊，應該就是那棟建築物。我感覺得到核桃在裡面。」

盧塔村最裡面那棟面向森林的建築物，是一棟相對偏大的平房。

乍看很像倉庫，仔細看還會發現這棟建築沒有半個窗戶，也只有一個出入口。

一般建築採用這種構造會相當不便，但如果是用做某種用途，就很合理了。

「那應該是專門用來關人的。他們搞不好本來就不是多正常的村子，不然不會有這種建築物存在。」

「看起來也不像近期才蓋好的。附近也有人在看守……不過人數不多。」

只有兩個人守在入口附近。而且還坐在椅子上聊天。

他們大概沒考慮過被關進去的人可能會逃走或被救走。

「珊樂莎，要怎麼進攻？就算守備鬆散，也很難瞞著他們偷偷闖進去吧？」

「畢竟沒有其他出入口。要不要直接動手？我保證可以殺死其中一個人。」

我知道凱特的弓術非常厲害。

她的弓箭再配合我的魔法，一定可以讓那兩個看守的還來不及發出哀號就送命。
如果我們只是單純要立刻帶著被囚禁的人離開，的確是可以這麼做。可是……
「我們等天黑再行動。趁晚上潛入，等明天厄德巴特先生他們開戰再救大家出來，之後就直接去幫忙掃蕩盜賊。」
考慮到效率問題的話，他們不太可能把全村的女性跟小孩都關在裡面。
我猜只會一個家庭抓一兩個人進去。因為這樣就足夠發揮人質的功用了。
反過來說，假如我們現在就把被關住的人救出來，還在開戰前就被盜賊發現，大概也只會換其他小孩子變成新的人質。
「我記得厄德巴特大人他們預計會在今天傍晚到盧塔村附近紮營，對嗎？」
「對。其實村子裡也差不多該有動靜了……」
盜賊如果有派人監視通往盧塔村的那條路，就不可能沒注意到軍隊接近。
然而村子裡的盜賊卻是毫無緊張感可言，看不出任何戒心。
看來他們比我想像中的還要沒用。
——只是我們其實也沒資格笑他們。
畢竟我們也是找了很久，才終於發現他們的根據地在村子裡……
「嗯……看這情況，我們先去跟爸爸他們聯絡應該也不會被發現。妳怎麼想？」

艾莉絲一臉正經地詢問我的意見，凱特則是顯得有點擔心。

「時間上……是允許我們先離開。可是，先告訴厄德巴特先生他們村子裡有人質，真的不會弄巧成拙嗎？」

這是個麻煩的問題。我……很猶豫該不該先連絡他們。

他們不知道村子裡有人質的話，一些只是單純受到盜賊逼迫的村民很可能會無辜送命。

可是轉達這件事又可能害他們刻意手下留情，避免傷到人質。到時候說不定不只反而造成士兵們傷亡，還會讓盜賊知道可以利用人質牽制我們。

我實在很難判斷哪一種做法才能減少更多無謂的犧牲。

「……我們當然最好是能把無謂的傷亡壓到最低，但是我必須優先保護目前願意聽從我命令作戰的人——就算很可能導致部分村民喪命，我還是不能改變這個原則。」

我的一個判斷，搞不好會殺死某些被當成人質的小孩的父母。

這個事實壓得我幾乎要喘不過氣，不禁低下頭來。這時，艾莉絲輕輕摟住我的肩膀，說：

「珊樂莎，妳不需要什麼事情都自己一個人承擔。也讓我幫妳分擔一些壓力吧。」

「……可是，這次掃蕩行動的負責人是我。就算我不是自願接下全權代理人的工作，我一樣得負責做決策。不論最後結果是好是壞，責任歸屬都一定會在我身上，不是嗎……？」

我抬頭看向艾莉絲，用這番話逼自己必須堅強面對。

然而，我卻發現連我自己都聽得出語氣中的懦弱。

「妳勇於承擔責任是很值得敬佩，但要是太過在乎自己的責任，反而會綁手綁腳喔。妳想想前任領主。那傢伙知道約克村被魔物攻擊時不只沒派人救援，還想拉高稅金呢。」

「呃，妳拿那傢伙來舉例有點……」

我面露難色，艾莉絲就苦笑著回答：

「嗯，那傢伙是爛領主的好例子。不過，一個領主如果基於想拯救人民的心態，而去做超出自己能力範圍的事情，就一定會付出一些犧牲——就像前任洛采家當家那樣。」

「是啊。前任當家就是太犧牲自己了。而且到頭來也只是讓情況暫時好轉，要不是有珊樂莎拯救洛采家，下場一定會比不犧牲自己還糟糕。」

艾莉絲跟凱特先是對彼此點了點頭，才接著一同看向我。

「但是前任當家也不是只有缺點。他在戰鬥這方面還是很值得信任。我認為可以只告訴他村子裡有人質，再交給他決定要不要轉告給所有人就好。」

「我也這麼認為。厄德巴特大人應該也會先仔細想過有沒有必要告訴大家，再決定該怎麼做。就相信他的判斷吧。」

她們或許是刻意用很輕鬆的語氣這麼說。

而她們這樣的做法，也的確讓我的心情稍微沒有那麼凝重了。

「呵呵。那我也……相信妳們對厄德巴特先生的信賴吧。」

「「嗯！」」

艾莉絲跟凱特大概是感覺到我的態度開朗了一些，臉上的表情明顯放心了不少。

後來，我們決定先向厄德巴特先生轉達我們得到的新情報，再回到囚禁人質的建築物附近等待夜晚來臨。

時間來到深夜。我們再次接近那棟建築物，卻不見白天那兩個看守的盜賊。

應該不可能完全沒人看守，或許是進去室內了？

總之，目前還是看不出他們有提高警覺，完全感覺不出這座村莊即將受到大軍進攻。

村子裡也沒有戰前應有的急迫氛圍，看來他們是真的完全沒注意到任何不對勁。

「這個盜賊團……也太粗心了。至少也派個人巡邏吧。」

雖然他們這麼鬆懈，對我們來說也是好事啦。

「明明只要離開村子走個十分鐘，就能看到軍隊紮營的地方了……這些傢伙鬆懈到我都懷疑會不會是刻意引我們上鉤了——應該不會真的是想引誘我們中計吧？」

艾莉絲說著說著，就為自己的猜測皺起了眉頭。然而凱特否定了她的猜測。

「假如那些盜賊知道有一批軍隊要進攻，唯一能採取的對策也只有半夜偷襲軍隊吧？既然到現在都沒有動靜，就表示他們很可能沒有注意到威脅。」

「妳也這麼想嗎？總之，這些盜賊也只能囂張到今天晚上了。等處理完這份工作，我就要回去享受美好的鍊金術生活了！」

一想到終於可以脫離惱人的麻煩事，就忍不住脫口說出對未來的期待。

不過，艾莉絲跟凱特卻不知道為什麼一臉驚訝地看著我。

「這樣講太不吉利了！珊樂莎，妳振作點！」

「珊樂莎，妳要小心不可以在事情結束之前就先鬆懈啊！」

「那當然。妳們怎麼突然這麼說？」

我們本來就不應該在圓滿落幕之前放鬆警戒。我困惑地看著艾莉絲跟凱特，隨後她們就帶著有點納悶的表情輕輕搖搖頭，說：

「……算了，先不說這個了。那，我們要從哪裡闖進去？要從正門口進去嗎？」

「門的另一頭應該會有人看守。或許要稱那個人是獄卒才對。」

「唔，這樣啊。那……用很安靜的方法打破牆壁呢？」

「不可能。雖然有可以避免聲音外洩的鍊器，但我手邊沒有。所以，我們得從屋頂進去。」

「屋頂？要打破屋頂進去嗎？」

不知道艾莉絲是不是沒有想到可以從屋頂進去，聽得出她的語氣有點困惑。

「請妳先脫離『用蠻力闖進去』這個思維。我們只需要拆開屋頂進去就好。屋頂其實很容易成為一般人沒注意到的盲點。所以有可能牆壁跟門很堅固，屋頂卻很脆弱。」

比較麻煩的是室內可以清楚聽見人在屋頂上行走的腳步聲，這就只能自己小心一點了。畢竟還是比直接打破牆壁安靜很多。

「……如果這棟建築物連屋頂都很堅固，就只能直接打破它了。」

「所以真的別無他法的話，還是要用蠻力解決就對了。妳有什麼可以打破屋頂，又不會被人發現的方法嗎？」

「到時候我會用魔法試試看。總之，我們先去看看吧。」

這棟建築物只有一層樓。我們只要用魔力強化體能，就可以輕易跳上屋頂。

我率先跳上去，再來是身手矯健的凱特。最後再一起把艾莉絲拉上來。

「這棟房子是木板屋頂——哇！太破爛了吧！下雨的時候鐵定會漏水。」

這棟建築物的屋頂非常樸素——不對，是非常簡陋，只有用薄薄的木板蓋著，再用石頭壓住。而且屋頂底下用來墊底的木板部分到處都是大空隙，誇張到我搞不好可以直接穿過去。

我們根本不需要特地打破屋頂，甚至還得小心別踩破它。

「妳們兩個要小心腳下——不對，應該說最好不要動。這屋頂破到妳們隨便動一步都可能摔下去。」

「了……了解。」「知……知道了。」

我在叮嚀艾莉絲跟凱特不要亂動的同時，開始小心翼翼地移開石頭，再拆開木板。

不知道當初蓋屋頂的時候是不是想節省材料，這些木板甚至沒用釘子固定，而我們當然是輕而易舉地就闖入了毫無防備的屋頂跟天花板之間的小空間。我用魔法製造亮光，用爬的爬到蜜絲緹她們那間房間的正上方。

「珊樂莎，就在這底下嗎？」

我對指著天花板的艾莉絲點點頭，開始集中精神。

「唔唔唔……對，我很確定就在這底下。那就……核桃斬！」

唰！

艾莉絲跟凱特眼前忽然竄出利爪。

「「——！」」

兩人連忙摀住自己的嘴巴，用責怪的眼神看著我。

「……呃，我有算過距離喔。看，不是隔了至少三十公分嗎？」

我有事先算好要攻擊我的臉部前面一段距離的位置。

不然萬一自己打到自己，可不是鬧著玩的。

「妳還是要先告訴我們啊！我嚇到心臟都要停下來了！」

「凱特說的對！」

「妳們先息怒，我們就快跟蜜絲緹她們來場感動的重逢了。我晚點一樣不會受理妳們的抗議。」

「那就好……等等，居然是『不會受理』喔！」

我一邊安撫用很小的音量喊叫的兩人，一邊利用核桃的爪子劃開天花板。一從洞口往下看，就看見眼泛淚光的蘿蕾雅跟蜜絲緹正抬頭看著我。雖然稍早已經透過核桃確認她們平安無事了，但我一直到現在親眼看到她們才終於真正鬆了口氣，甚至差點癱軟在天花板上。

不過，我們仍然身處敵陣。我重新繃緊神經，靜靜跳進房間裡。

我一著地，蘿蕾雅跟蜜絲緹就哭著撲過來抱住我。

「珊……珊樂莎小姐～！」

「珊……珊樂莎學姊……！」

「唔喔！好了，現在沒事了，蘿蕾雅。蜜絲緹，妳也很勇敢。」

兩人都情同我的妹妹。我也把她們抱進懷裡，緊緊抱住她們。

——對，她們就像妹妹。雖然兩個人身高都跟我差不多，而且某些部位發育得還比我好！

「妳們兩個是不是忘記我也在場了？」

「還有我。」

蘿蕾雅跟蜜絲緹一發現跟著我下來房間的艾莉絲跟凱特對我們露出苦笑，才有點難為情地往後退開，擦起臉上的淚水。

「也謝謝妳們一起來救我們……」

「謝謝兩位特地為我們付出這麼多心力。」

「別客氣，這本來就是我們該做的——不過，這房間還真窄耶。而且連張床都沒有！」

艾莉絲挺胸回應兩人的感謝，但很快又帶著些許怒氣觀察起這個房間。

房間裡除了我製造的亮光以外，還有另一道應該是蜜絲緹用魔法製造的亮光，所以非常明亮——不過，我們卻只能在這兩道光芒底下看見兩條毯子。

房間裡不只沒有床，也沒有任何家具。

真的跟監獄沒兩樣。

搞不好還比牢房更沒人性？只是我也沒親眼看過牢房的環境。

「幸好現在是夏天，不會受寒……可是我也開始有點腰痠背痛了。」

「我已經快受不了了。蘿蕾雅，妳還滿能撐的嘛？」

「因為我家以前很窮，我習慣了！是珊樂莎小姐來我們村子，我的生活才變了很多。」

蘿蕾雅說完就跟蜜絲緹相互對望，也對彼此露出微笑。

我本來有點擔心她們會不會為了被綁架的原因跟責任起爭執，但經過這幾天的磨難，好像反而變得更要好了？

這讓我也鬆了口氣。我接著對她們兩個說明現況。

厄德巴特先生明天早上會率軍攻打村莊。

我們要在同一時刻逃走。

也要救出一起被關在這棟建築物裡的村民。

還有——

「蜜絲緹，妳哥哥身體很健康。妳收到的信說他生病，似乎是要刻意引誘妳離開約克村。」

我的本意是希望蜜絲緹可以不用繼續擔心哥哥的安危。然而，蜜絲緹卻不知道為什麼一臉難過，也壓低了視線。

「這樣啊……其實我從遇到盜賊的那時候，就覺得有點太巧了。明明哥哥他……也不需要這樣陷害我，畢竟我本來就不打算繼承家業——」

「啊，不不不，寫信給妳的是妳哥哥的祕書——呃，是叫札多克嗎？是他瞞著妳哥哥寫了那兩封信。詳情妳晚點直接問哥哥吧，他也有來。」

我急忙解開因為自己沒有講清楚而造成的誤會。蜜絲緹在聽到這番話後驚訝地眨了眨眼。

「咦？瞞著哥哥寫的？跟我哥哥沒關係嗎？妳說他也有來又是什麼意思？」

「嗯，他現在人就在附近。他應該也會跟船長他們一起參加明天的進攻計畫。」

「哥……哥哥他到底在做什麼啊……他明明也沒多擅長打鬥……」

困惑、欣喜、疑惑——流著淚的蜜絲緹臉上的笑容摻雜了這幾種情緒。一旁的蘿蕾雅過來抱住低著頭的蜜絲緹，嘗試安慰她。

「太好了，蜜絲緹小姐！這代表妳哥哥沒有要陷害妳啊！」

「可……可是，也還不知道是不是真的……」

「那妳就親自去找他問清楚吧！你們不是很久沒說上話了嗎？」

「啊，嗯……說的也是。我要親自問清楚才行……」

蜜絲緹接受了蘿蕾雅這份鼓勵兼提議。

唔唔唔，我身為「蜜絲緹的師父」的立場是不是有點危險了？

而就在我覺得自己好像也該基於師父的立場，說點聽起來很深奧的話時——

凱特忽然舉起手，小聲要我們安靜，所有人也都立刻沉默下來。

仔細一聽，就可以聽見走廊傳來一陣腳步聲，還有兩名男子的對話。

——而且是聽了讓人非常不快的對話。

「大哥，真的沒關係嗎？對她們出手不好吧？」

「誰管那麼多啊。反正也不會讓她們活著回去。就跟平常一樣玩爽了以後直接丟去森林裡面當野生動物的飼料，再謊稱是她們擅自逃掉就好。」

「可是那樣不會害我們要承擔讓她們逃掉的責任嗎？」
「反正白天負責看守的人也沒認真在顧，把責任推給他們就好啦。」
「說的也是！那我也可以『品嚐』一下嗎？」
「當然可以啊！唉，難得有機會抓到長得很對我胃口的女人，結果偏偏就這次不准我們出手！那個死胖子明明是最近才來的，囂張個屁啊！」
磅——似乎是有什麼東西被他踢了一腳。
大半夜製造噪音真的很缺德。這時間有些人已經睡了耶！
——只是你們也很快就要陷入永眠了。
「……恭喜妳，蘿蕾雅。他說妳長得很對他胃口。」
「不不不，他也有可能是指蜜絲緹小姐啊。而且我只是個鄉下小姑娘。」
「有自信點，連我都覺得妳很可愛了。」
「妳們兩個到底在互相禮讓什麼……等等，珊樂莎，妳的笑容很嚇人耶！」
本來還對蜜絲緹跟蘿蕾雅很傻眼的凱特一往我這裡看，就嚇得睜大了眼睛。
「咦？會嗎？我現在正在憑藉我的慈悲心腸來思考有什麼方法可以讓人安詳離開——才能送那些傢伙上路。」
「珊樂莎，我記得妳剛剛才說要把他們抓去做苦工吧！」

「……喔，說的也是。要讓他們工作到老死對吧？對，我不需要好心幫盜賊早早解脫。」

我氣到不小心失去理智，差點就要讓他們只體會到短短一瞬間的痛苦了。

怎麼可以不讓他們多受點折磨呢！

「艾莉絲，謝謝妳。幸好有妳提醒，我才能找回理智。」

「因為這種事情被人感謝，其實心情還滿複雜的——喔，他們要來了。」

我立刻熄滅亮光，握緊拳頭在門口旁邊等待時機到來。

同時要蜜絲緹她們先退到房間最裡面。艾莉絲也舉起還套著劍鞘的劍。

門在門鎖被解開之後敞開。有兩個敵人進入我的視線當中。

我決定先把走在前面的男子拉去撞地板，再用拳頭伺候後方的男子——

「「——！」」

然而，卻有個小小的影子搶先展開行動。

「唔呃！」「咳咳！」

房間內接連響起兩次沉悶的聲響，隨後就聽見兩名男子發出的哀號聲跟倒地聲。

「嘎嗚！」

「「「核桃？」」」

降落地面的核桃高舉著手臂，彷彿在誇耀自己的勝利。

「咦？是……是珊樂莎小姐嗎？」

「不是我、不是我，我什麼都沒做！是核桃自己動手的！」

「嘎嗚嘎～嗚！」

核桃一手扠著腰，一手輕拍挺起的胸膛，彷彿在表達：「我很可靠喔！」我是真的完全沒有對它下達命令……

「你該不會是因為在我們被綁架的那時候無能為力，才想找機會雪恥吧？」

「嘎嗚！嘎嗚嗚嘎嗚嘎嗚。」

核桃一邊發出叫聲，一邊點頭回應蘿蕾雅這番話。

它的意思好像是蘿蕾雅說對了。

「可是那時候是因為我被當成人質……他們搞不好看核桃打算攻擊，就會直接殺掉我。所以那時候真的不是核桃的錯。」

「嘎嗚……嘎嗚！嘎嗚嘎～嗚。」

核桃本來還顯得有點沮喪地垂著頭，但很快又抬起頭，一臉「我下次一定不會讓妳失望！」的模樣。

很上進是好事啦，可是那應該不是鍊金生物本來的職責了吧？

「呃……珊樂莎學姊，這隻鍊金生物會不會聰明過頭了？」

「嗯，瑪里絲小姐也很訝異它會這麼聰明。只是這次連我都有點嚇了一跳。」

「居然只是『有點』而已！……算了，對學姊來說可能真的只是『有點』。總之，我們先把這兩個垃圾綁起來吧。」

放棄繼續探討這個話題的蜜絲緹嘆了口氣，用凱特遞給她的繩子束縛住兩名男子，再接著像是看到殺死父母的仇人一樣把地板上的毯子用力撕開，塞進他們的嘴裡。

「你們至少！準備一些！好一點的寢具好不好！」

看來只能蓋著一條毯子在地板上睡覺，對從小在富裕家庭長大的蜜絲緹來說太過折磨了。

其實她應該也曾在學校的實習課體驗過不太舒適的休息環境啦。

「唔～竟然是用這麼意外的方式輕鬆解決了問題……珊樂莎，接下來要怎麼辦？已經要先救其他人質出去了嗎？還是等明天早上準備逃出去之前再救？」

「……等明天早上吧。要是有些人不願意配合，也會把事情搞得很麻煩。」

根據我們腳下這兩名男子剛才的對話，應該是沒有除了他們以外的人在看守這裡。

所以就算我們想把其他房間的門鎖全部撬開，也不會有人來攪局。

可是，我沒辦法確定每一個人質都願意聽從我的指示。

如果對方是罪犯，我還可以用暴力逼對方屈服，可是在這裡的都是一般村民。

「有人隨便跑出去的話，就會害我們的作戰計畫泡湯。而且好像也有小孩被當作人質。」

「對。我就是擔心小孩子容易不受控。所以我們先休息到天亮吧。蜜絲緹、蘿蕾雅，妳們餓不餓？我們有帶一點食物過來。」

我把那兩個男的暫時丟到走廊上，再把帶來的行李放到房間地上。蘿蕾雅跟蜜絲緹的表情立刻充滿了欣喜，還用肚子餓的咕嚕聲回答我的提問。

「哈哈哈……謝謝妳，珊樂莎小姐。其實我們快餓扁了……」

「因為這裡的盜賊都不拿點像樣的食物過來——唔呃。這是攜帶乾糧吧！」

我拿出來的這個箱子讓蘿蕾雅很高興，卻讓蜜絲緹皺起了眉頭。

應該是因為她知道有哪幾種攜帶乾糧，才會有這種反應……

「別擔心，這是白色的。」

「太好了，原來不是綠色的。」

看到蜜絲緹鬆了口氣的模樣，我忍不住苦笑說：

「我不會帶難吃的東西給蘿蕾雅吃啦。來，妳們快吃吧。」

「謝謝妳——啊，吃起來好甜，好好吃。好像點心一樣。」

「嗯，白色的果然好吃！只是它雖然好吃到會讓人想多吃一兩顆，也還是要注意別吃太多，不然之後鐵定會吃上苦頭。」

「畢竟這種乾糧本來就是一顆可以撐一天，吃太多會變胖。艾莉絲小姐，妳是不是有過這種經驗？」

「我就不多說什麼了！」

「好。我知道發生過什麼事了。」

似乎領悟到某件事的蜜絲緹坐到我旁邊，吃下一顆攜帶乾糧。

其他三人也一樣坐到地上，安靜地閉目養神。

數小時後。我們因為黎明時分將近，開始仔細聆聽外頭的一切動靜時，忽然聽見遠方傳來一種足以響徹天際的低沉聲音，就好像有某種體型巨大的動物正在發出低吼。

「這……這是什麼聲音……？」

最先表達不安的是蘿蕾雅。

艾莉絲跟凱特也提高警戒，眼神變得銳利起來。

「沒想到這種地方會有魔物出沒……可是，我總覺得好像在哪裡聽過這種聲音？」

就在我覺得好像有點耳熟的時候，我發現一旁的蜜絲緹滿臉通紅，似乎是覺得很難為情。

「……對不起，那是我們商會的人。」

「你們商會的人……？啊！對，在港口那時候有聽過！可是，那不是……」

「對，是送葬曲。其實他們在開戰前也會唱那首歌。」

「開戰前？該不會是想對敵人表達『你們死定了！』吧？」

「對，差不多就是那個意思。只是替自己人下葬的時候也是唱同一首。」

——那首歌會不會太萬用了啊？是「反正有什麼事就先唱這首就對了」的意思嗎？

不過，在場只有我跟蜜絲緹聽過那首歌。

其他三個人疑惑得眉頭深鎖。艾莉絲接著開口向我確認唱那首歌的用意。

「雖然不太懂是怎麼回事，但我們可以當作是他們開始進攻了吧？是的話，我們就要趕快行動了。最好要在他們正式交戰之前就把人質全救出去。」

「我也這麼認為。至於走廊上那兩個男的……就把他們關在這裡好了。」

我要蜜絲緹跟蘿蕾雅離開房間，再自己把那兩個男的踹進房間裡。

其實把門鎖好就逃不掉了，可是……我想報復他們一下。

畢竟他們剛剛竟敢提到「玩爽了」跟「品嚐」這種刺耳無比的字眼。

——好！反正難得有這個機會，我就讓他們兩個自己玩個夠吧。

我決定讓其中一個人仰躺在地，另一個人趴在他身上，再把他們重新綁得緊緊的。

還特地讓他們的臉會對著彼此的胯下。

「應該這樣就好了吧？……不對，我再好心幫他們一個忙吧。」

我用劍輕輕劃了幾下，幫他們省去脫褲子的時間。

你們醒來以後就儘管去「玩」或「品嚐」吧。

「好了。我不把這兩個垃圾丟去森林裡真的是太仁慈了。嗯！」

凱特跟艾莉絲見狀露出了有點複雜的神情。

「珊樂莎，看得出來妳是真的很生氣。」

「那當然。有意對蘿蕾雅跟蜜絲緹伸出魔爪的人都罪該萬死。而且聽得出來他們常常在做那種事情，當然更不可原諒。不覺得讓這種人可以多少體會到受害者的想法很棒嗎？」

「我是沒理由制止妳，可是我們得趕時間了。珊樂莎，我們要各自分擔什麼工作？」

「說的也是。我去確保出入口的安全。妳們負責把房子裡的所有人質帶出來。」

「「「知道了！」」」

我把從兩名男子身上找到的一串鑰匙交給艾莉絲她們，再獨自前往建築物的出入口。

門口的構造一如我的預料，有一個用來監控人質的房間兼玄關。

因為沒有其他出入口，要進出這棟建築物就必須經過這個房間。

這樣的構造有助於有效管理囚犯或人質，卻也反而讓我更加火大。

我立刻打開門，利用魔法吹散空間裡的雜物跟我的煩躁情緒。

所有散亂在房間裡的酒瓶跟廚餘等垃圾，都立刻和沉悶的空氣一起被吹到了外頭。

「唔～總算舒暢一點了。早上的空氣好清新啊！」

這個房間在被我用魔法強制換氣之後變得有點涼快，讓室內環境瞬間變得很舒適。

而打開門也讓我更清楚聽見那首送葬曲，以及逐漸在村子裡擴散開來的喧囂聲。

「看來那些盜賊應該沒空理會這裡的人質……希望接下來一切順利。」

「珊樂莎小姐！」

我回頭看往呼喚我的蘿蕾雅，發現她們已經帶人質過來了。

人數大約二十人。其中三分之一是婦女，剩下三分之二是小孩。

小孩之中也有不少年紀還非常小的孩子，不過大家都意外願意安靜遵從我們的指示——

「熊熊！軟蓬蓬的！」「我也要摸！」「我也要！我也要！」

是沒有全部都很安靜，但似乎都願意遵從我們的指示。

「嘎嗚～嘎嗚～」

——只是核桃付出了不小的代價。我得要小心絕對不能在這種時候跟它同步才行。

「艾莉絲，妳們跟他們講過詳情了嗎？」

「有簡單講過。只是不知道孩子們有沒有聽懂……」

艾莉絲有點擔心地看向大受歡迎的核桃。

唔～搶著摸核桃的幾個孩子應該很難乖乖聽我們解釋。我站到通往外頭的門前，對在場的幾位大人跟雖然稍微年長，卻也能從看著我們的視線中感覺到不安的孩子解釋現況。

說這個村子成了盜賊的根據地，現在有軍隊要來掃蕩盜賊，也有提到士兵必須直接殺死拿起武器攻擊他們的村民，而且不分是不是只是單純受到盜賊逼迫。

「我們也很希望盡可能救出每一個無辜的村民。所以我必須請各位幫個忙。請你們說服自己的家人丟下武器投降，救他們一命。」

我有點意外在要求大家協助勸說的時候居然不只是大人，連剛才一直搶著摸核桃的那群小孩子都是一臉正經地看著我們，也都答應了我的請求。

「還有，如果各位有看到盜賊、村長跟積極協助盜賊的村民，也請直接告訴我們——而且你們不必擔心受到報復，因為今天會是那些人待在村子裡的最後一天。」

我從幾位大人的表情裡看出她們擔心告密會遭到報復，便決定先多做補充說明，才接著提及下一個重點。

「我們接下來要帶各位前往戰場附近。我們會盡力保護你們，但也請大人牽好小孩子的手，避免孩子突然亂跑。」

「我才不會亂跑！」

突然打斷我的這道聲音是來自一個小男孩。

他很明顯就是最有可能突然亂跑的小孩子。不過——

「嗯，我知道。那，你可以幫忙牽著其他小朋友的手嗎？」

「好！」

小男孩開始左右張望，思考要牽誰的手。最後，他牽起附近一個小女孩的手。

他一牽起對方的手，就心滿意足地用鼻子大大呼出了一口氣。

那個小女孩的確比他還要嬌小——

凝視著我的眼神卻是格外冷靜。我對她點點頭，並觀察起其他人的表情，確認是否大家都已經做好準備。

最後再看了艾莉絲她們一眼，才開始邁步前往屋外。

「那，我們走吧！」

村子裡已經成為戰場，怒吼聲此起彼落。

最主要的戰場在村子入口附近，由洛采家、菲德商會、哈德森商會負責正面突擊，羅赫哈特的士兵則是負責包圍整個村莊。

盜賊人數比我預料中的還多，如果沒有帶羅赫哈特的士兵來，我們甚至會在人數上居下風。

不過，仔細觀察，就會發現盜賊那一方可以分成三種人。

一種是一臉痛苦地待在最前線，看起來很不擅長戰鬥的人。

第二種是很明顯是盜賊，卻老是躲在第一種人後面，不怎麼參與戰鬥的人。

最後一種是沒有能力戰鬥，只會待在最後面大喊的人。

「所以，被迫在前線戰鬥的——」
「就是我們村子裡的人！老公！快點丟掉你手上的武器～！」
一名女子出聲大喊，證明了我的猜測沒錯。
接著，我身後又有更多人跟著她朝戰場的方向大聲呼喊。
「爸爸～！」「爹～！我在這裡！」「不要跟他們打～！」
——順帶一提，剛才那個小男孩真的打算衝出去。
拖著小女孩跑了幾步的小男孩是被牽著的女生硬是拉住，才沒有跑遠。
「喂！為什麼人質都跑出來了！」
「我哪知道啊！快把他們抓起來！那些傢伙才會乖乖聽話——」
不過，在前線交戰的一名光頭肌肉男搶先了盜賊們一步。
「那不是我家小鬼嗎？你們給我滾開！」
他猛力把手上的劍朝盜賊丟過去，還揍飛了想攔住他的好幾個盜賊，直直衝往我們這裡。
他的表情凶狠得有如鬼神。
——真的可以讓他過來我們這裡嗎？
就在我心裡浮現這樣的擔憂時，拉住那個小男孩的小女孩放開了自己的手，讓小男孩可以跑向那位鬼神——不對，跑向衝過來的那名男子。

「唔喔喔喔喔！小子！原來你平安無事啊──！」
「嗯！爹！是那邊那幾個大姊姊救我們出來的！」
男子在抱起小男孩之後發出猶如野獸的叫吼，而這也成了改變戰局的關鍵。
大多數在前線戰鬥的人一聽到他這聲叫吼，就立刻把武器往後一丟，逃離了戰場。
「保護好丟掉武器的人！現在還拿著武器的都是敵人！殺光他們！」
「「「好──！」」」
厄德巴特先生一聲令下後，哈德森商會的人率先給出了強而有力的回應。
「──啊，是哥哥。他真的來了。」
我順著有點目瞪口呆的蜜絲緹的視線看去，就發現雷尼混在一群來自海上的壯碩男子之間揮劍應戰。他的戰鬥技巧比我預料中的更厲害，說不定比一般士兵還要強。
「珊樂莎，我們不去幫忙沒關係嗎？」
「啊，說的也是。艾莉絲、凱特，我們走吧。」
這場掃蕩行動大勢已定。其實我們不幫忙也能奪下勝利，但傷者還是愈少愈好。
而我們才走沒幾步，就被剛才的肌肉男攔了下來。
「謝謝妳們救了我兒子！我也跟妳們一起去打倒那些盜賊！」
他大概是在跟孩子重逢的喜悅過去了之後，心裡又重新燃起了先前對盜賊的怒火。

他的表情充滿憤怒，雙手緊緊握拳，乍看完全是個凶神惡煞。可是沒受過訓練的外行人參戰反而很危險。所以——

「請你留在這裡保護孩子們。你應該知道哪些人是不是盜賊吧？」

「也對……的確需要有人保護他們。好！交給我吧！我一定會揍扁那些混蛋！」

「嗯，麻煩你了。蜜絲緹……還有蘿蕾雅，妳們也待在這裡吧。」

「珊樂莎學姊，妳忘記我也有能力戰鬥了嗎？」

「我沒忘記。也是因為沒忘記，才會要妳保護好大家。而且妳應該也消耗了不少體力吧？」

雖然她們兩個現在看起來很有精神，卻也不改她們被綁來這裡關了好幾天的事實。

所以就算蜜絲緹的確有足夠的戰鬥能力，我還是不放心讓她帶著疲勞上戰場。

不曉得她們是不是也察覺了我心裡這份想法，默默點頭答應遵從我的吩咐。

「那我們就早點把那些髒東西清理乾淨吧。我是不討厭掃蕩盜賊，可是我已經想回去顧我的店，鍛鍊我的鍊金術了啦！——哼！」

碰磅！趴喀！轟隆！

我握緊拳頭，揍暈所有出現在我面前的盜賊。

我很久沒用拳腳應戰了，但不枉費我在學時期拚死命地學格鬥術，到現在都還是會反射性地運用正確技巧。

「珊樂莎，妳不用腰上那把劍嗎？」

「這可是我寶貝的愛劍耶，拿來砍盜賊太浪費了——而且不小心砍斷他們的身體，就沒辦法治療了。」

盜賊的身體不可能比地獄焰灰熊的脖子還要耐砍。

這把劍應該可以輕鬆砍斷他們的手腳跟身軀，可是那樣就得用上可以治療任何傷勢的鍊藥幫他們治療，到時候就算我逼他們工作一輩子還錢，也還是會虧本。

所以我必須著重在讓他們體會到挫折，而不是骨折。

現在最重要的應該就是拿捏好這樣的力道？

「喂！為什麼會有軍隊跑來啊！威脅信已經寄出去了是嗎？」

「還沒寄！他們怎麼會知道我們在這裡……明明應該還可以再多悠閒幾天的啊！」

我聽見盜賊們身後傳來一群蠢蛋的對話。

難怪他們這麼沒有戒心，原來是以為我們還不知道蜜絲緹她們被綁架。

我們這次可以占上風，的確也有很大一部分是因為很多事情在對我們有利的時機發生。

假如掌櫃先生不知道那封信的內容。

假如菲德商會沒有在蜜絲緹她們離開之後才去南斯托拉格。

假如雷尼沒有剛好去一趟南斯托拉格。

假如雷奧諾拉小姐沒有打聽到盜賊可能在盧塔村。

假如蘿蕾雅沒有把核桃藏好。

「那他們只是剛好發現我們在這裡嗎？可惡！那些傢伙運氣太好了吧！」

「就是說啊！我們可是努力了很久才走到這一步耶！竟然被一些只有運氣特別好的傢伙搞砸了！」

——運氣特別好？我倒不這麼認為。

像南斯托拉格跟約克村之間有定期貿易往來、雷奧諾拉小姐花時間幫忙調查，還有我製造核桃來保護蘿蕾雅，都不存在任何運氣成分。

真要說運氣好的話，也就只有雷尼剛好人在南斯托拉格這件事純粹是巧合。不過，要是我跟哈德森商會之間不曾有過任何交流，他也不可能會來拜訪我。

也就是說，這次的成功全是建立在用努力換來的基礎之上。

我們能得到這樣的成果並不是單靠運氣。

而且他們說自己「努力了很久」，這個敘述用在犯罪行為上不太對吧？

我在用拳頭揍暈眼前的盜賊以後回過頭，想看看講出這種話的蠢蛋長什麼樣子。

「……嗯？奇怪？總覺得那個人長得好眼熟。」

「唔，那傢伙是野仕・窩德——珊樂莎，我有可能會不小心手滑。」

她說的是躲在盜賊後面吵鬧的其中一名男子。
艾莉絲一看到對方的臉就立刻皺起眉頭，顯得非常不愉快。我懷著寬容的心回答：
「我們現在在打仗，難免會不小心失手殺掉幾個人。」
「妳這句話根本只是把『準備殺人』講得很婉轉而已吧……」
我們現在離那兩個人很近，他們或許也聽見了我們的對話。
轉過頭來的野仕一看到我們，就訝異得瞪大了眼睛。
「啊！艾莉絲．洛采！」
「還以為是誰來了，原來是那個平民鍊金術師！可惡，都是妳害的！要不是因為妳這傢伙，我就不會落到這步田地了——！」
一個身高跟身體寬度比例異常奇怪的人氣得滿臉通紅，還指著我大吼。
他的身型比較接近核桃。只是他不像核桃那麼可愛。
「珊樂莎，妳認識那傢伙嗎？」
「不，我沒看過他。我要是真的見過長得那麼特別的人，應該也不太容易忘記。」
艾莉絲提問的語氣顯露出明顯厭惡。我一回答自己絕對沒見過他，那名男子的怒火又燒得更旺了。他開始對我破口大罵，甚至氣得連話都講不好。
「開……開什麼玩笑！妳……妳……妳竟然忘了本大爺——布文修佟．吾豔！」

「喔，你就是那個自稱正統繼承人的人。可是我們沒見過面吧？」

「明明就有！我們在王都！在皇宮前面見過面！」

「…………啊。原來你是那個說什麼『我要賜予妳跟我結婚的榮譽』之類的鬼話的變態啊。你那時候說的話實在毫無邏輯可言，我就沒浪費記憶力去記住你的話跟長相了。」

在他提醒之下，我才終於想起來——但也只想得起名字。

我還是對他的長相沒印象。我當時也覺得他的身材很圓潤，可是他現在已經沒辦法用「圓潤」跟「發福」這樣的詞來形容了。

簡單來說，就是長得像一顆球。

「唔～原來人類可以在短短幾個月內成長這麼多啊。他那時候還有點人的樣子……他已經從『變態』進化成『長得不像人的變態』了。」

「呃，這算成長嗎？所以他這幾個月的變化大到妳會認不出他，是嗎……？」

「他的體型跟當時的確是雲泥之差——不對，應該說『沙泥之差』，至於長相就是我根本沒仔細看了。我那時候正被菲力克殿下無理取鬧的要求弄得頭很痛，一點也不想知道講那些噁心廢話的人究竟長什麼樣子。」

我聳了聳肩，接著布支修侈．吾豔就開始用力跺腳，再次指著我大喊：

「可惡！可惡！可惡！喂！平民，妳現在道歉的話，我還可以原諒妳！我可是好心願意讓妳懷我高貴的種，妳要是拒絕我的好意，就一輩子都別想再等到這種榮譽了！」

——呃，你是真的以為這樣威脅我有用嗎？

真不愧是變態，我這樣的一般人完全無法理解他詭異的思維。

「……都什麼時候了，那傢伙還在說什麼鬼話啊？難道他沒搞懂自己現在的處境嗎？」

他們用來當作人質的村民已經全數逃脫，盜賊大多也已經倒下，布支修修身邊只剩下看起來不太擅長戰鬥，感覺很可能以前只是個商人的人。

「畢竟他是『正統的繼承人』，看事情的角度想必也是跟我們截然不同。」

其實我完全只是在諷刺他，可是這個變態果然不簡單。

他似乎不只是看事情的角度，連腦袋的構造都跟一般人不一樣。

他不知道為什麼突然得意洋洋地講起一些莫名其妙的話。

「怎麼？原來妳還是很有眼光嘛。沒錯，我就是正統繼承人。其實我對妳這種瘦巴巴的小女生沒什麼興趣，但是妳有福了，我可以破例跟妳結婚。不過，妳得要先交出這塊領地的控制權。我到時候就先來矯正妳這種囂張的個性吧。」

「…………」

——那顆球到底在說什麼？無機物的語言太難懂了。

「那邊那兩個女的就滿不賴的。比我聽說的還要更讚。我可以順便收妳們兩個當情婦，妳們就張開雙腿感謝我的寬宏大量——」

「『力彈』。」

「咳噗啊啊啊——！」

被打飛的布支修侈不只吐出大口鮮血，還在地上彈了好幾下，又滾了好幾圈。他最後整個人趴倒在地，一陣抽搐之後便動也不動了。

「不好意思。我手滑了。」

「這已經不只是單純手滑了吧……珊樂莎，虧妳可以語氣聽起來那麼平靜耶。」

凱特在苦笑著吐槽我之後轉頭看向我，卻不知道為什麼一看到我的臉就嚇了一跳，還急忙撇開視線。她怎麼了？

至於艾莉絲則是用腳尖踢了踢躺在地上的變態，小聲地說：

「嗯……看來他還活著。珊樂莎真的太仁慈了。不過——野仕·窩德，還有旁邊那幾個同類。我可沒有珊樂莎那麼願意手下留情喔。」

臉上浮現笑容的艾莉絲才剛往前踏出一步——

「我……我投降！」「饒命啊——！」「我還不想死啊——！」

做盡壞事卻還想求得原諒的幾名男子高舉著雙手，跪地求饒，只是不知道為什麼求饒的對象會是凱特。凱特在他們的熱情矚目下顯得很傷腦筋，詢問我該怎麼處置。

「這些人想求我們饒命，珊樂莎，妳覺得呢？他們那邊好像也快搞定了。」

厄德巴特先生那邊的戰鬥看起來已經將近尾聲。

拋棄武器的村民逃離了前線，試圖逃走的盜賊也被包圍村莊的羅赫哈特士兵捉住了。目前還有幾個敵人在繼續抵抗，但他們也不是強到不好應付，比較像是因為士兵想活捉他們才會多耗費不少時間。也就是說——

「除了那些人以外，也只剩下這幾個人了……好吧。艾莉絲，妳能接受活捉他們嗎？」

「嗯……我想想。我是很想趁這個機會砍掉某個東西……」

艾莉絲輕輕晃動手上的劍，用銳利的眼神看著野仕的下半身。

野仕一察覺她這道視線的含意就瞬間面色蒼白，還渾身發抖。

艾莉絲盯著怕到冷汗直流的野仕好一段時間以後才嘆了口氣，把劍收進劍鞘。

「……但也沒必要讓珊樂莎看到髒東西。」

野仕忽然翻白眼往後倒下，大概是他的緊張情緒在知道可以逃過一劫之後瞬間消失使然。厄德巴特先生他們接連前來查看情況，並隨即拿出繩子綑綁野仕跟其他幾名男子。

「呼～總算……全部搞定了。」

我吐出很長的一口氣，讓艾莉絲跟凱特都笑了出來。把綑綁工作委由其他士兵處理的厄德巴特先生也走了過來，輕拍我的肩膀。

「珊樂莎閣下，看來這場掃蕩行動是圓滿落幕了。」

「這也是託你的福。厄德巴特先生，你們那邊傷亡情況怎麼樣？」

「沒有人陣亡，頂多骨折——只是死了幾個盜賊。」

「我方沒有出現重大傷亡就好。幸好有厄德巴特先生出色的指揮能力，才可以把傷亡壓到這麼低。」

「這不算什麼。而且我也就這方面特別厲害，怎麼能輸給區區一批盜賊呢？」

厄德巴特先生聳了聳肩，苦笑著回答我的誇讚。但他一看到艾莉絲跟凱特，還有正朝著我們走來的蘿蕾雅跟蜜絲緹，臉上的苦笑就立刻轉變成高興的笑容。

「艾莉絲、凱特，辛苦妳們了。看來妳們有順利完成救援任務。」

「雖然最關鍵的時候還是得仰賴珊樂莎……但至少成功救出人質了。」

「謝謝您的慰勞。其實我還是覺得當採集家輕鬆多了。」

「哇哈哈哈！這樣啊。嗯，妳們現在以採集家的工作為主就好。這些盜賊就交給我們處理，妳們可以稍做休息。不如就先享受一下感動的重逢時刻吧？」

厄德巴特先生一說完，就命令走過來的沃爾特一同前往處置盜賊。沃爾特也在默默低頭致意之後跟著離開。

他們一走，蘿蕾雅跟蜜絲緹就立刻衝來抱住我，彷彿從剛才就一直在等待大人們都離開的這一刻來臨。

「珊樂莎小姐！事情都結束了，對嗎？不會再有盜賊了吧？」

「珊樂莎學姊，辛苦妳了！也真的很謝謝妳特地過來救我們。」

「嗯，都結束了。幸好盜賊全聚在這裡，才可以把他們一網打盡——單就這點來說，可能還真的得感謝那個叫布支修侈的怪人？」

「咦～學姊，妳不需要感謝那種人啦！他還能保住一條小命已經很幸運了！換做是我的話，我一定會手滑得更誇張！」

蜜絲緹不悅地鼓起臉頰，眼睛瞪著仍然呈現昏厥狀態的布支修侈。

正在確認他傷勢的士兵搖了搖頭。

好像真的只是勉強保住一條命而已。

我其實很不想幫他治療，但可能還是得治療一下才行。不然我們也沒辦法審問一個死人。

「說『感謝』只是講得好聽一點而已。可是就羅赫哈特的長期利益來看，他主動出來吸引那些害蟲聚在一起也的確是好事。」

畢竟布支修侈是前任領主的親戚，只是沒有擔任領主的正當性。

他一定還是擁有一些不容易被我們察覺的影響力，要是他藉此成立地下組織之類的犯罪集團，想必會衍生成大麻煩。然而，他卻選擇跟盜賊聯手犯罪，暴露自己的存在。

不曉得是只有布支修侈自己很笨，還是把他拱出來當老大的人也一樣很笨。他們或許是還沒習慣領主已經不是坍德．吾豔的生活，才會想出這麼自以為是的計畫。

今後大概會再仔細清查布支修侈私底下跟誰有來往，揪出那些提供協助的其他親戚跟贊助者——只是那就不是我的工作了。

應該會是由克蘭西或菲力克殿下——或是被菲力克殿下指名的倒楣鬼負責處理。

我在心裡默默祝福那位倒楣鬼，同時指向蜜絲緹的身後。

「先不說這個了，蜜絲緹。某些很擔心妳的人來找妳了。」

蜜絲緹才一回頭就發出「呃！」的聲音，而且她不只臉色明顯很難看，還往後退了一步。

有兩名男子正率領著一群全身上下都被曬得黝黑，視覺上也非常有震撼力的壯漢走過來。

沒錯，他們是哈德森商會的人。

如果不知道他們是經商的，搞不好會不小心把他們當成盜賊抓起來——這樣說會不會有點太過分了？

可是他們乍看是真的很像凶神惡煞，甚至明明每個人都笑得很開心，還是會讓第一次看到他們的蘿蕾雅怕到躲在我背後。

「大小姐！我們好擔心妳啊！」

「蜜絲緹！幸好妳平安無事！」

走過來的船長先生跟雷尼同時對蜜絲緹打招呼，並在愣了一下之後才看向彼此。
一邊是想拱蜜絲緹當繼承人的船長先生，另一邊是目前最有可能當繼承人的雷尼。
他們之間的關係其實有點尷尬，但我們有向船長先生他們解釋札多克做了哪些勾當。
再加上他們都一樣關心蜜絲緹，所以他們並不會敵視對方。
可是也沒辦法說他們關係很好，導致現場氣氛實在很尷尬。
蜜絲緹大概也有感覺到這股尷尬，很快就皺著眉頭走到了兩人中間。
「哈哈哈……拉邦船長，還有各位船員，謝謝你們過來救我。」
「這沒什麼，大小姐有難，我們當然要不惜拋下船過來助陣！你們說對不對！」
「對！」「那當然！」「大小姐！」
船長先生跟船員們的關心讓蜜絲緹臉上露出高興的靦腆笑容，然而她一看到旁邊顯得很不自在的雷尼，又困惑得眼神游移了起來。
「那個……原來哥哥也跑來救我了啊。」
「那當然！被綁架的可是我的親妹妹耶！就算有再怎麼重要的生意要談，我都一定會排除萬難過來救妳！」
「呃，你不只負責經營業務，還是下一任商會長，這樣不好吧……不過，原來你到現在都還這麼關心我嗎？」

「咦？開什麼玩笑！我怎麼可能不關心我心愛的妹妹呢！」

雷尼強烈否定蜜絲緹的質疑。依然沒有正眼看著雷尼的蜜絲緹接著說：

「可是……我開始上學以後明明有定期寫信給你，你卻從來沒回信給我。」

「怎麼可能……我有寫回信給妳啊？——可惡，該不會又是札多克幹的好事吧！對不起，我應該跟妳約時間見面的。我其實是怕打擾妳念書，但我這份顧慮反而弄巧成拙了。」

蜜絲緹偷偷瞥了氣得連聲音都在顫抖的雷尼一眼。

「那，妨礙我找工作的人是你嗎？王都附近的店都不願意錄取我。」

「妨礙妳找工作？我不會做那種事……而且我幾乎不會跟別人聊到妳找工作的事情，頂多跟熟人提到『妳想去自己尊敬的前輩店裡工作』而已——爸爸有沒有做什麼，我就不知道了。」

雷尼看起來是真的毫無頭緒。

——唔～他感覺不像在說謊。該不會只是知道蜜絲緹想在我店裡工作的哪個人擅作主張吧？

那個人的想法可能是「認為蜜絲緹想在我店裡工作」→「反過來就是她不想在其他店裡工作」→「所以別讓蜜絲緹去其他店裡工作」。

又或者雷尼的猜測是對的，其實是蜜絲緹的父親希望她回家裡的商會而從中作梗。

蜜絲緹大概也懷疑有人像札多克那樣暗中搞鬼吧，並沒有否認雷尼的話，而是接著說：

「那，你要我拉攏珊樂莎學姊是什麼意思？」

「拉……拉攏——！我怎麼可能會說那種話！我頂多期待蜜絲緹跟珊樂莎大人可以不只是單純的朋友而已，沒有其他企圖！」

至於這個……會不會是當初聽雷尼講這句話的人把「不只是單純的朋友（摯友或師徒關係）」誤會成「不只是單純的朋友（肉體關係）」，又或是故意用比較難聽的解釋方式轉達給蜜絲緹知道？

「……那要我把鍊金材料轉手給哈德森商會呢？」

「我有說過很希望有機會跟珊樂莎大人直接交易，可是從來不打算逼妳鋌而走險。雖然我這樣說很像在找藉口，可是那完全只是札多克擅自扭曲我的意思。我前陣子也看過他寫的那封信了。裡面寫的一字一句都失禮到我快氣昏了。對不起，都是我的疏忽才會害妳收到那種信！」

「這樣啊……」

蜜絲緹只給了把頭壓得很低的雷尼一段簡短回應。

不知道蜜絲緹對哥哥的疑心是不是都隨著她心裡的所有疑問消失了，表情看起來暢快了不少。但雷尼一抬頭，蜜絲緹又立刻把臉撇向一旁，鼓著臉頰說：

「老實說！要是哥哥做事可以再謹慎一點，就可以少發生幾件麻煩事了。你一定要對自己的粗心有所警覺！你以後還得扛起整個哈德森商會耶！」

「不，我其實不介意由妳來繼承家業——」

「我現在不是在說要誰來繼承家業的問題！」

其實我覺得就是在說要由誰來繼承家業，畢竟蜜絲緹話中就透露出她不想當繼承人。

蜜絲緹硬是打斷雷尼的話，接著雙手環胸，眼睛又瞥了雷尼一眼。

「不過……也的確是因為哥哥，我才能在珊樂莎學姊的店裡工作。只有這件事很值得誇獎。所以，我願意原諒哥哥。」

「蜜絲緹——！」

雷尼一聽到蜜絲緹這番話就感動得攤開雙手，撲向蜜絲緹。

大概是蜜絲緹在他心中的印象還停留在開始上學之前的年幼模樣，他才會做出這種舉動——

「哥哥，你不要這樣！我已經不是小孩子了！」

想必蜜絲緹也是真的跟她小的時候截然不同。

她可能是因為在學校裡認真學過戰鬥技巧，導致身體會反射性地做出反應。

蜜絲緹揪住撲過來的雷尼的衣領，運用腰力把他甩出去。他的身體就這麼飛上半空中——

「唔呃！」

「啊……」

蜜絲緹對重重摔到地上的哥哥發出小聲驚呼，卻很快就被其他幾道歡呼聲蓋了過去。

「喔！大小姐果然厲害！居然連打架都比雷尼少爺還強！」

「看來還是大小姐比較適合當繼承人！」
「我……我就說我不打算當繼承人了——！」
「其實雷尼少爺也不是不好，就是沒什麼領袖氣質。」
「我們趕快把大小姐這麼英勇的事蹟傳頌給大家知道吧。」
「好！大夥們！扯開你們的喉嚨！」
哈德森商會的船員們不知道為什麼講著講著，就突然唱起了那首送葬曲。
蜜絲緹一臉困擾地不斷拍打那些船員，試圖制止他們，但她拍打的力道自然是對鍛鍊出滿身肌肉的人沒什麼用。
結果，他們響亮的歌聲就這麼不顧周遭人的疑惑，在森林當中迴盪不已。
這幅和平的景象讓我們都忍不住相互對望，最後一起開懷大笑。

Epilogue

尾聲

「嗯，就是這樣。妳就維持現在的魔力量……加油，再一下就好了！」

「好！要很小心，但也要保持穩定……好……好了！這樣就算完成了吧？珊樂莎學姊！」

蜜絲緹用雀躍的眼神看著我，我她要先等一下，接著把鍊金爐裡的鍊器拿出來仔細檢查。這也是師父應盡的職責！

「……嗯，沒有問題！這樣就算做好燒水器了！」

「好耶──────！」

我一確認沒問題，蜜絲緹就高舉著雙手，跳起來歡呼。

距離盜賊問題圓滿落幕那一天已經過了二十天。我們也已經回歸鍊金術師的生活。

我做好的空氣清淨機大幅改善了店裡的臭味問題，而我們現在正在做的是之後要放到公共澡堂，也是我特地交給蜜絲緹負責的燒水器。

「這下總算能鬆口氣了……很多人一看到我，就會問我什麼時候可以開始用公共澡堂。害我壓力好大……」

其實要當成公共澡堂的那棟建築物，早在我們當初回來約克村的時候就蓋好了。

只差需要的鍊器，就可以開放給大家使用。

也就是說，村子裡的人什麼時候可以洗澡，全看蜜絲緹什麼時候做好鍊器……大家難免會期待她盡早做好。

「嗯。我真的很佩服妳能在這份壓力之下成功做好燒水器！」

我的指導方針是藉由誇獎來促進徒弟的上進心。

用這種方法教蘿蕾雅是真的得到了不錯的成果，所以我決定複製上一次的成功經驗。

「嘿嘿嘿，謝謝學姊。可是，大家怎麼會知道燒水器是我做的？」

「啊，抱歉，大概是我害的。我不小心跟安德烈先生提到燒水器會交給妳來做。應該是因為這樣，才會傳出去。」

我直接講明可能的原因，讓蜜絲緹不只眼裡的喜悅立刻轉為生氣，還鼓著臉頰拍我好幾下。

「原來是學姊講出去的！真是的～～！害我被催得很著急耶！而且光是做燒水器會用到很多很貴的材料就夠讓我緊張了！」

「啊……呃，妳都成功做出來了，就別計較這個了吧。反正萬一真的失敗了，也還有多的材料可以備用。」

「就算有多的材料，也不會改變它用到的材料很貴這個事實啊！妳只是因為是自己去海邊採集，才不在意它值多少錢吧！尤其在市面上根本買不到品質這麼好的阿斯特洛亞！」

阿斯特洛亞的新鮮度非常重要。雖然收購別人帶來店裡的活體也是可以做成品質很好的鍊金材料，可是還是比不上鍊金術師親自到現場採集跟加工。

只是很少鍊金術師會親自出遠門採集，導致市面上很少看到現場加工的高品質阿斯特洛亞。

所以雷奧諾拉小姐才會很高興我分了一些加工過的阿斯特洛亞給她——

「可是，妳如果要繼續當我的徒弟，就一定會常常遇到這樣的情況。而且以後妳也會需要自己去採集材料。」

我一告訴蜜絲緹這樣的現實，她就驚訝得睜大了雙眼。

「我……我辦不到啦！我又不像學姊有能力打倒魔物！」

「妳大可放心。我會把妳訓練到不用怕採集材料的時候遇到魔物。」

「這要我怎麼放心！我第一次聽說還要接受戰鬥訓練耶！」

「其實師父也有特地鍛鍊我的劍術。這大概是一種傳統吧。」

我不確定是不是啦。不過，自己出門採集材料這點——說不定真的是傳統。

至少師父好像也是藉這種方式鍛鍊自己的實力，可以確定是真的有鍛鍊效果。

「只是也還要再過一陣子才會開始訓練妳。因為我得先做出一把值得送給徒弟的好劍。所以，我們現在先把鍊器拿去裝在公共澡堂裡吧。採集家跟村民應該都期待很久了。」

「咦……？妳這樣講是讓我有點期待，可是也有更多的不安……」

「不用擔心，妳的師父已經幫忙確認過做出來的燒水器沒問題了！」

「呃，我不是那個意思……」

我不太懂蜜絲緹的不是那個意思是哪個意思，總之，我馬上要她跟我一起把燒水器抬起來，走往店裡。

到前陣子都還讓人望之卻步的店內空間在空氣清淨機的驚人效果之下，已經變得舒適許多。尤其現在連燒水器都做好了，讓我忍不住踩著更加輕快的腳步走進店內。然而，正在顧店的蘿蕾雅卻不知道為什麼看起來不太高興，還把手交叉在胸前。她在我開口問發生了什麼事之前先看到我，並馬上開始激動地抱怨某件事。

「啊！珊樂莎小姐，妳聽我說！爸爸他居然還沒有答覆菲德商會！人家都開出那麼好的條件了，他怎麼還有辦法猶豫這麼久！」

「哇，唔喔——咦？什麼答覆……啊，妳說問他要不要加入菲德商會那件事嗎？」

我一開始還沒反應過來，原來是在說之前掌櫃先生向達爾納先生提出的提議啊～

雖然達爾納先生現在就是賣菲德商會運送過來的商品，可是也只是先讓他體驗實際運作起來會是什麼感覺——是說，原來商會給他的體驗期間還沒結束啊？

「沒錯！他太優柔寡斷了！一個做生意的人還這樣會錯失很多良機耶！」

我在跟蜜絲緹一陣面面相覷之後，決定暫時把手上的燒水器放到地上，專心聽氣憤不已的蘿蕾雅抱怨。

「這樣啊。我覺得菲德商會應該也不會催他……」

「是啊，這也是多虧商會的人很信任珊樂莎小姐。不然一般遇到這種情況還猶豫成這樣，早就被淘汰了！」

「畢竟小雜貨店本來就不可能贏過商會。不過，蘿蕾雅，達爾納先生會不會也是有他自己的想法，才會遲遲不答應？我自己家就是商會，大概猜得出達爾納先生可能在想什麼。達爾納先生搞不好是不想讓祖先傳下來的商會斷在自己這一代，或是覺得村子裡唯一一間雜貨店加入了其他商會，萬一哪天菲德商會打算撤出約克村，就會讓村民們很不方便。」

蜜絲緹藉著同意蘿蕾雅的想法安撫她的情緒，同時不忘幫達爾納先生說話。

而蜜絲緹說的也的確很有道理。

大型商會是真的有可能因為利潤過少，就放棄繼續在當地做生意。

問題在於到時候達爾納先生是否有辦法獨力讓雜貨店重新開張。就算不是不可能，也一定會很辛苦。不過，蘿蕾雅卻明確否定了蜜絲緹的猜測。

「我們家沒有厲害到可以被稱做商會。而且他老早就沒得選擇了。再加上菲德商會會想要離開，就表示珊樂莎小姐也不在這裡開店了，單憑我們約克村的力量根本無可奈何。」

「呃，妳這麼說會不會有點……太誇張了？」

「才不誇張！約克村完全是因為有採集家出入，才能像現在這麼繁榮。要是珊樂莎小姐離開村子，採集家也一定會跟著離開。到時候我們村子又會再變得跟以前一樣冷清！」

的確不能說蘿蕾雅有說錯。前提是要長期沒有其他鍊金術師來這裡開店。

「……不過，就算真的發生了，應該也不至於像以前那麼慘。畢竟現在領主換人了。說到這個，珊樂莎小姐，我記得現在還沒有正式指派領主吧？」

「也不是還沒正式指派……應該說羅赫哈特是國王直轄領地，名義上的領主算是國王？而且擔任代理官員的克蘭西其實就是實質上的領主了。我目前沒聽說要換人來治理。」

「這樣啊……他看起來不像前任領主那樣的壞人，可是他也從來沒為約克村做過什麼事——是一直到珊樂莎小姐當上代理領主，才開始有變化。」

蘿蕾雅噘起嘴唇，看起來有點不滿。蜜絲緹也對她的看法表示同意。

「對啊，感覺是這陣子才一口氣變了很多。只是我也不太清楚約克村以前是什麼情況。」

沒錯，約克村最近產生了不小的變化。

道路拓寬工程帶來不少會造訪約克村的工人，再加上道路變得比以往安全，不只讓更多採集家願意來約克村，也有更多除了採集家跟工人以外的訪客前來。

我要求的村莊擴建工程也讓村子裡多了好幾間新房子，吸引原本離開村子的年輕人紛紛返鄉，使得約克村最近變得相當熱鬧。

類似的變化甚至也出現在我身邊——

「總之，我已經狠狠踢了爸爸的屁股一腳，應該下次菲德商會的人再來的時候就會正式加入商會了。珊樂莎小姐，到時候再請妳多多指教了。」

「啊，嗯。雖然這件事跟我沒有直接關係，但我會幫妳轉告掌櫃先生。」

「謝謝妳——對了，珊樂莎小姐現在還是代理領主吧？」

「是啊。因為現在還在審問那些盜賊。可能要等事情都處理完才能卸任，也可能早就已經沒我的事了。反正我已經寄報告書給菲力克殿下了，再來就看他怎麼處理吧。」

這麼說來，我是不是也該把委任狀拿去還給他？

……算了，真的需要的話，他會再下指示。

「到時候珊樂莎小姐是不是又要再去一趟王都？妳最近常常不在店裡，害我覺得有點寂寞……」

現在有蜜絲緹可以留在店裡幫忙，所以我最近的確比較常不在店裡。

看小聲表達寂寞的蘿蕾雅垂下頭來，我也忍不住感到愧疚。

「啊～……抱歉。我會讓蜜絲緹她們留下來陪妳，妳先忍一忍吧。」

「咦～珊樂莎學姊，妳這種說法好像有點過分耶～！」

「有她們三個在是比較讓人放心，可是這是兩回事！」

我突然慘遭左右夾擊。

可能是「忍一忍」這個詞讓蜜絲緹聽得有點刺耳。

而且連艾莉絲跟凱特都偏偏挑在這時候回來店裡。

幸好她們好像沒聽到我們剛才的對話，只有很訝異我竟然會待在店面區域。而她們也很快就露出燦爛的笑容，說：

「喔，珊樂莎，我們回來了！我有個好消息，今天收穫不少喔！」

「我們回來了。很久沒去那麼遠的地方採集鍊金材料了，還順便採了一些秋天的特產。大家晚點一起享用吧。」

艾莉絲跟凱特在這麼說的同時拿出多到幾乎要裝不下的山林美味給我們看。

有香菇、堅果、水果，甚至還有看似山藥跟山藥豆等東西。

我趁這個機會加入她們的話題。

「看到這些山產，我才想起來現在都秋天了。找個時間一起去森林裡採些秋天的美食應該也不錯。」

大樹海裡有很多天然美食。我之前為其他事情忙了很長一段時間，最近才把時間都用在鍊金術上，乾脆就趁這個機會帶蜜絲緹進去大樹海裡面看看好了。

我明明是懷著這樣的想法提議大家一起去大樹海，蜜絲緹卻用懷疑的眼神看著我。

「……學姊，妳說的美食應該是指植物跟蕈類吧？不是指魔物吧？」
「那當然，畢竟到時候會帶蘿蕾雅一起去，去狩獵魔物太危險了。」
「咦？妳要帶我一起去大樹海嗎？」
蘿蕾雅似乎有點驚訝。我對她回答：
「沒錯！妳放心，我不會讓妳在大家出去玩時孤伶伶地顧店。這應該算是員工福利吧？」
「這真的算福利嗎？我覺得還比較像義務吧？」
蜜絲緹的視線當中充滿了疑心。說是「義務」也太失禮了。
我也是很努力想用我的方式照顧員工跟徒弟的好不好！
「哈哈哈，妳不用擔心，珊樂莎不會帶我們去危險的地方。對吧？」
「咦？」
「「「……咦？」」」
我們所有人面面相覷了一段時間後，凱特才忽然像想起了某件事情，說：
「……也對，珊樂莎曾經在冬天的時候帶蘿蕾雅上雪山。」
「雪山？帶沒受過訓練的人去雪山？學姊，妳也太亂來了吧！」
「『危險的地方』跟『真的遇到危險』是兩回事吧？村子裡面的水井也是不小心摔下去就會很危險啊。」

「妳舉的例子太極端了吧！蘿蕾雅，虧妳當時真的敢跟去耶！」
「可是那次累歸累，還是滿好玩的啊。而且路上也沒有遇到——太多危險。」
「唉，果然還是有遇到危險的場面啊……」
蘿蕾雅語中摻雜了一點猶豫，並在最後露出苦笑，蜜絲緹對此表示不意外。艾莉絲跟蘿蕾雅隨即瞇細了雙眼，懷念起當時的情景。
「一開始還真的沒料到後來得要親手對付滑雪巨蟲……」
「那種蟲真的好大隻喔！我第一次看到那麼大的蟲！」
「居然還笑得出來！遇到巨蟲還笑得出來太誇張了！學姊身邊的人果然都不是普通人……」
「照妳這種說法，跟她一樣是鍊金術師的妳，應該才是我們之中最跟『普通』兩個字沾不上邊的人吧？」
「…………」
凱特中肯的指正讓蜜絲緹陷入了沉默，但她的表情除了顯得不知道該怎麼反駁以外，還摻雜著一絲絲的喜悅。蜜絲緹這樣的反應引得大家哄堂大笑，之後凱特又接著說：
「話說，隔壁的工程好像在我們離開的這段時間有了不少進展呢。」
「是啊，聽說是其他房子的工程都告一段落了，大家才會專心來蓋我這邊。」
對，這就是出現在我身邊的變化。

隔壁正準備蓋一棟新房子——正確來說，是我這間房子正在擴建。
這個擴建工程是克蘭西在我人還在南斯托拉格的時候，瞞著我偷偷安排好的。
他說：「一個治理領地的人要有更大一點的宅邸才方便做事。」但我始終無法理解擴建的必要性。只是他當時已經安排好了，我也只好答應擴建。
而一般鍊金術師基本上很難有機會參與建造要添加刻印的建築物。
所以實際開工以後，我也是滿樂在其中的。
「這對蜜絲緹來說應該也會是很不錯的經驗。」
「是啊，學姊說的對——等等，學姊！我們不也是正準備去施工嗎？」
蜜絲緹說完指向我們的腳邊。艾莉絲好奇地吊起眉梢問道：
「喔？那是燒水器嗎？意思是公共澡堂終於可以開放了嗎？恭喜妳，蘿蕾雅。」
「嗯！雖然現在不會整間店都瀰漫著久久不散的惡臭，可是味道很重的人來還是會臭……」
畢竟空氣清淨機頂多消除室內的臭味，無法消除發出臭味的源頭。
「看來妳今天就可以告別那些難聞的味道了。以後不如禁止太髒太臭的客人進店裡吧？」
「咦……？那樣不會引起反彈嗎？」
蘿蕾雅對凱特的建議懷抱疑慮，不過，我其實很贊同凱特的想法。
「沒關係，我也不稀罕跟已經很方便洗澡了還不願意先洗乾淨的髒鬼做生意。我覺得我們稍微挑一下客人也無妨——只是還是沒辦法像師父那樣把貴族踹出門。」

「喔喔，真不愧是奧菲莉亞大人，居然連面對貴族都這麼不客氣！那蘿蕾雅妳也——」

「我……我不敢啦！因為那種沒公德心的人通常……呃……」

蘿蕾雅似乎在煩惱不知道該怎麼委婉形容，但艾莉絲有聽出她想表達什麼。

「原來如此，妳的意思是那種人態度也特別惡劣吧……好，核桃，我允許你對那樣的客人動手！」

「嘎嗚？」

坐在櫃檯角落的核桃一聽到艾莉絲提到自己，就歪起頭表示疑惑。

蘿蕾雅連忙抱住核桃，向艾莉絲提出抗議。

「不……不可以！萬一害核桃受傷了怎麼辦！」

「呃，妳要擔心的不是核桃，是那些採集家會不會被它揍到有生命危險。」

「……唔唔唔～」

蘿蕾雅也親眼見識過核桃的實力不少次了。

她一臉很明顯不知道怎麼反駁的表情讓我忍不住輕輕笑了出聲。

「呵呵。總之，我們晚點再來討論要怎麼對待沒公德心的採集家吧。我們先去處理安裝鍊器的工程。不然再繼續拖下去，蜜絲緹又要跟我抱怨了。」

「我會想抱怨的原因也是出在學姊身上啊！」

應該是有這回事啦，只是我好像不太記得了。

我一邊安撫嘛起嘴唇抱怨的蜜絲緹，一邊抬起燒水器。

「珊樂莎小姐、蜜絲緹小姐，妳們要注意自己的安全喔。今天晚上我會用艾莉絲小姐跟凱特小姐帶回來的食材做好吃的料理慰勞妳們！」

「嗯，我很期待今天的晚餐。那我們先出門一趟了！」

在公共澡堂測試過鍊器能夠正常使用過後，很快就吸引了大批客人上門洗澡。

而我們當天不只立刻感受到室內澡堂帶來的好處，晚上還有蘿蕾雅煮的大餐可吃。

餐桌上滿滿的秋天氣息，不過，這些菜色對年輕氣盛的我們來說還是稍嫌不足。

所以這些秋季美食只能淪為配角，襯托成為主角的肉類料理——不過，它們在飯後又奪回了主角寶座。

各種秋季水果的酸甜滋味，讓我們得以從中體會到美好的美食之秋。

所以我們不只心情特別好，連聊起天來也是特別開心。途中，我們聽到共音箱發出了聲音。

「——嗯？奇怪？雷奧諾拉小姐怎麼會這時候找我？她是不是也聞到這一桌美味料理的香氣了？」

「哈哈哈，妳的意思是她可能會要妳分一點秋季美食給她嗎？雷奧諾拉閣下再怎麼厲害，應該也不至於連鼻子都這麼靈吧。只是她打聽消息的能力是真的很驚人。」

「是啊。我也只是開個玩笑——妳好，有什麼事嗎？」

然而我們很快就沒心情享受悠哉的閒聊時光了。

因為雷奧諾拉小姐捎來的新消息在短短一瞬間之內，就吹散了充斥室內的歡樂氣氛。

「珊樂莎，不好了。格連捷那裡出現了從來沒見過的新傳染病。」

後記

我前陣子（其實也已經是很久以前的事情了）第一次收到了來自粉絲的親筆信。能在這個數位化的時代收到手寫的粉絲信真的是很難得的寶貴體驗。

我是因為這樣而高興得手舞足蹈的いつきみずほ。

這一次的第六集會在動畫準備開播之前出版，我本來想寫一些跟動畫版有關的介紹……但有一句話叫做「百聞不如一見」。

我覺得用一長串文字來形容也比不上親眼看到畫面，就只簡單說一句——

「動畫版還有加入原創的新劇情，大家記得收看喔！」

那麼，換來談談第六集的內容吧。看過網路版的讀者們應該都知道這一集是網路版完結以後的新故事。

沒錯！這一集就是在講珊樂莎跟艾莉絲甜蜜蜜的新婚生活！

還提到了兩位美魔女的美豔姿色！

甚至連網路版沒機會露面的小後輩都登場了！

大家應該也很希望身邊有個這麼可愛又很崇拜自己的小後輩吧？至於我自己有沒有這樣的小後輩——就還是別問了吧。不然作者我會忍不住痛哭失聲。

——其實有一部分是講得比較浮誇了點啦。

這一集是本系列第一次明確預告會有續集。對，只有這次我可以說：「我們第七集再見了！」嗯。因為動畫快開播了。

這次的結尾可以看出接下來準備發生大事，而我目前也正在為第七集絞盡了腦汁，所以也希望各位讀者能夠不吝嗇地繼續支持下一次的第七集。

最後，我想對協助出版跟動畫製作的各方相關人員致謝。

負責插畫的ふーみ大人，謝謝您總是提供這麼精美的插畫。您這次需要同時處理動畫版的工作，想必非常辛苦。負責漫畫版的kirero大人，謝謝您每次都畫出這麼活潑可愛又療癒的珊樂莎。還有協助製作動畫版的許多專業人士，真的非常感謝各位努力製作出這麼棒的動畫。

當然還要感謝各位讀者。看完小說版的讀者們也不妨一起看看漫畫版跟動畫版吧。

いつきみずほ

（註：以上為日本方面的情況。）

我和班上第二可愛的女生成為朋友 1 待續

Kadokawa Fantastic Novels

作者：たかた　封面插畫：日向あずり　彩頁、內頁插畫：長部トム

第六屆カクヨム網路小說大賽特別賞得獎作——
別人眼中的「班上第二可愛」，在我心中是最可愛的。

沒朋友的低調男前原真樹交到第一個朋友——朝凪海。男生都說朝凪同學是「班上第二可愛」。這樣的她只有在週五的放學後會偷偷來我家玩。從平常能幹的模樣，實在難以想像私下的她既率直又愛撒嬌。青澀年少男女之間的愛情喜劇就此開幕——

NT$270/HK$90

奇招百出的維多利亞 1 待續

Kadokawa Fantastic Novels

作者：守雨　插畫：藤実なんな

頂尖諜報員銷聲匿跡後遠走他鄉
夢想過自己的小日子！

維多利亞是手腕高超的諜報員，因上司的背叛決定脫離組織，過著一般市民的自由人生。憑藉著諜報員時代的長才，她在新天地得以大展身手，然而組織怎麼可能放過她！許許多多的危機正悄悄逼近——重拾幸福的人生修復故事，拉開序幕！

NT$260/HK$87

怕痛的我，把防禦力點滿就對了 1~15 待續

Kadokawa Fantastic Novels

作者：夕蜜柑　插畫：狐印

對抗戰進入白熱化連頂尖玩家也退場！
敵軍將梅普露設為頭號目標還以顏色！

嚴苛無比的大規模對抗戰開始還不到一天就白熱化，連頂尖玩家也一個接一個地退場！只以梅普露、莎莉、芙蕾德麗卡等三人執行的閃電戰術，使敵陣大為混亂。

認識到梅普露果真是頭號目標後，敵軍也還以顏色……！

各 **NT$200~230/HK$60~77**

自從能夠讀取他人祕密後，我的校園戀愛喜劇就此開演 1 待續

Kadokawa Fantastic Novels

作者：ケンノジ　插畫：成海七海

弱小的路人甲變身為戀愛強者！
把高嶺之花和辣妹都悉數攻陷，EASY戀愛喜劇！

有一天，我變得能夠「看見」可說是他人祕密的「狀態欄」——高冷正妹其實愛搞笑!?巨乳辣妹其實很純情!?嬌小學姊其實很暴力!?我想趁機和以學校第一美少女聞名、偷偷單戀的高宇治同學加深情誼，卻發現她和學校第一花美男正在交往的真相……

NT$220/HK$73

除了我之外，你不準和別人上演愛情喜劇 1~6（完）

Kadokawa Fantastic Novels

作者：羽場楽人　插畫：イコモチ

兩情相悅的兩人遇到最大危機!?
愛情喜劇迎向波瀾萬丈的完結篇！

經過文化祭上的公開求婚，我與夜華成為公認情侶。我們處於幸福的巔峰，然而情況急轉直下。夜華的雙親回國，提議一家人移居美國？夜華當然大力反對，但針對是否赴美的父女爭執持續不斷……只是高中生的我們，難道要被迫分離嗎？

各 NT$200~270/HK$67~90

不起眼的我在妳房間做的事班上無人知曉 1～2 待續

Kadokawa Fantastic Novels

作者：ヤマモトタケシ　插畫：アサヒナヒカゲ

開始注意你之後，無論何時你都在我心裡⋯
開朗美少女向不起眼的他發動猛攻！

遠山佑希獲得班上的風雲人物麻里花的青睞，她不但和佑希一起上下學，佑希還收到親手做的便當，她熱烈地吸引佑希的注意！另一方面，柚實執著於與佑希的身體關係，煞車卻漸漸失靈？此時柚實的姊姊伶奈開始出手干涉錯縱複雜的他們三人⋯⋯

各 **NT$220~250/HK$73~83**

國家圖書館出版品預行編目資料

菜鳥鍊金術師開店營業中．6, 我突然有了徒弟!?/
いつきみずほ作；蒼貓譯．-- 初版．-- 臺北市：臺
灣角川股份有限公司, 2023.08
　面；　公分．-- (Kadokawa fantastic novels)
譯自：新米錬金術師の店舗経営．6, 弟子ができち
ゃった!?
ISBN 978-626-352-817-8(平裝)

861.57　　　　112009605

Kadokawa Fantastic Novels

菜鳥鍊金術師開店營業中 6

我突然有了徒弟!?

（原著名：新米錬金術師の店舗経営06 弟子ができちゃった!?）

2023年8月9日 初版第1刷發行

作　　者：いつきみずほ
插　　畫：ふーみ
譯　　者：蒼貓

發 行 人：岩崎剛人
總 編 輯：蔡佩芬
編　　輯：黎夢萍
美術設計：李思穎
印　　務：李明修（主任）、張加恩（主任）、張凱棋

發 行 所：台灣角川股份有限公司
地　　址：104台北市中山區松江路223號3樓
電　　話：（02）2515-3000
傳　　真：（02）2515-0033
網　　址：www.kadokawa.com.tw
劃撥帳戶：台灣角川股份有限公司
劃撥帳號：19487412
法律顧問：有澤法律事務所
製　　版：巨茂科技印刷有限公司
ISBN：978-626-352-817-8